六合叢書

藕香零拾

张旭东

目录

关于陈寅恪
陈寅恪为他人所作序　　001
公案总传疑——陈寅恪先生"恪"字之读法　　006
陈寅恪先生所谓"了解之同情"　　020
新旧之间——民国学术流变管窥　　026
传心岂无后来人——评《陈寅恪诗笺释》之一　　043
人间幸有未削书——评《陈寅恪诗笺释》之二　　046

关于傅斯年
陈寅恪与傅斯年——也相倚靠也相难　　052

关于吕思勉
吕思勉的"执微"　　077
新旧之间的吕思勉先生　　082

关于陈垣
考证学与当下学风——重读《励耘书屋问学记》　　091

关于顾颉刚
顾颉刚在五十年代　　　　　　　　099
得偶如此，君便如何　　　　　　　111

关于鲁迅
"灵台无计逃神矢"　　　　　　　　123

关于柴德赓
讲义时代的珍贵遗存　　　　　　　125

关于牟润孙
牟润孙找工作——新旧学风的对抗　137

关于王念孙、胡适
《读书杂志》是怎样一部书　　　　155

关于陈宝琛
暮春楼头　落花心事——《沧趣楼诗文集》读后　164

关于郑孝胥
海藏楼日记时流品题　　　　　　　170

关于陈曾寿
苍虬阁诗——不咏兴亡咏落花　　　186

关于黄秋岳
《花随人圣庵摭忆》珍本小记　191

关于张宗祥
知无名中自有高人　195
《铁如意馆随笔》跋后虚语　200

关于汪辟疆
清末民初旧体诗人英雄排座次　204

关于龙榆生
龙榆生论楚辞今译事　212

关于陈巨来
末世说新语——陈巨来的传记书写　221

关于黄永年
徘徊应是念前贤　230

关于何满子
一声何满子　238

关于黄裳
藕香零拾读黄裳　242

关于杨绛
读杨绛 249

关于小李杜
也谈小李杜之不相得——为董乃斌先生文献一证 256

关于钱谦益
遗憾的是，碰到最简单一个抄本 265
钱曾与严熊——《柳如是别传》钱氏家难章补论 276

关于现代学林
学林又见点将录 319

关于冬妮娅
希望天黑之前到达我们要去的地方 325

蓼虫避葵堇（代后记） 333

陈寅恪为他人所作序

陈寅恪先生一生为他人作序共十四篇。陈先生学术以外的文字不多，仅《寒柳堂记梦稿》几篇而已，为他人作序倒成为他思想表达的方式。这些序引往往不严守本书而逸出书外，其所论荦荦大者，又无不与本书关合，既不离学术本身，又呈现思想的张力和精神的力量。晚辈唐突，称之为"书外之序"。

1942年作《杨树达积微居小学金石论丛续稿序》，因故不能用，杨氏请求移作《积微居金文说》序，可以见出这个特点。而余嘉锡、沈兼士序，密关本书，则恐不能作如此变动。1952年杨氏《丛稿》与《续稿》合并，余、沈二位细密而谈者之序得以保留，陈先生之序被指为"立场有问题"而被拆去，陈氏言"贱名不得附尊作以传，诚为不幸；然拙序语意迂腐，将来恐有累大著，今删去之，亦未始非不幸也"，拆去缘由又全在"书外"二字。

1934年陈寅恪受王静安之弟王哲安先生嘱托，以晚辈身份为年长十三岁的王静安作序，对静安先生评价平正不颇，三点归纳成为不刊之论。而于序尾言："寅恪以谓古今中外志士仁人，往往憔悴忧伤，继之以死。其所伤之事，所死之故，不止局于一时间一地域而已。盖别有超越时间地域之理性存焉。而此超越时间地域之理性，必非其同时间同地域之众人所能共喻。"所言之意不甚明，却似有"奇哀遗恨"溢于言表。太史公作《屈原贾谊列传》，后人就有"此非二人之传，乃三人之传也"的感叹，今观陈先生此序，亦如是。

1939年所作《刘叔雅庄子补正序》将"今日治先秦子史之学著书名世者"比作金圣叹注水浒，改窜旧文，多任己意；而刘文典著《庄子补正》"虽能确证其有所脱，然无书本可依者则不之补；虽能确证其有所误，然不详其所以致误之由者则不之正"，"可谓天下之至慎"。却明明有赞刘氏"能守旧义"之意。

到了1940年终于写出《陈垣明季滇黔佛教考序》，成为绝世雄文。其云：

> 昔晋永嘉之乱，支愍度始欲过江，与一伧道人为侣。谋曰，用旧意往江东，恐不办得食，便共立心无义。既而此道人不成渡，愍度果讲义积年。后此道人寄语愍度云，心无义那可立，治此计，权救饥耳。无为遂负如来也。忆丁丑之秋，寅恪别先生于燕京，及抵长沙，而金陵瓦解。乃南驰苍梧瘴海，转徙于滇池洱海之区，亦将三岁矣。此三岁中，天下之变无穷。先生讲学著书于东北风尘之际，寅恪入城乞食于西南天地之间，南北相望，幸俱未树新义，以负如来。今先生是书刊印将毕，寅恪不获躬执校雠之役于景山北海之旁，仅远自万里海山之外，寄以序言，藉告并世之喜读是书者。

著《明季滇黔佛教考》的留在北京的辅仁大学，为其作序的恰恰漂泊在滇黔边域。所言伧道人并非道人，乃是和尚；道士当时反称作先生。伧，南人蔑称北人。然而此段所表彰者并非支愍度，而是伧道人。二人商量东渡，恐在江东传佛教正义传不开，故立"心无义"，曲学阿世，以求糊口。此典讽世态、正人心，其意甚明，而其言无疑已逸出书外。逸出书外的序言，历经半个多世纪以后，一个字一个字仿佛站了起来，韩吏部"字向纸上皆轩昂"，此之谓也。"幸俱未树新义，以负如来"成一世名言。

余瞥观所及，同时人亦有用此典者，义宁陈先生却将此典变成一种精神写照。黄侃《六祝斋日记》"民国十一年一月四日"条："读《世说》一绝云：'彬彬支度拔新才，觅食江东亦可哀。何似伧人持旧义，救饥仍不负如来。'"此年黄季刚读叶德辉辑《世说》佚文，此年日记关于《世说》仅此一条，便拈出此典，并加以吟咏。陈寅恪诗句"不采蘋花即自由"似是对季刚"觅食江东亦可哀"一句的回答，陈氏"江东旧义饥难救"更像是对季刚"救饥仍不负如来"的悲观改写。

徐一士《一士谈荟》"李审言文札"条录李审言1932年致张次溪札，李氏希望张次溪资助刻其著作，第三札文末："足下观吾之言，其如阿难涕泪悲泣而受菊邪？抑谓暂立无义以救饥遂负如来邪？"李氏调侃解嘲之笔却用此典。

当日为陈援庵作序使用此典亦不过言二人俱未事伪，与《明季滇黔佛教考》所述明末遗民逃禅之事，书里书外，两相映衬。然读者若不囿于一时一地而读，此典被赋予更丰富之内涵。后来，陈氏"万物皆流，金石独止"的气质被这个典故演绎得淋漓尽致。

陈先生一生为他人作序共十四篇，1930年为陈垣《敦煌劫余录》作序，开其端，时年四十一岁。1932年作《西夏文佛母大孔雀明王经夏梵藏汉合璧校释序》，1934年6月《王静安先生遗书序》，1935年又为陈垣《元西域人华化考》作序，1939年作《敦煌石室写经题记汇编序》，同年为刘文典作《庄子补正序》，1940年作《陈垣明季滇黔佛教考序》，1942年3月作《朱延丰突厥通考序》《姚薇元北朝胡姓考序》，同年11月作《陈述辽史补注序》，12月为杨树达作《积微居小学金石论丛续稿序》，1943年为邓广铭作《宋史职官志考证序》。抗战后两篇：1948年3月作《徐高阮重刊洛阳伽蓝记序》，同年10月作《杨树达论语疏证序》。新中国成立后无作，就此封笔。

胡适之尝责陈文奥衍散漫，后人从此论者颇众，王元化先生《九十年代日记》为陈先生抱不平。曾闻魏丈同贤谓陈文篇篇皆好，晚年颂红妆二部，文意混融，亦是佳作。是于陈先生文字，有不虞之誉，有求全之毁。魏先生为初版本《柳如是别传》责编，涵泳其间而日久生情，故若稍有阿好，亦可理解。鄙见以为，陈先生文字可划为二部，而二部之作判若两人。其他文字皆吾所爱，学术文章而渊然有味诚不易也，而陈先生游刃有余焉。《论再生缘》与《柳如是别传》二书，却最是难读，虽言其难读或事出有因，一为目盲脚膑而做考证，一为时代关系而隐晦其词，然"难读"二字毕竟是事实。（后闻谢正光先生言，他读《柳传》已第六遍，仍未通解。）

2006年冬陈平原先生来沪演讲，于今日学者文章深致不满，举近三百年来史学家而善著文章者曰黄宗羲、全祖望、钱宾四、余英时四位。平原先生想来一时兴会，非筹烂谋深之论。彼家义宁先生地下闻此未必闷闷，海外余先生闻此必轩渠绝倒。我迷恋义宁先生文字，若真有这么一个排行，我投陈寅老一票。

值得一提的是，这些序言并非全部随原书出版。前所提到为杨树达《积微居小学金石论丛续稿》所作序，移作《积微居金文说序》，然此书出版，亦不见此序。它写成之后竟然从始至终未随书刊布，珠联璧合，竟成虚愿。姚薇元《北朝胡姓考》一书亦绵延至1958年方由科学出版社出版，命运如前，此序亦被拆去。与此相反，《陈垣明季滇黔佛教考序》1940年就随书出版，1957年重印，竟未抽去。黄裳先生言两不易。初版尚可，重印不抽去，诚不易，为漏网之鱼。陈述《辽史补注》、朱延丰《突厥通考》二书因故未能出版，序亦无缘随书刊布，全赖《陈寅恪文集》而得以流传，俱成名文，真成书外之序矣。

（原载于《读书》2009年第6期，题为《陈寅恪的序文》）

公案总传疑
——陈寅恪先生"恪"字之读法

一、"恪"之读"确"非自寅恪始

《石遗室诗话》卷一末云:"都下诗人,十余年来颇复萧寂,自余丁未入都,广雅相国入枢廷,樊山、实甫、芸子俱至,继而㪒庵、右衡、病山、梅庵、确士、子言先后至。"其中有"确士"者。

同书卷四又曰:"俞确士学使明震庚戌入都,访余于秀野草堂,云有近诗一册在㪒庵处,请余商定。"

俞明震字恪士,而石遗呼为"确士",此并非音近而讹,亦非手民之误。晚清民国之际有一现象,即行文当中呼人字号时,往往音同字不同,音定字不定。以陈衍《石遗室诗话》为例,以李莼客为纯客,朱古微为古薇,江翊云为逸云,王兰生为阑生,梁众异为仲毅,梁茞林为茝邻;黄濬《花随人圣庵摭忆》以王廉生为莲生,文道希为道溪,易实甫为石甫;《积微翁回忆录》以吴雨僧为宇僧;陈寅恪1953年致杨树达函称余季豫为季玉,皆属此类。而缪筱珊又作筱山、小山、小珊、筱衫,不一而足。则据此亦可知潘景郑《寄沤剩稿》中

《跋蒋香生致叶鞠常手札》,"常"字不误(叶昌炽字鞠裳)。前数日,听金文明先生讲座,他发现《鲁迅书信集》当中有四十五处将许寿裳的字"季茀"写作"季弗",认为是误写,其实乃迅翁袭此故习。

了解这一现象有什么用呢?就是如留声机般记录了读音,可以据此推定"恪"之念"确"不从义宁陈寅恪氏始,山阴俞恪士已如此。明震为伯严继妻俞氏长兄,以行辈论,长寅恪一辈。幸存此法,可破"为一人而设一音"之妄责。可以断定"恪"之读"确"亦不自俞觚庵始。1915年商务印书馆《辞源》"恪"字即有"确"之读音,1937年商务版《国语辞典》亦如是。

二、"恪"之读"确"非方言掺入

很多人认为"确"的读音来自方言。2007年顷,我的同名兄占旭东君读了黄延复先生刊于《中华读书报》(2006年11月16日)题为《陈寅恪先生怎样读自己的名字》的文章,深服其说,并现身说法,举自己名字为例。占君是安徽太湖县人,他说:你要到我们那里找占旭东是找不到的,只有"占秀东",方言里"旭"读作"秀"。并问我的名字在我老家的方言里如何读。我籍贯是山西省介休市,9岁随父母迁太原前,那里还是介休县,在家乡的方言里,我的名字被称作"张雪东",家父乡音未改,平时叫我小名,他每生气时便以此呼我,故所记尤清晰。

我们看到"旭"字在方言里固有"秀"与"雪"之异读,

但从未影响到字典上对此字之注音。事实上，几乎每个汉字在方言里都多多少少存在异读。但长辈和家人是不会强调让身边的友朋都照方言读音来读的。除非是"有根底"的家庭他们认为这种异读保留了古音，方舍此而就彼。

故说《辞源》中"恪旧读确"是方言掺入，影响到普通话（当年叫"国语"）之纯洁，我是不相信的。当然也不完全排除大人物以行政手段来影响字典的编纂，但1915年商务印书馆《辞源》出版，俞明震并无飞腾之势坏地之名，《辞源》缘何会为他的方言异读设一音！陈寅恪先生当时25岁，缘他而"为一人而设一音"更属无谓。我们看到"介"字犹未变为"盖"音。

昔见有人撰文题为《勿以一人之尊而失一国之范》，尤为无根之游谈，不能稍作考据，却喜上纲上线，窃为不取。"恪"之读"确"必有其文字训诂上之渊源，方言掺入之说，不免草率。

三、诸家看法公案传疑

中国人民大学教授李光谟先生（前清华国学院李济先生的哲嗣）在给黄延复先生的信中说："'恪'字的正音，按规范汉语自应读作 kè，这一点大概是没有疑义的。但陈寅恪先生的尊讳，就我记忆所及，包括他的一些老友至亲（如俞大维、曾昭抡、傅斯年和家父等），都称'寅 què'或'寅 quó'（湖南一带的读音），这是事实。连语言大师赵元任先生也是叫他'寅què'，我相信我的记忆没有错。"

又有文章指出："'恪'字确实是被读成'què'音,这个现象的存在,赵元任先生曾有记录,并指其为'误读',但没有深入解释。"

"指其为误读"又不能"深入解释"说明这个问题的复杂性。事实上乾嘉诸老之后,音韵学渐成绝学,遗风流韵或存于余杭章氏及其弟子中,而赵先生是"新式"语言学家,"没有深入解释"自己又读作"寅 què"可为旁证。赵先生精研方言,故将这个问题往方言上靠。专家考辨未果,故公案又传疑。

后来仍然有语言学方面的专家介入,王继如先生《"恪"字究竟怎么读》(《光明日报·国学》2007 年 7 月 26 日):"'恪'是一等字,不颚化,据其反切折合成今天的音是'kè',而北京话在'恪守'这个词里也都读'kè'。汉字读音的规范,是以北京音为标准的,同时也考虑到反切折合成今音的规律。"又说:"认为应该读'què'的大都据二等字来证明,这样的论据是不能证明其论点的。很多人都喜欢用'确'字来证明'恪'可以读'què',这是有问题的。'确'字是胡觉切,二等字,常组成'硗确'一词表示土地多石而贫瘠,现在用作'確'的简体字,而'確'本身是苦觉切,同样是二等字。所以'确'在方言中会读为'ko'或'kɑ'(均为入声),而普通话中读为'què',这是二等开口字的颚化,不可以用来证明一等字必然颚化。"而曹先擢先生《也谈"恪"字的音读问题》(《光明日报》2007 年 8 月 16 日)说:"我认为应该从北京话的文白异读着眼去分析恪 kè/què 的音读。"得出的结论是读"确"。二人方法略同,结论正反。

吴小如先生《从"恪"字读音谈起》(《文汇报·笔会》2006年12月31日)说：

> 读过好几篇文章，作者们都在争议陈寅恪先生的名字。"恪"为什么不少人读"què"而不读成"kè"，而这些作者又大都认为读"què"是错的。我则认为读"què"不能算错。一字有多种读法在全国各地方言中并不奇怪。"恪"是入声字，最早的写法是"愙"。我从小听父师老辈们读吴大澂的著作《愙斋集古录》便读作"què斋"，几乎没听见过读"kè斋"的。寅恪先生的哥哥衡恪先生（字师曾）是有名的画家、诗人，曾与鲁迅同事，我也只听人们称他为"衡què"。

吴先生此文指出吴愙斋之"愙"亦读"确"，虽从老辈口耳相传而来，并无书证，但仍给人启发。

这个愙字果真老辈读作"确"的话，我想到了另外一个字，就是他叔父问他志向，他说"愿乘长风破万里浪"的那个宗悫的"悫"。这两个字有个特点，就是在古人谥号中最为常见，所以我试图找到二字混用的情况。但没有找到。

四、按"规范汉语行事"的困惑

黄延复先生在《陈寅恪先生怎样读自己的名字》一文中说道：

如果上述种种分析可以成立的话,那么我认为应该得出如下几个结论:

1.作为现代人,在口头上或日常生活中,你尽可以用方音或习惯音读字。但在正式场合,在要求用规范语言进行交际、交流时,就应该按规范汉语(普通话)行事。特别不应该用自己的习惯以至错误去"纠正"他人。事实上,我接触过许多青年人曾告诉我,他(她)们原本是根据辞书读陈先生的名字的。但受到了老师或长辈的"纠正"而改变了读法。2.学校的启蒙老师,特别是新闻媒体的解说员、广播员,应是正确使用普通话的模范,万不可根据别人的偏颇之见对自己的听众作错误引导。而事实上,北京、香港等地的一些大新闻媒体,以及我上面提到的电视片的讲解员,都有意无意地误导了自己的观众或听众。我相信,他们也是受了某些"名人指点"才这样做的,但是他们应该根据规范汉语办事,而不应盲目听信他人,因为这是对读者不负责任的做法。

黄先生是从"现代人""用规范语言进行交际"应该"按规范汉语行事"角度来认识这个问题的。如果从古籍整理和古代文史研究的角度来看,可能就会有不同的认识。比如"说曹操曹操到"这句俗语,用"规范的汉语"说,其中的"操"字读平声是没错的,字典上便如此注;但是你以此"知识"阅读古籍,便会出问题,会产生疑惑。

蔡京的儿子蔡絛《上乌程李明府》七律云:"直操已为松柏许,贞心不逐岁时移。"上句的平仄应当是"仄仄平平平仄仄","操"在第二字,必须为仄声。《全辽文》卷六《广济寺佛殿记》:"律仪修而白玉无瑕,戒行止而青松有操。"下句末字当为仄声。华岳《闷成》诗云:"勿忧李广不封侯,广不封侯未足忧。汉鼎不烹曹操肉,吴钩空断伍员头。鸿门自昔推屠狗,虎帐于今愧沐猴。千万南阳遇徐庶,为言豪杰尚缧囚。"第三句当为"仄仄平平平仄仄","操"正为仄声。易顺鼎《答樊山》诗云:"阳春自赏便如何,季绪休劳诋与诃。天下英雄使君操,蛮夷大长老臣佗。青梅酒醋原同浸,黄屋箕椎且自多。诗法转从官里误,一时笑骂总由他。""操"在第三句末,我们都知道,律诗的第三、第五、第七句的最后一个字,肯定是仄声,怎么可能用平声呢?另外东坡《送刘道原归觐南康》:"孔融不肯下曹操,汲黯本自轻张汤。虽无尺箠与寸刃,口吻排击含风霜。"亦是此类。

《说文》:"操,把持也。"段注:"把者,握也。操重读之曰节操、曰琴操。皆去声。""操"字为"品德,操守"义项时,读第四声。曹操字孟德,名与字正相应。又《经典释文》于《礼记·曲礼上》"不讳嫌名"条下曰:"按汉和帝,名肇,不改京兆郡,魏武帝名操,陈思王诗云'修阪造云日',是不讳嫌名。"避嫌名,是指回避同尊者姓名音声相近的字。"曹操"的"操"若读第一声,则与"造"字之音相差甚远,读第四声方差近,则阿瞒之"操"在古读为仄声无疑。

当然如果强迫每个"现代人"都读第四声,把此字都念得像骂人,似乎也不太现实。但是如果不按仄声读,读古诗必不合律。黄延复先生在大文末尾强调"名从古人"的古训,我非常赞成,这是《公羊传》留下的传统,其道当从。但不知主张

"名从古人"又主张"按规范汉语行事"的黄先生于"曹操"二字当如何读。

不必强行推广"操"的仄声读法,而依"旧读"读作仄声的,当然不能诟病,因为"主人"如此,且疆域有别。这种宽松的态度似乎可以用来解释陈寅恪先生自己的看法。

五、来自长辈与家庭的旧读

旧读之"确"音,绝非仅仅出现在清华和西南联大陈氏故友中,陈三立身边友朋也如此称呼,上举陈石遗呼俞明震即是一例。可以推知,暂不论出于何因,陈三立是坚持旧读的。后黄延复先生《关于陈寅恪名字读音的几点新悉》引王永兴回忆:1947年到1948年间他做陈寅恪助手时,常到老师家,称老师为"寅 kè"先生,师母纠正说应念"què"。中山大学的一些老人还亲眼见过当年有人念陈先生名字为"kè"时,陈夫人纠正说要念"què"。陈夫人的坚持很可能来自家庭中上一辈之熏染。这是旧读的一派。陈宝箴制定了"三恪封虞后,良家重海邦"的字派,陈氏恪字辈除了我们熟悉的衡恪、隆恪、方恪、登恪以外,还有宗兄弟儒恪、储恪、伊恪、荣恪等,分别散于武汉、长沙、南昌、北京等地任职,伊恪、荣恪还留学日本。由于家风熏染渐远,他们皆读若"kè",却是新读一派了。

黄延复《关于陈寅恪名字读音的几点新悉》中概括刘经富先生的话说:"荣恪在修水长大,自会讲客家话。儒恪、储恪、伊恪为亲兄弟,其父陈三略服官湖南,儒恪兄弟虽在湖南生长,却能讲纯正的客家话。这两支出自陈氏故里的人才,在二三十年代前常有联系。儒恪、储恪、伊恪、荣恪不会将自己名字读成'què',同理,共曾祖的寅恪兄弟也不会将自己的名字读成'què'。陈寅恪也不会标新立异,脱离亲兄弟和宗兄弟们自幼形成的读音习惯。"其观点笔者在此不论,但这里很显然可以看到"恪"之读"确"并非方言掺入,而是家风熏染,由于儒恪、储恪、伊恪等人没有散原老人与唐篔女士在一边督促,便很快亦很易弃旧就新了。

六、陈寅恪自己的读法

前文提到《公羊传》"名从主人"的传统,所以这个问题最该注意的似乎是陈先生自己的读法。

《陈寅恪先生怎样读自己的名字》一文引赵元任 1924 年 8 月 20 日日记:"发现寅恪自己用的拼法为'Yinko Tschen'。"《陈寅恪集·书信集》中收录的一封陈先生写于 1940 年致牛津大学的亲笔英文信作"Yours sincerely Tschen Yinkoh"。这些成为读"客"一派很硬性的证据。

我后来对这种罗马字母签名也比较留意。我在编辑《中华大典·教育典》时,碰到了"官费留美幼童名单"(刘真主编《留学教育:中国留学教育史料》第一册),将一些留美幼童之名及其译名录于下:

蔡绍基(Tsai Shou Kee)广东香山人,蔡锦章(Tsai Gum Shang)广东香山人,程大器(Ching Ta Hee)广东香山人,欧阳庚(Auyang King)广东香山人,陈钜镛(Chun Kee Yaung)广东新会人,曹吉福(Tso Ki Foo)江苏川沙人,潘铭铨

（Paun Min Chung）广东南海人，以上为第一批，1872年到达美国。容尚勤（Yung Shang Kun）广东香山人，王凤阶（Wang Fung Kai）浙江慈溪人，容揆（Yung Kwai）广东新宁人，以上为第二批，1873年到达美国。其中容尚勤（Yung Shang Kun）最值得注意。

《陈寅恪先生怎样读自己的名字》一文又说："笔者前些年曾因事往访清华图书馆元老毕树棠先生（已故），谈话间提到了陈先生的名字，他用浓浓的胶东口音说出'陈寅ker'三字。当时我很诧异，因为他当年同包括陈先生在内的一批清华老前辈都'过从甚密'。我问他为什么不跟着大家读'què'或'quó'？他说他曾经问过陈先生，陈先生告诉他'恪'应读'ke'音；他又问'为什么大家都叫你寅què你不予以纠正呢？'陈先生笑着反问：'有这个必要吗？'"

如果记忆可靠，陈寅恪先生自己则在新旧杂存的情形下采取了新旧皆可的态度。如果他欲禁止别人呼他"寅què"，难道他这个主人还做不到吗？这种两可的态度是一种宽松的态度。他这种宽松的态度在偏执于《说文》的学者那里，可能并不以为然。

七、钱坫与黄侃的看法

黄文说："陈寅恪先生名字中的'恪'字的读音，多年以来一直存在着分歧：相当一部分人读作'què'；但查古今辞书，诸如《说文解字》《康熙字典》《现代汉语词典》等等，大都只注'kè'音，有的还特别注明它的原形字是'愙'。但也有些晚近出版的辞书（海峡两岸都有）注以'旧读 què 却'的，但'旧'何所指，大都语焉不详。"

其实《说文》就不收"恪"字。《说文》收字有限，很多字都未收，实不足怪。段玉裁《说文解字注》在"愙"字下注曰："今字作恪。"《中华大字典》注明"恪"字与宗愙之"愙"同属"药韵"，注音为"乞约切"。"愙"字在《说文解字》中注音为"苦角切"。从"乞约切"到"苦角切"，声母由 q 到 k，这种变化值得注意。

清人钱坫，字献之，《光绪嘉定县志》曰"一字秋篆"，号十兰，赵之谦《国学师承记》批本曰"又号篆秋"，钱大昕之侄，《国学师承记》有传。撰有《说文解字斠诠》，涉及"恪"字。黄侃撰有《说文解字斠诠笺识》收入《量守庐群书笺识》，武汉大学出版社 1985 年根据抄本影印出版。黄侃《说文解字斠诠笺识》卷十心部愙条下云：

> 愙，谨也。从心，客声。今作恪。○恪乃愙之别字。
> （黄侃：《量守庐群书笺识》，武汉大学出版社，1985 年，第 212 页）

愙同恪。抄本说明云："本书各条次序，系先录《说文解字》原文，空一格录钱氏斠诠，再加圈录季刚笺识。"季刚同意钱说而无补充者加连圈，不再笺识。其笺识之言分为两类，一为同意而加以补充的，一为不同意而加以辩驳的，如"此说无据""其说谬"之言正不少。此处钱坫认为"愙""恪"二字为古今字。黄侃同意，并补充说"愙""恪"二字为本别字。

黄侃能够和他的老师章太炎并列称为"章黄学派"，很大一方面的原因是他对于《说文》的精研。而这一点颇为新派的学术家诟病，大家只要看一下《积微翁回忆录》里的黄侃是如何的不堪就可知道。杨树达说起来已是相当的老派，但受时代风气的影响、外来学风的熏陶，对于黄侃一味"死守"《说文》已相当不满。《积微翁回忆录》"1935年11月1日"条云："乃其治学力主保守，（中略）治小学必守许氏。（中略）世人皆以季刚不寿未及著书为惜，余谓季刚主旨既差，虽享伏生之年，于学术恐无多增益也。"其黄季刚挽词云："平上义相违，朝闻夕死君何恨；艰辛期自得，人亡响寂世同悲。""人亡响寂"云云，显是微词。

杨氏态度多少可以代表义宁陈氏之想法。陈义宁治学之法融合中西，又专治史，十分重视新材料的发掘，对于小学不如黄侃那样重视。这也就可以解释他自己那句"有那必要吗"的话了。

注重新材料发掘的治学倾向比较容易理解，写《通鉴胡注》的胡三省的生平很长一段时间大家都不清楚，钱大昕也说不大清，直到抗战时期有人从《宁海县志》中找到胡三省儿子写的一篇墓志，方才对他的历史有个眉目。从这个例子很容易理解大家走到"上穷碧落下黄泉，动手动脚找东西"的路子上的缘由。但以这几十年的经历来看，这一点同时带来了问题。我们无疑已经意识到这一点，吴从周先生《口戕口》（《文汇报》2009年1月24日）一文提到："对于古典的态度，已有不少人提倡从疑古、信古走向考古或释古。然而古典的研究者就仅仅满足于此吗？难道不能进而'听取或听懂它的教训'于万一吗？事实上古典传统的继承与发扬早已到了'不绝如缕'（此词今多被误为"绵延不绝"之意了）、'千钧一发'的危险境地，令人不得不再次发出'何处千秋翰墨林'之叹了。"吴文还有一段与我们所论有关："随着研究的深入，出土文献与传世文献的对勘和古书年代真伪的判定都取得了长足的进步。然而由于通假字的大量存在，给文本阐释的多样性带来了不少空间，有时甚至的确是'好让想象力得以自由游戏'（was der Einbildungskraft freies Spiel lässt, *Laokoon*）的。如果各人按照借用的字词来立说，文本本来的含义就会弄得公说公有理，婆说婆有理，因此望文生义（au pied de la lettre）地解释往往是歧义纷呈的根源之一。有学者曾说过，所谓'今古文'的问题，最初很大程度上由通假字解释的分歧而逐渐造成学说及立场的不同，鄙见以为是探本之论。"可见"上天入地"寻找新材料之余，尚须细读，单词只义又不得不死抠。

八、"我是傅璇琮"

关于《说文解字》不收"恪"字以及各辞典、字典注音不一致的情况，亦当作简略说明。

各个辞典、字典所收读音不统一，也是常事。当代学者傅璇琮名字中的"琮"字在字典中只有"从"一个读音，检《说文解字》《辞源》《辞海》及《汉语大词典》皆如此。但我听李学颖、赵昌平二先生呼"傅璇琮"都为"傅璇综"，我一直以此为"名从主人"的一个案例。直到后来在资料室，《中华文史论丛》的蒋维崧先生说，你查完各种辞典再下结论。最后在

《中华大字典》里面查到了"综"的读音（"子宋切，音综，宋韵"）。说明傅先生的读法还是渊源有自的。

九、结语

所以我的意见：浑言之，"恪""愙""愘"三字同源；切言之，"愙""恪"二字为古今字，"愙""愘"二字为本别字。"确"确系旧读，在人名中时，本着"名从主人"的原则应当给以尊重，一刀切式地改读"客"，似有不妥。

黄延复先生的文章发表以后，产生很大影响，有登高一呼之势。我所钦佩的师友当中有不少从"确"改读"客"，听诸人闲谈，每及义宁陈氏此字，各读各音，各感尴尬。故为此小文，略陈鄙见。引及陈衍《诗话》及黄侃《笺识》两条书证，自认为较有力量；亦提到一代枭雄曹操与当代学者傅璇琮，尤其是拿傅先生的名讳做文章实在感到失礼。琐屑之处，主人犹且不辩，笔者拉杂言之。此文草成，不敢自是，若有谬讹，当待来者再考。

（原载于《中国文化》2009年春季号，总第29期）

陈寅恪先生所谓"了解之同情"

陈寅恪先生三十年代有一篇《冯友兰中国哲学史上册审查报告》(以下简称《上册审查报告》),开端就说:"凡著中国古代哲学史者,其对于古人之学说,应具了解之同情,方可下笔。"其中"了解之同情"一语不胫而走,广为流传,亦引起讨论,甚至招来质疑,至今不曾停歇。

在陈先生之前,钱穆先生在《国史大纲》的序里面也说:"(读此书)必附随一种对其本国以往历史之温情与敬意。"文字与情怀上虽颇相似,但现在看来,其实不尽相同。

陈先生文字当中有这样的现象,就是用了和别人不同的词句,却表达了"从众"的意思;有时词句和别人差不多,却表达了不同的意见。宋代黄庭坚论诗有所谓"夺胎换骨"之说:中心意思不变但换了词句,谓之"换骨";词句看似相同但中心意思已经变了,谓之"夺胎"。陈先生文章很讲究修辞,大抵亦是这两类。要么意思与你相同,用词却大异;要么用词与你相同,意思却大异。决不会如今人鹦鹉学舌,领袖说"砥砺前行",人人便说"砥砺前行",似不会说其他话。其心之独立,亦表现为语之独立。

2008年冬，桑兵先生至复旦大学文史研究院作演讲，题为"'了解之同情'与陈寅恪的治学方法"。概括地说，桑先生认为："了解之同情"并不是陈寅恪先生所主张的治学方法；"了解之同情"只是冯友兰的治学方法；陈寅恪对"了解之同情"的办法所持的态度基本上是否定的。

学者创新，闻之惊诧。"了解之同情"一语，其含义陈先生在《上册审查报告》中所言甚明，本不待混淆。其先言"盖古人著书立说，皆有所为而发。故其所处之环境，所受之背景，非完全明了，则其学说不易评论"，继言"所谓真了解者，必须神游冥想，与立说之古人处于同一境界，而对于其持论所以不得不如是之苦心孤诣，表一种之同情，始能批评其学说之是非得失，而无隔阂肤廓之论"。故可知"了解之同情"不过"设身处地"之意而已。而两次提到"了解之同情"，都接以"古人著书立说皆有所为而发"，正是此意。比附江西派诗法，算是"夺胎"。其意思既非"了解"，也非"同情"，也不是钱宾四先生所谓"温情"与"敬意"。其用词常见，意思却大新。

陈先生在《赠蒋秉南序》中说："默念平生，未曾侮食自矜，曲学阿世，似可告慰友朋。""侮食自矜"四字颇不易解。南齐王融《三月三日曲水诗序》云："侮食来王，左言入侍。""侮食"与"左言"对言，都指外国。《文选》注引《汉书·匈奴传》渐行渐远，不得其义。则此处"侮食自矜"，换句话就是我们常说的"夜郎自大"。（此条承史良昭先生见告。）作为陈先生修辞之一例，此为"换骨"。

关于"设身处地"，似乎不待举例。但有一个事情让人印象很深。蒋秉南（天枢）先生《陈寅恪先生编年事辑》"民国三十年辛巳（一九四一）先生五十二岁"条录陈寅恪跋《建炎以来系年要录》云："辛巳冬无意中于书肆廉价买得此书。不数日而世界大战起，于万国兵戈饥寒疾病之中，以此书消日，遂匆匆读一过。昔日家藏殿本及学校所藏之本虽远胜于此本之讹脱，然当时读此书犹是太平之世，故不及今日读此之亲切有味也。丁巳岁不尽四日青园翁寅恪题。"这种代入感，颇能让今天的读者看到陈先生留在书页间的旧影。

再加，陈先生不止一处谈及支愍度。《陈垣明季滇黔佛教考序》和《支愍度学说考》两篇最集中。前一篇微讽，后一篇研究其学说，于支愍度怀有同情。《世说新语·德行》云："郗公值永嘉丧乱，在乡里甚穷馁。乡人以公名德，传共饴之。公常携兄子迈及外生周翼二小儿往食。乡人曰：'各自饥困，以君之贤，欲共济君耳，恐不能兼有所存。'公于是独往食，辄含饭着两颊边，还吐与二儿。后并得存，同过江。"同是"过江"故事，可并读而知当日之境。

至此，可断言"了解之同情"正是陈先生治史之态度；虽然实在称不上是什么"方法"，但这态度必然会辐射到方法上去。我们看到，陈氏治史素重研究"环境之熏习，家世之遗传"，即"论其世而知其人、设其身而处其地"之法。古人厌恶"才接耳目，便下唇吻"，刚刚看到什么，就下判断作评论。这种态度就是要求深入进去，反对见风就是雨，主张筹烂谋深。

然而供其"筹烂谋深"的资料有限，《上册审查报告》中说"吾人今日可依据之材料，仅为当日所遗存最小之一部"，"或散佚而仅存，或晦涩而难解"。要想把这些断片"联贯综合"，必须"神游冥想，与立说之古人，处于同一境界"。在细节了解不多的情况下，要做到"设身处地"，他提出的办法是"神游冥想"，用以重建历史场景。这里有两点。第一，"神游冥想"是一种能力，即另一处所提到的："欲借此残余断片，以窥测其全部结构，必须备艺术家欣赏古代绘画雕刻之眼光及精神，然后古人立说之用意与对象，始可以真了解。"即要培养这种能力。第二，这种"神游冥想"同时也带来了危险。陈先生很清醒而自觉地认识到这一点，他说："但此种同情之态度最易流于穿凿傅会之恶习。"这是带来的问题。本来欲以今人之身入古人之境，搞不好，以今入古不能，变成了以今律古，"则著者有意无意之间，往往依其自身所遭际之时代，所居处之环境，所熏染之学说，以推测解释古人之意志。由此之故，今日之谈中国古代哲学者，大抵即谈其今日自身之哲学者也。所著之中国哲学史者，即其今日自身之哲学史者也。其言论愈有条理统系，则去古人学说之真相愈远。此弊至今日谈墨学而极矣"。本欲重建现场，探古人著述之初心，不意今古混淆，不知身在何处、今夕何夕。

陈先生所谓"同情"，不同于今人恒言之"同情"，而略似古人所言"趋利避害，古今同情"之"同情"，即"同样之情形"。

《上册审查报告》认为冯友兰此作，取材、持论皆能做到设身处地，能"神游冥想"，与古人"同情"；但同时带来危险。陈先生似乎认为其危险大于其优点。

为冯友兰先生此书作审查的，陈先生之外还有金岳霖先生。而将其两篇《审查报告》同读，颇有意思。金先生的《审查报告》说:"但我的意见似乎趋于极端,我以为哲学是说出一个道理来的成见。哲学一定要有所'见',这个道理冯先生已经说过,但何以又要成见呢?哲学中的见,其理论上最根本的部分,或者是假设,或者是信仰;严格说起来,大都是永远或暂时不能证明或反证的思想。如果一个思想家一定要等这一部分的思想证明之后,才承认它成立,他就不能有哲学。"也就是说"各思想家有'选择'的余地。所谓'选择'者,是说各个人既有他的性情,在他的环境之下,大约就有某种思想"。金先生的意见,一切"见"皆"成见",没有完全真知。其意见和陈先生的"设身处地"针锋相对,两篇《审查报告》好像是在打架似的。

那么,它们两篇孰前孰后呢?陈先生的《上册审查报告》收在《金明馆丛稿二编》里,只说发表于1931年3月的《学衡》,没有标明写作时间。但中华书局1961年版《中国哲学史》所附陈先生《上册审查报告》署"六月十一日";金先生的《审查报告》署"十九,六,二十六"。时间应同在民国十九年,即1930年。且金先生《审查报告》里引了陈先生《上册审查报告》里的一句话,说:"因其如此,他(冯友兰)对于古人的思想虽未必赞成,而竟能如陈先生所云:'神游冥想与立说之古人处于同一境界。'同情于一种学说与赞成那一种学说,根本是两件事。"是金针对陈非陈针对金明矣,可是金先生于陈氏真义并未领会。

《上海书评》(2010年1月10日)学者访谈栏目刊出《施奈德谈民国非主流史观》,施奈德说:"陈寅恪对当时的欧洲史学以及理论,到底理解到什么地步,我们并不是很清楚。

他用的几个术语，比如'同情之了解'，很可能是来自德语'Mitgefühl'，'mitfühlen und verstehen'就是'同情和了解'。"我不懂德语，不知究竟如何。

（原载于《读书》2010年第8期）

但是虽"无恶语",亦需注意。钱锺书《石语》记陈衍的话:"季刚不知在何处曾从学于江叔海,尝谓余曰:'叔海无所不知,亦一无所知。'"(钱锺书:《石语》,中国社会科学出版社,1996年,第34页)而《黄侃日记》屡言叔海师如何如何,言辞间极尊敬。《黄侃日记》将自己矜心好诋之痕迹大多隐去。故《黄侃日记》较之于《积微翁回忆录》颇显琐碎而有意隐去自我,故我们于《黄侃日记》中所看到的杨树达,未必代表黄侃真见。

杨树达对于章太炎极为感念,于黄季刚则分两段,1935年前较为尊敬,1935年以后《积微翁回忆录》于黄季刚颇多微词。

黄侃年纪略少于积微翁,恃才使气,执螯饮酒,五十而亡。陈寅恪1940年之际称杨树达为"当今小学训诂第一人",陈赞杨时,黄侃已逝五载,自不必生卢前王后之争。然两位"第一人"相评价,不知能否"出自肺腑",又"恰如其分"?

《积微翁回忆录》"1935年10月10日"条云:"余乡人某著一《连绵词典》,手稿百数十册。季刚见之,惊其夥颐,赞许不容口。而竟不知其书之芜秽凌杂,绝无可取也。某曾以其书求序于章先生,先生以其太劣,拒之。此吴检斋亲闻于先生而告余者。先生识力,季刚愧之远矣。"怀疑黄侃识力。

"1947年11月24日"条云:"张舜徽自兰州归,来访。赠哈密瓜脯一枚,甚甘。徐行可告舜徽,言黄季刚日记于抗战中失去云。"但黄氏日记失而复得,今日由中华书局刊行。两相比照,此处之"余乡人某",有幸能于《黄侃日记》中获得确解。

黄侃《避寇日记》"1932年3月7日"条云:"宇澄来久谈,留其联绵字典稿于此,索古今声类表稿去,约后日九时诣之。"

则"余乡人某"为符宇澄。符定一,字宇澄,湖南衡山县人。为毛泽东中学时代的老师。1949年受毛之邀任新中国第一代文史馆馆长。其《联绵字典》于1943年由商务印书馆初版。新中国成立后,中华书局重版。1953年间符定一请毛泽东题词,毛复信说:"我对尊著未曾研究,因此不可能发表意见。"(《毛泽东书信选》,中央文献出版社,1983年)但仍由毛泽东题写书名。毛亲笔题写的书名并不多。

中华书局1954年2月第2版《联绵字典》附有作者"后叙",其云:"方余书之将成也,适章炳麟、黄侃至北平,世之言小学者称章黄,而《说文略说》视《小学答问》为优矣。故余携例挈稿,往视黄君,并语之曰:'君见正焉,余其隐哉。'"是舍太炎而取季刚。又言:"阅十余日,黄君驱车造庐,入室后,正立向余打躬三,从容言曰:'今日论学,君为吾兄,即本师章氏,著作未若君之巨也。吾初以湘人著书,不过尔耳。今君书体例精详,六经皆注脚,邹汉勋后,突出此作。魏王皮叶,瞠若乎后矣。'"(符定一:《联绵字典》,中华书局,1983年,"后叙"第36页)符氏稿有四百万言,故曰"十余日"。

然黄氏《避寇日记》"1932年3月9日"条云:"诣符宇澄饭,还其连绵字典样稿,留其序例。"所记符氏书稿乃隔日而还。

"3月28日"条云:"得旭初快书,又藻荪书,又宇澄催作序书。"

"5月5日"条云："宇澄书来，趣作其书序。"时间已过去月余，序尚未成。

"5月12日"条云："宇澄又趣作序。"

"5月21日"条云："得宇澄书，嘱审其书例，又促作序。"

《寄勤室日记》"1932年6月11日"条云："奉太炎师十号发书，知以二号还于上海。先我行而后至也。令侃代作符宇澄书叙，容审思之。"太炎促其作序。

"6月13日"条云："得符宇澄书，示以新增其书凡例一条，又催作序"。已是第五次来书催促。

"6月19日"条云："与宇澄书，寄以联绵字典序。""难产"之后，终于交差。

"6月25日"条云："得宇澄书，内附润笔六十元。"

拖延四个半月，中又接师命。黄季刚为《联绵字典》作序之情状可以想见。整个春天都给拖过去了，黄侃并不是要反复酝酿把这篇序写成有学术分量的评述文字。观黄序，亦不过周旋应付之词，大抵"既誓为此书，曾无辍业，涉历屯夷，不离铅椠，检书属草，未假于人"云云。(《联绵字典》黄侃序）黄侃勤于读书而懒于著述，然其《日记》所载为人作文，事亦时有，未见如此拖延者。反观《积微翁回忆录》，可见杨树达此处于黄侃识力，判断不实。且《积微翁回忆录》中详记吴承仕与黄侃失和经过，此处全信吴检斋一家之言，故有此失。

二、陈寅恪所谓"未入流"者

积微翁之少黄季刚，笔者相信并非为"小学第一"之争。其分歧在于学术取向之异，此于《积微翁回忆录》亦可寻见。"1935年10月10日"条云："阅报知黄季刚病逝。季刚于《说文》烂熟，然其所推论之孳乳先后多出于悬揣，不足据信。大抵此君读书多而识解不足，强于记忆而弱于通悟。"其"1935年11月1日"条又云：

> 黄季刚家人致讣来。按先母逝时余讣告季刚，季不答。余致书，又不报。故余只得置之。《哀启》云："季将没，自伤垂老无成。"近日学界人谈及季死，均谓季生时声望虽高，百年后终归岑寂。据《哀启》似季亦自知之矣。按清儒学问本分两派：皖派江、戴，主实事求是；吴派惠氏，言信而好古。皖派有解放精神，故能发展；吴派主墨守，则反之。戴弟子有王、段、孔三家，各有创见。惠弟子为江声、余萧客辈，抱残守缺而已。俞荫甫私淑高邮，太炎师荫甫，实承皖派之流而益光大之。季刚受学太炎，应主实事求是；乃其治学力主保守，逆转而为东吴惠氏之信而好古。读《诗》必守毛、郑，治《左氏春秋》必守杜征南，治小学必守许氏。……世人皆以季刚不寿未及著书为惜，余谓季刚主旨既差，虽享伏生之年，于学术恐无多增益也。

其关键处，是责黄侃"墨守"，不能"解放"，并纳入吴派皖派中言清代学术流变，然其所谓"解放"，实质即是"趋新"。

杨树达虽年少时入长沙实务学堂为梁启超门下士，一生服膺新政，后又留学日本，但杨树达学问更趋近旧学，作风近旧派。

然新旧之争却正在杨黄之间。在"五四"学人"新文化运动"胜利以后所构建的民国学术史里面，新旧之争被单一化为胡适新派和黄侃旧派之争，杨树达和黄侃一般都被视为旧派学人，但在他们那里，显然存在"新旧之争"。胡适新派的胜利，恐怕并非全是出自胡适新派的力量。

观《积微翁回忆录》可知其所谓"解放"主要是两条，其一为使用新材料，其二为融通中西。但是杨树达先生上面吴派皖派的话，颇可怪也。吴派只说红豆山庄惠氏，而未及钱大昕、王鸣盛、王昶这些人，尤其钱大昕，才是乾嘉之巨子。避而不言钱晓徵，而言红豆惠氏，是有意削弱吴派。若以钱大昕代表吴派，戴震代表皖派，亦可作一比较。戴震平生最著者为以一布衣而入四库馆，名震一时。戴震名辈较钱大昕、纪晓岚稍晚（而钱纪二人是乾隆十九年进士同年），且曾得钱大昕提携。即以四库总纂修纪晓岚与钱大昕较，虽并称"南钱北纪"，后人余嘉锡称"实则纪不足望其项背"，本一当入文苑传，一当入儒林传。钱、戴二人虽同入儒林，然试读《潜研堂集》，较《戴震集》宏富多矣。纪、戴诸人主四库馆，名震一时，又名垂一世。而钱大昕乾隆四十年告老还乡隐于钟山、娄东、紫阳诸书院二十余年，当时名声稍晦，然以后观前，越迈二人则无疑义。

杨树达言及吴派皖派而不及钱大昕，是因为钱氏亦死守《说文》，使用新材料有条件。《潜研堂集》卷二十四《小学考序》云："求古文者，求诸《说文》足矣。后人求胜于许氏，拾钟鼎之坠文，既真赝参半；逞乡壁之小慧，又诞妄难凭，名为尊古而实戾于古者也。"（钱大昕：《潜研堂集》，上海古籍出版社，2009年，第394页）卷二十七《跋春秋繁露》云："后之人乃舍《说文》而别求古文，且诋《说文》为秦篆，甚矣其惑也。"（同前，第458页）这使得杨树达有避重就轻之嫌，结论大打折扣。

杨树达《积微翁回忆录》中极尊章太炎，因章氏于其有提拔奖掖之恩，而攻黄侃者，皆其师章太炎所共有，杨遇夫先生亦避章而攻黄。余杭章先生《论经史实录不应无故怀疑》一节文字最具代表性，其言："以器物雠正史"是拾欧洲考古学者之唾余，"凡荒僻小国，素无史乘，欧洲人欲求之，不得不乞灵于古器。如史乘明白者，何必寻此迂道哉"，主张"史传不全，以器物补之"则可，反对"器物有则可证其必有，器物无则无从证其有无"的倾向。对于甲骨，很难确定其年代；至于钟鼎文，则很难确定其真假。（徐一士：《一士类稿·一士谈荟》，书目文献出版社，1984年，第107页）以此证史，时有穿凿。黄侃严守师说，最重《说文》而轻视甲骨文研究。

杨树达两次都避重就轻，令人怀疑其结论。但陈寅恪之前就有说，大张旗鼓，与此后先呼应。

陈寅恪在《王静安先生遗书序》中，为王国维学术作出三项总结：一曰"取地下之实物与纸上之遗文互相释证"；二曰"取异族之故书与吾国之旧籍互相补正"；三曰"取外来之观念与固有之材料互相参证"。概括而言,亦是"使用新材料"与"融通中西"两点,尤其强调第一点,认为将开启一世之风气,"示来者以轨则"。陈寅恪文章很讲究修辞,其为人十分刚毅,提意见往往却很委婉。但1930年所刊《陈垣敦煌劫余录序》,一反常态,辞气较苛峻。其云:"一时代之学术,必有其新材料与新问题。取用此材料,以研求问题,则为此时代学术之新潮流。治学之士,得预于此潮流者,谓之预流(原注:借用佛教初果之名)。其未得预者,谓之未入流。此古今学术史之通义,非彼闭门造车之徒,所能同喻者也。"这几句话无异于新旧之间的宣战。

敢于轻视乾嘉,留学十数年东归的陈寅恪先生,似有其法门,寻绎其文字,亦能找到线索。1923年尚未归国的陈寅恪写《与妹书》,希望代购商务印书馆所重印日本刻《大藏经》,云:

> 如以西洋语言科学之法,为中藏文比较之学,则成效当较乾嘉诸老,更上一层。然此非我所注意也。我所注意者有二:一历史,(唐史、西夏),西藏即吐蕃,藏文之关系不待言;一佛教,大乘经典,印度极少,新疆出土者亦零碎。及小乘律之类,与佛教史有关者甚多,中国所译,又颇难解。我偶取金刚经对勘一过,其注解自晋唐起至俞曲园止,其间数十百家,误解不知其数。我以为除印度、西域、外国人外,中国人则晋朝唐朝和尚能通梵文,当能得正确之解,其余多是望文生义,不足道也。隋智者大师天台宗之祖师,其解"悉檀"二字,

错得可笑。(陈寅恪:《陈寅恪书信集》,生活·读书·新知三联书店,2001年,第2页)

"以西洋语言科学之法,为中藏文比较之学,则成效当较乾嘉诸老,更上一层"云云,值得注意。

《积微翁回忆录》"1936年8月9日"条对于这种比较语言学的效能也有记载,其云:"昨日晤陈寅恪。告余云,近日张孟劬剞劂板改订《蒙古源流笔证》(按:"笔"字误,当为笺证),多用渠说而不言所自出,渠说系用梵藏文字校勘得之,非孟劬所能。或不致引起《水经注》赵、戴之争耳。"

至此可知,陈寅恪先生有足以轻乾嘉之具,钱大昕固已不足惧。那么陈先生所说"未入流"者,当有之前(1928年)就被傅斯年称作"人尸学问上的大权威"的章炳麟、黄季刚师弟。所谓"人尸学问"即死学问。

而与"窄而深"的新史学取向不同的吕思勉,似乎也会被同行陈寅恪先生归入"未入流"的行列。

由于吕先生过世至于今已逾五十年,故吕氏著述进入出版的公共领域,吕氏作品大量刊行。吕氏著述数量之大令人吃惊,而只要略微深入地读其作品,就会发现,在这数量极大的著述中,有一极显著的特点不同于同时代陈垣、陈寅恪者,即是其作品中不特别强调新材料的使用。这与民国学术流变中曾经出现的那种"努力寻找新材料而不读二十四史"的趋向不同,亦与史语所"上穷碧落下黄泉,动手动脚找东西"的号召相悖。

吕思勉1925年所作《说文解字文考序》中赞许章说,云:

"最近二十年间，又有所谓骨甲文者，欲据以考见斯籀以前之文字者亦多矣。然其事不可深信，近人余杭章氏已极论之（《国故论衡·理惑篇》）。其言深有理数。"（吕思勉：《文字学四种》，上海古籍出版社，2009年，第185—186页）七年之后，又作《说文解字文考·序二》，七年之间意见未变，依然再申章说，云："章氏谓必发之何地，得之何时，起自何役，获自谁手，事状皆详；又为众所周见，乃为可信，诚不诬也。"（同前，第187页）借他人之口，再提"无文之骨，亦不知何往；盖一变而为有文矣"的疑问。

陈巨来《安持人物琐忆·记造假三奇人》载所识巧匠汤临泽收罗无款识的古金彝器，又参照名器物，东集西凑，假填文字，再略减篆意，而其所造文字混入容庚所辑《金文编》中（《万象》杂志，2004年4月号，第144—147页）。学者以此辨识古字、证古史，形同儿戏。

三、新旧之间的转化

黄侃《阅严辑全文日记二》"1928年6月18日"条云："国维少不好读注疏，中年乃治经，仓皇立说，挟其辩给，以眩耀后生，非独一事之误而已。"于王静安，责其根底不稳。

但当时王国维实际上已成众望所归。杨树达《积微翁回忆录》"1941年2月16日"条云："阅王静安《殷先王先公考》。读书之密如此，可谓入化境矣。""1941年3月22日"条云："阅王静安《顾命礼征》，精湛绝伦，清代诸师所未有也。""1941年5月1日"条云："阅《观堂集林》。胜义纷披，令人惊倒。前次曾读之，不及今日感觉之深也，静安长处在能于平板无味事实罗列之中得其条理，故说来躁释矜平，毫不着力。前儒高邮王氏有此气象，他人无有也。""1944年1月19日"条云："读王静安《〈尔雅〉草木虫鱼释例》，穿穴全卷，左右逢源，千百黄侃不能到也。"于静安学术佩服之至。"千百黄侃不能到也"，在新旧之间显有取舍。

《胡适的日记》云："旧式学者只剩王国维、罗振玉、叶德辉、章炳麟四人；其次则半新半旧的过渡学者，也只有梁启超和我们几个人。内中章炳麟是在学术上已半僵了，罗与叶没有条理系统，只有王国维最有希望。"最赞王静安。自称是"半新半旧"的学者，在当时的语境下，实际上是混淆了新旧之分。黄侃提都没提，仿佛"章炳麟是在学术上已半僵了"这半句话足以打发掉一个黄侃似的。

新旧之间的变化，也真有意思。王国维去世后七八年间，陈寅恪、杨树达等人逐渐发生转向，由"趋新"转向"守旧"。

失去王静安那样旧学精湛，又在新材料新方法的使用上非常审慎的学者，新派人物渐露空疏之病。据蒋天枢所记，陈寅恪1935年讲授"晋至唐史"时说道："历史的新材料，上古史部分如甲骨、铜器等，中古史部分如石刻、敦煌文书、日本藏器之类。所谓新材料，并非从天空中掉下来的，乃指新发现，或原藏于他处，或本为旧材料而加以新注意、新解释。（原注：旧材料而予以新解释，很危险。如作史论的专门翻案，往往牵强附会，要警惕。）必须对旧材料很熟悉，才能利用新材料。因为新材料是零星发现的，是片段的。旧材料熟，才能把新材料安置于适宜的地位。正像一幅已残破的古画，必须知道这幅画的大概轮廓，才能将其一山一树置于适当地位，以复旧观。在今日能利用新材料的，上古史部分，必对经书很熟，中古以下必须更熟。"（蒋天枢：《陈寅恪先生编年事辑》，上海古籍出版社，1997年，第96—97页）于太炎之说，已有所取。

陈氏在为他人著述所作的几篇序文中，对当日学风表达出自己的不满。其1939年所作《刘叔雅庄子补正序》将新派学者比作金圣叹注水浒，"改窜旧文，多任己意"。而刘文典著《庄子补正》"虽能确证其有所脱，然无书本可依者则不之补；虽能确证其有所误，然不详其所以致误之由者则不之正"，"可谓天下之至慎"，盛赞刘氏"能守旧义"。1942年作《朱延丰突厥通考序》，追忆十年前门人朱君此书草成，一方面本身有待商补，另一方面更为了"痛矫时人轻易刊书之弊"，陈寅恪劝其推迟十年刊布（陈寅恪：《寒柳堂集》，上海古籍出版社，1980年，第144页），朱氏从之。1940年为陈垣《明季滇黔佛教考》作序，借支愍度事，诋諆时人乱树新意，以负如来，表示要"守伧僧之旧义"（陈寅恪：《金明馆丛稿二编》，上海古籍出版社，1980年，第240页）。

而黄侃对学术研究中新材料的使用，看法逐渐转变。其《寄勤闲室日记》"1933年11月12日"条记："安阳谢刚主同来，谈及罗叔言新印《殷墟书契续编》，彼可代购。""1934年1月19日"条记："政和初，陕西发地得木竹简一瓮，皆得汉时讨羌戎驰檄文书，皆章草书，然断续不缀属，惟邓骘永初二年六月一篇成文。"《量守庐日记》"1934年5月7日"条记："颖民寄来大本《敦煌掇琐》中辑。""1934年5月26日"条记："得来熏阁书，即覆，令寄《贞松堂集古遗文续编》（并求《续补》)、《甲骨文字研究》。""1934年6月16日"条记:"与海文书,嘱订《善斋吉金录》后五编。与来熏书,嘱买《双剑誃吉金图录》。"海文、来熏,皆书估。"1934年12月27日"条记:"董仲良来,送罗布淖尔出土汉简影片二张,留饭。"杨树达《积微翁回忆录》"1936年12月27日"条亦记:"林景尹来,告余云:黄季刚于没前大买龟甲书读之。尝告渠云:'汝等少年人尽可研究甲骨,惟我则不能变,变则人家诋讥我也。'"黄侃《量守庐日记》"1934年5月27日"条记:"看甲骨学,有谓王(古文王)象斧形者,且援黼扆绘斧为说。予谓不如言似海船铁锚尤为酷肖也。"虽免不了语带讥刺,但毕竟认识到这是学术发展的趋势。

上面所述的不深湛于《说文》就研讨甲骨,一味寻找新材料而不读二十四史,都是民国学术流变中出现的现象。陈寅恪在《冯友兰中国哲学史下册审查报告》中称"寅恪平生为不古不今之学,思想囿于咸丰同治之世,议论近乎曾湘乡张南皮之间"。《积微翁回忆录》"1939年7月12日"条云:"撰《温故知新说》,温故不能知新者谓黄侃;不温故而求知新者,谓胡适也。"两相对照,陈寅恪"不古"即"不黄侃","不今"即"不胡适"。(汪荣祖《史家陈寅恪传》认为"平生为不古不今之学"即陈氏治中古史一段之意,从之者众。这个意见自有陈氏自家语作为佐证,可谓"言之有理,持之有故"了。但清儒早已论及,"言之有理,持之有故"者有时不尽属实。陈先生《下册审查报告》最有微意,汪氏之解实脱离语境。《下册审查报考》最重"设身处地"四字,汪氏之解似未能来世相知、解其心曲。《读书》2001年11月期刊出葛兆光《"平生为不古不今之学"》一文,解"不古不今"为"不古不今,不中不西",增字作解,推衍稍过。同年桑兵出版《晚清民国的国学研究》,认为"不古不今"即"不新不旧",是。《近代史研究》2008年第6期刊出罗志田《陈寅恪的"不古不今之学"》,胪列各家,未下己意。笔者草成此文时未见桑书,后于罗志田文中得知,今附骥尾,略作申述。近虞云国于《文汇报》、高嵩松于《上海书评》著文中,仍持汪氏中古之说,故附注及之。)新旧之间的变迁,意味深长。或由新转旧,或由旧变新,都呈现出当日学术流变的轨迹。

四、"陈赞杨"小考

陈寅恪两次称杨树达为"当今小学训诂第一人",是友朋客套之言,还是推心置腹的称许,这引起后人的怀疑。

前引陈寅恪《与妹书》,说明陈寅恪引入汉藏比较语言学,认为将胜过乾嘉学派,是"小学"发展的方向。而《积微翁回忆录》"1936年8月9日"条所举张孟劬改订《蒙古源流笔证》所用陈寅恪说确超越乾嘉旧法。

陈、杨二位都反对《马氏文通》,有不少共同之处。但杨树达以《积微居小学金石论丛》和《积微居金文说》为代表的小学研究方向,与陈寅恪当初所祈向的语言学发展方向相差甚远。上文所言"非孟劬所能"者,自然亦非杨氏所能。

那么如何理解陈寅恪对杨树达的赞许之言呢?1940年8月2日陈寅恪致杨树达信云:"当今文字训诂之学,公为第一人,此为学术界之公论,非弟阿私之言。"(杨逢彬编:《积微居友朋书札》,湖南教育出版社,1986年,第93页)1942年12月25日陈寅恪作《杨树达积微居小学金石论丛续稿序》言:"寅恪

尝闻当世学者称先生为今日赤县神州训诂小学之第一人。今读是篇，益信其言之不诬也。"（《金明馆丛稿二编》，第230页）

1935年，随着钢和泰的西归，陈寅恪停止了坚持数年的梵文学习。不久，由于抗战全面爆发，陈氏随校南迁，漂泊于"西南天地之间"，其所祈望的可以超越乾嘉的藏缅语系比较研究最终停止，心目中"真正的中国语文文法"最终未能建立。1940年在桂林别墅所草《朱延丰突厥通考序》云："寅恪平生治学，不甘逐队随人，而为牛后。年来自审所知，实限于禹域以内，故仅守老氏损之又损之义，捐弃故技。凡塞表殊族之史事，不复敢议论于其间。"（《寒柳堂集》，第144页）连带放弃的还有"塞表殊族"之法。晚年"颂红妆"之作更纯是文史考据之法。（陈氏去世，唐长孺评价云"先生自有如椽笔，肯与王钱作后尘"。陈垣去世，邵循正挽词云："稽古到高年，终随革命崇今用；校雠捐故技，不为乾嘉作殿军。"史家二陈，一从旧一从新。不过这一对"新旧"，已越出民国，不在本文讨论之列了。）

故杨树达所为，虽与其祈望不合，终究"不坠乾嘉家法"，与时人"乱立新意，以负如来"迥异，颇获识者所赏。《积微翁回忆录》1937年二三月间诸条记载了张尔田、余嘉锡、孙蜀丞、劳幹等人的赞赏之词。可见陈寅恪"公论""尝闻"云云，并非临文虚语，俱有所本。而其本人的赞扬虽有三四分客套，却也是六七分真心了。

五、结语

严耕望在《通贯的断代史家》一文中尊陈垣、陈寅恪、钱穆、吕思勉为"史学前辈四大家"。"四大家"再分,二陈是一派,皆强调新材料之使用;钱穆与吕思勉蹊径虽不同,趋旧则略似,况钱早年曾师从于吕。严耕望弃了胡适、顾颉刚等人,列吕氏入"四家",新旧正相平衡。(若细读严耕望氏《通贯的断代史家》一文,可知其于吕思勉先生评价其实并不怎么高。吕诚之、钱宾四师弟,在他看来,后者一定青出于蓝而智过于师了。故忖其此为,似不免有列一类型之考虑。)秉持了杨树达"温故知新"、陈寅恪"不古不今"之义,似是细审新旧之间学术流变之后的一种理性的思考和选择。

而今,举世率重义理而轻考据,成今日之"新旧之间"矣,回溯历史,能不深长叹息哉!

(原载于《中国文化》2010年春季号,总第31期)

传心岂无后来人
——评《陈寅恪诗笺释》之一

11月间，购得胡文辉先生《陈寅恪诗笺释》一书，断断续续读来，沉浸在过去的日子里。这是2008年所读书中最喜欢的一本。

顷读扬之水《日记中的梵澄先生》，雒诵之下，欢然又复黯然。其"6月30日条"云："说起陈寅恪的诗，我说，总觉得一派悲慨愤懑之气，发为满纸牢骚。先生说，精神之形成，吸纳于外，以寅恪之祖、之父生平遭际，以寅恪所生活的时代，不免悲苦、愤慨集于一身，而痛恨政治，世代虽变，但人性难变，所痛所恨之世态人情依然。……其诗作确大逊于乃父，缘其入手低，未取法魏晋，却入手于唐，又有观京剧等作，亦觉格低，幸而其学术能自立，否则，仅凭诗，未足以立也。先生说，他与寅恪原是相熟的，并特别得其称赏。后来先生听说他作了《柳如是别传》，很摇头，以后也没有再来往。"

则老辈中轻《柳如是别传》者非朱东润先生一人，恐蒋秉南先生案不胜拍而袖不胜挥也。

陈寅恪先生关于京剧的诗都写于晚年，最早的是1952年《壬辰广州元夕，收音机中听张君秋唱〈祭塔〉》二绝，其时先生63岁,"塔"为雷峰塔,陈三立曾居杭州,此诗有怀旧意,末句"天涯谁共伤羁泊,出得京城了此身"若冬郎入闽诗。院系调整之后,有《男旦》与《偶观〈十三妹〉新剧戏作二绝》之作。1957年《丁酉上巳前二日,广州京剧团及票友来校清唱,即赋三绝句》,第三首有"贞元朝土曾陪座",有怀旧之感。本年4月又有《丁酉首夏,赣剧团来校演唱〈牡丹对药〉〈梁祝姻缘〉,戏题一首》,有"共入临川梦中梦,闻歌一笑似京华"的句子。1959年《春尽病起,宴广州京剧团,并听新谷莺演〈望江亭〉,所演与张君秋微不同》,中有"早来未负苍生意,老去应逃后死羞"句,有以晚年著述为傲之意。不意侪辈不以为重。同年有《听演桂剧改变〈桃花扇〉剧中香君沉江死,与孔氏原本异,亦与京剧改本不同也》,关系明清史事。言似未尽,又作《观桂剧〈桃花扇〉,剧中香君沉江死为结局,感赋二绝》,反复吟一事,似当注意,已隐隐关合柳如是。1960年张君秋来广州,作《庚子春张君秋来广州演〈状元媒〉新剧,时有人于台前摄影,戏作一绝》,又是"戏作";又有《又别作一首》,亦是言有未尽。

试以《男旦》为例,其诗云:"改男造女态全新,鞠部精华旧绝伦。太息风流衰歇后,传薪翻是读书人。"京剧中的正旦(青衣)、花旦、刀马旦等,近世戏曲的旦角皆由男性扮演,称为"男旦"。此本为变态,陈先生偏偏称为"鞠部精华";京剧衰歇,然把人由男变女、令人服帖俯首才好之情形并未改变,陈先生于此不满。而《偶观〈十三妹〉新剧戏作二绝》,《陈寅恪诗笺释》一书亦有精彩的笺释。

樊樊山集中有《梅郎曲》专写梅兰芳,黄秋岳《花随人圣庵摭忆》写及谭鑫培诸人极其精彩。陈寅恪晚年耽留岭南，喜听戏，坚不来北，所作听剧诸诗为朋辈责为"格低"，其1954年致杨树达函有"弟畏人畏寒"语，读之隔代唏嘘。

注解陈诗，虽有潜山余英时氏筚路蓝缕于前，但所解诗有限，今又有胡文辉君得总其成于后，后出转精，愈加邃密，令人叹服。

时代的荒诞留下了解读的困惑，虽朱、徐二公，亦不免通人之弊。此书之刊布，相信拨开的是迷雾，坚定的是信念。

（原载于《中华读书报》2009年1月14日）

人间幸有未削书
——评《陈寅恪诗笺释》之二

好几年前,在湖北程巢父先生一篇文章中,看到他起意笺证陈寅恪先生的诗集,南大卞孝萱先生向他泼冷水说"笺证陈诗之难,难于上青天",程先生并不服气。时间过去数年,程先生的笺证还没看到,倒是广州胡文辉先生捧出厚厚两大册《陈寅恪诗笺释》,是为惊喜。

卞先生的意思是,像李白杜甫等古代诗人的诗,前代早有注释,可供参考,再写几句是容易的;越是靠得近的人的诗,越是无依无靠,不易笺释。陈三立、郑孝胥的诗便没听说有人来笺;《槐聚诗存》和《梦苕庵诗》也不是那么容易懂的,但也没听说有人作注。陈氏诗最难,又有他自己的特点。陈氏曾明言,如果读不出两层意思便不是好诗。不多不少、不太深也不太浅地把这两层意思都把握住,当然不易。

我的同事对罗韬的序,击节赞赏。罗序说:

> 文辉本嵚崎不宾之士,每引自由独立之说,借为射魃辟邪,奈不能畅其言而展其蕴,乃匡鼎杜门,笔说寒柳堂诗,岂解颐已邪,乃发皇义宁心曲,并自寄其幽忧

之怀。

> 呜呼义宁，终生守独立自由之义，极权不足畏，大众不足从，史观不唯物，文化不唯新。

文章真是作手。以前没有听过罗韬先生。岭南不像海上，有本《海上学人》点将录一样的东西。我用百度搜了一下"罗韬"，并没什么结果，一度怀疑这序言便是出自文辉自己之手。文辉以"真是李大嘴"的诨名混网络世界，他的诗我是读过的。尤其序末的"四慎"像极了夫子自道。直到最后看了《后记》才相信罗先生实有其人。真是唐突贤者了，一边读着人家的好文章，一边心里嘀咕想张冠李戴，实在是过意不去。

我同事对谢泳的序不以为然。其实谢序亦不错，我并不是因为谢先生是我乡党而为他辩护。谢序主要讲他在北京得到中山大学罗孟韦家流出来的陈诗的一个抄本，并一一罗列了所抄二十三首诗的题目，又简单说了几句便止住了。我说它不错，举个例子，一首诗通行本作"阜昌甲申冬作时卧病成都存仁医院"，你什么都看不出来。这个抄本作"题双照楼集"，双照楼是汪精卫的室名，意思就显豁不过了。

第三篇张求会的序，我以为写得最好。他踏踏实实地提了三个问题：一，义宁陈氏数代皆能诗善文，为什么偏偏陈寅恪的诗特别需要笺注？二，陈寅恪的诗到底有没有"暗码系统"？三，笺注陈诗最大的难处是什么？

第一个问题人答人殊，暂不论。说第二个问题，胡文辉对潜山余英时氏相当佩服，这在整本书里都看得出。但余氏那个"暗码系统"真耸人视听。张序云：

其实托古讽今、影射现实、借题发挥、隐辞曲笔等等，既非陈氏首创，更非陈氏独擅。对他来说晚年作诗其实也是作史，何况作诗远比作史快捷！……窃以为陈诗虽有暗码，但难成系统。

张先生这几句话最为允平；允平之后，最有识见。不肯故作惊人，亦不肯随风扬土。

周一良先生认为读陈氏诗，古典不难，最难的是今典。此说最为流行。文辉先生却认为情形恰是相反：是古典尤难于今典，一旦古典问题得其要领，联系陈诗所写的时地背景，往往今典也就呼之欲出了。对于这一点，我们是旁观，他是饮水，他的话当推为知味。张求会序却还要深入一层。他说：

根据我的浅见，最大的难处既非古典之生涩奥衍、恶俗恶熟，也非今典的疑云密布、顾忌重重，而是笺注者自身的杯弓蛇影、草木皆兵。因为笺注的是陈寅恪的诗，作者身份的特殊性以及创作时代的荒诞性，很容易诱使笺注者步步为营、处处设防。难免会明处生暗鬼，使原本简单的问题转而复杂化。

张先生只说理论，不举例子，做足好人。恕我不敏，举个例子。蒋天枢《陈寅恪先生编年事辑》"民国二十三年甲戌（一九三四年）先生四十三岁"条，录陈先生长女流求笔记云："多数周末下午母亲带我和二妹小彭进城看望祖父。父亲星期六上午到东交民巷学梵文，后即回姚家胡同祖父寓所团聚。然后父亲和母亲带我们姊妹一同乘校车返清华园。"散原老人本年八十二岁，仍寓姚家胡同。而陈寅恪一家过着安静、令人羡慕的生活。这是表面。越明年，到春天，《陈寅恪诗存》中有《燕京西郊吴氏园海棠》（一题作《吴氏园海棠二首》之一），开首第一句"此生遗恨塞乾坤"如平地惊雷，反映了内心的极不平静。全诗云：

> 此生遗恨塞乾坤，照眼西园更断魂。
> 蜀道移根销绛雪，吴妆流盼伴黄昏。
> 寻春只博来迟悔，望海难温往梦痕。
> 欲折繁枝倍惆怅，天涯心赏几人存。

第三句易懂，海棠原盛产四川，故亦称"川红"或"蜀客"，《陈寅恪诗笺释》说"海棠移植他处则红色减退"。第四句难懂，因为我拿不准吴地是不是也是以海棠出名。如果那样，就通，不然在燕京怎么写到了"吴妆"。《陈寅恪诗笺释》第104页："吴妆亦作吴装，原指中国画一种淡着色风格，相传创始于吴道子，故名；有引以形容色彩淡雅者，宋洪适《海棠花二绝》之一：'雨濯吴妆腻，风吹蜀锦裁'，故此句仍指海棠的颜色变淡。""故陈诗当是以海棠移植后红色转淡比喻共产主义赤潮的低落。"我初读到"吴妆"为绘画手法时，也击节叹赏，在书眉上写下"极确"两个字，但久之即以为不确了。此诗为两首，第二首只字不提"共产主义运动"；且陈氏因此而"此生遗恨塞乾坤"也不可解。又陈先生诗多有自注，如第494页《次韵和朱少滨癸巳杭州端午之作》"北味浑忘白虎汤"

句下注曰："医家称西瓜为天生白虎汤。"本诗"望海难温往梦痕"句下亦有"李德裕谓凡花木以海名者,皆以海外来,如海棠之类是也"之注(第105页)。"吴妆"云云看似平常,但若解作"中国画手法"则真是僻典。按照陈先生的习惯,若真是此意,当出注。而且此诗是早期诗作,我以为应当并无那么深的意思。

《陈寅恪诗笺释》作者又从此出发,认为凡是带有红色信息的字眼多解作与中共有关,如"霞""绛都""赤县""朱"等,有的很有道理,有的则未必,这还是犯了要建立"系统"的错。似是但不确的地方若能全删掉,则严谨性会大大增强,此类地方应当舍得割爱。

校书攻错或读书攻错本是我辈积习,极难改易。但作者在后记当中说:

> 做学问时个别错误总是难以避免的,我们最需要避免的是方法上的错误。有时作学术评价,不能看他不懂的是多少,而要看他懂了的有多少;不能看他说错了什么,而要看他说对了什么。

我深以其言为是。这如同猜谜,谜底说出来,人人会恍然大悟,唏嘘当初没想到,似乎当初能想到;但若不说,他总归想不到。寒柳堂诗尤其当作如是观。感其言,此书一些零星缺点,如第640页笺"阿母筵开争骂座"一句抛开李商隐"瑶池阿母绮窗开"不引,舍近求远引刘禹锡《步虚词》"阿母种桃云海际,花落子成二千岁"之类,皆属小处,不必多举。

惟不以诗题为目录一点，已闻为人诟病。复旦陈引驰先生所谓"听了好朋友的一个坏主意"，是也，此颇不便查检。而文辉此举亦有一点好处。如《甲辰元旦余撰春联云："丰收南亩春前雨，先放东风岭外梅。"又除夕前买花数株，故第四句第六句述其事也》一诗云：

> 我今自号过时人，一榻萧然了此身。
> 药里那知来日事，花枝犹忆去年春。
> 北风凄紧逢元旦，南亩丰登卜甲辰。
> 闭户高眠辞贺客，任他嗤笑任他嗔。

第七句下，笺云："陈氏在1958年受到大字报批判后，与中山大学关系很僵，对校方绝大部分来访者一概拒见。此年春节，学校及历史系组织人员到陈宅拜年，也遭到陈氏拒绝；据说只有刘节一人私下闯入给陈氏拜年。此即陈诗此句的本事。"第七句"闭户高眠辞贺客"读时容易被人放过，文辉将此诗概括为"拒绝拜年"四字，真能点睛。

最后想说，不知程巢父先生的笺证做到什么程度，若能对胡著不买、不看、不参考、不打听，一意把"程注"做完，两部笺释足为学林佳话。后人可比对而读，而程、胡二位同为陈氏功臣则无疑义。

时代的荒诞，留下解读的困惑。

《陈寅恪诗笺释》读毕，人间幸有未削书。

（原载于《博览群书》2009年第3期）

陈寅恪与傅斯年
——也相倚靠也相难

在陈寅恪研究中,陈与傅斯年的关系总感觉有些疙疙瘩瘩、不太清楚的地方。之前我们主要依靠的材料是北京生活·读书·新知三联书店出版的《陈寅恪集·书信集》以及一些友朋回忆文章,还是感觉资料缺乏,解不开那些疙瘩。台湾"中研院"史语所王汎森、潘光哲、吴政上三位先生主编的《傅斯年遗札》(以下简称《遗札》)由社会科学文献出版社在大陆出版,收入"中国社会科学院近代史研究所民国文献丛刊"中。《遗札》依托史语所保存的傅斯年档案,经过精心的编辑整理,从某个角度讲,呈现出一个"傅斯年的世界",也为我们探究陈寅恪与傅斯年之间这段"伟大而又曲折的友谊"提供了可能。

《遗札》的编辑整理非常有特色。以往我们见到的书信集,不管是单方面的,还是友朋往来的,编排上面是一水儿地以人头为单位,在每个人下面再以时间为序。这样做最方便。《遗札》的编排却是以时间为顺序,公牍、电报、私人信件,一律以时间顺序编排,你就会在时间的经度上看见史语所是怎样一步步建起来,看见友谊是如何逐渐建立而矛盾又是如何逐渐产生，看见傅斯年从他自己的历史里如何一步步走出来。看完之后，你会产生北京人说的"全须全尾（读若乙）儿"的感觉。这真是它编排上的成功之处。大陆出版界普遍地"趋易避难"，什么事都选择最方便的做法，不考虑这样做是不是"最好"。于是相形之下，出现了"上下床之别"，并且永远住在了床下。佛教里说"方便出下流"，"下流"就是"末流"，就是"睡在下床"。天天睡在下床就是现状。《遗札》的整理，尽最大可能地保留了这些信件、电报、公牍原来的格式，提格、提行、空格、小字，尽可能地去保存书仪，加着重号的还加着重号，总之一句话，就是"不怕麻烦"。这四个字轻轻巧巧，但细思之，已足以令人产生敬意。吃惯了粗的突然吃了口精细的，见多识广的读者请原谅我这个吃了一口茄鲞的刘姥姥。

陈、傅二先生的友谊，简单说，经历了三个阶段，抗战以前是第一阶段，联系紧密；抗战南迁是第二阶段，出现裂痕；抗战胜利，傅先生精力转向别处，进一步疏远。以下就这三个阶段略加梳理。第一个阶段强强联手，产生了巨大的"学术生产力"，故稍详，分上下。第二、第三两个阶段，都有疑点，本文试着就几个疑难问题略加分析，祛疑传信，是所追求；设身处地，是其方法。然陈寅恪曾跋俞樾《病中呓语》云："天下之至赜者莫过于人事，疑若不可以前知。"陈先生探究历史，时时若探究人事。其深赜相类，我们探究这段人事，认识这段历史，同样有无限障碍，不敢自必，读者鉴之。

第一阶段上：蜜月

傅斯年与陈寅恪在柏林交好。1926年陈寅恪先行回国，至清华国学院任教，一归即成名。傅斯年亦打算回国，1926年五六月间，傅斯年从柏林给在巴黎的何思源、罗家伦写信说："百年回我的信寄上……我就北大的事是吹了。不知向何一方面走也。"(《傅斯年遗札》，社会科学文献出版社，2015年，第31页)

其时陈大齐（字百年）掌北大哲学系，傅从这里出来，自然希望回去。但陈大齐备称系里的事这也难办那也难办，傅尚未开口，先闭了口。11月9日又给罗家伦写信说："接到百年先生回信，仍是葫芦题。我真不能再忍了。"只好另做打算，信里说："到清华本无不可……但我很想先自己整理一年再去，因彼处我畏王静菴君。梁非我所畏，陈我所敬，亦非所畏。……陈处因他老本是不管闲事的，最不宜奉扰。"(《遗札》第72页)

这里说的不想去清华，有两个原因，一是坦白承认怕王国维，他在给别人的信里自陈，留学七年，"有一年半大用功，便可得我已得者"，参与其他事费了时间；又"懒得世上无比"，五六年不作一文（《遗札》第36页）。这种自陈，自是自谦简慢之例，但也有真实的成分。二是与陈寅恪关系不错，但怕陈不管这种闲事情。

作此信时，傅已回到祖国。11月14日再写信给罗家伦的时候，已是"上海寄南京"。1927年初，傅斯年应中山大学之聘，到了广州，开始了他的"大干一场"。

也就是在这一年，中山大学忽然"易为校长制"，戴季陶为正，朱家骅副之，而朱家骅"全听傅孟真"。傅先生办事勇猛，准备与顾颉刚、杨振声筹备中山大学研究院，先竖起一面大旗来。中山大学里面也风雨飘摇，有人夺权，此事未成。(《遗札》第78页)但又得到蔡元培的支持，同意建立"中央研究院历史语言研究所"。在1928年4月，任命傅斯年、顾颉刚、杨振声为"史语所筹备员"。

但很快出现状况。先是顾颉刚与傅斯年闹翻，离开广州赴燕京大学任教。到了1928年10月，傅斯年在写给冯友兰、罗家伦、杨振声的信中忽然说："金甫（按，杨振声字）竟这样恼了吗？一去一字不来。"(《遗札》第111页)具体何事，不太清楚，但杨振声退出是事实。于是史语所在开张之初，就有成为一块空牌子的可能。傅先生不打无准备的仗，辞旧之同时，亦有迎新之准备。

1928年9月11日傅斯年致蔡元培函云："午间与适之先生及寅恪兄餐，谈及七千袋明清档案事。此七千麻袋档案本是马邻翼时代由历史博物馆卖出，北大所得乃一甚小部分，其大部分即此七千袋。李盛铎以万八千元自罗振玉手中买回，月出三十元租一房以储之。其中无尽宝藏，盖明清历史，私家记载，究竟见闻有限，官书则历朝改换，全靠不住，政治实情，全在此档案中也。且明末清初，言多忌讳，官书不信，私人揣测失实，而神、光诸宗时代，御房诸政，《明史》均阙。此后《明史》改修，《清史》编纂，此为第一种有价值之材料。罗振玉稍整理了两册，刊于东方学会，即为日本、法国学者所深羡，其价值重大可想也。……李盛铎切欲即卖，且租房漏雨，麻袋受影响，如不再买来保存，恐归损失。"（《遗札》第107页）事实是，燕京大学图书馆已着手争购。燕大图书馆财大，其收藏之丰，远近闻名。这封信是打选题报告，申请款项。

一直通过李石曾的侄子李宗侗与李盛铎周旋的人就是陈寅恪。9月20日，傅斯年致陈寅恪函云："闻先生于内阁大库中颇得重要史料，有意编辑，又得数种文书之蒙古史，思考校之，无任钦佩，颇思早观厥成，以树研究史学之表仪。至于为此项及其他先生在北平工作之用费，如抄写之费及助员之费等，自当由本所担任，因出版由本所任之也。"（《遗札》第109页）明知陈属清华，顺手便拉过来了。

《陈寅恪集·书信集》致傅斯年第二、五、七、八函，皆往来讨论购内阁档案事。最后商定二万元。王国维去世后，其藏书经陈寅恪联系，卖给图书馆，得价一万，以补贴王静安夫人家用。静安先生藏书无异本，与之相较，陈寅恪亦言二万元"不昂"。又，傅斯年1930年10月致杨杏佛函谓"史语所月费万五千元"（《遗札》第251页），则以两万元买一批档案不为价昂。历经数次反复后，第九函终于谓已购定，但一大堆麻袋又无处安放。傅斯年又托陈寅恪"觅屋"。不管闲事的陈氏于是奔走觅屋，其于史语所事不可谓不上心。时间在1929年3月间。陈实际上就任史语所"北平办事处主任"，觅屋之事亦管，远在广州的史语所本部得以在北平站在学术的前沿，并且增其声光。

清华方面，王、梁二导师逝世后，事故屡出，国学研究院风雨飘摇。《吴宓日记》记陈先生此刻之态度为"悲观而消极"（《陈寅恪先生年谱长编》，中华书局，2010年，第121页），陈先生的精力投入史语所为多。1929年下半年，清华国学研究院正式撤销。陈先生改就清华大学中国文学系与历史学系合聘教授。购买内阁档案事，虽客观上是陈帮了史语所，但也从内心上给了陈一些安慰。清华旧恩随着国学研究院的解散，自然淡薄了。

傅斯年、顾颉刚、杨振声等人在《中央研究院历史语言研究所筹备办法》里拟订了一些工作计划，如沿粤汉路沿西江进行古物调查、广州回教及阿拉伯人遗址调查、民俗材料征集、《广东通志》重修、《经籍纂诂》扩充等等（《遗札》第89页），从傅先生"历史学就是史料学"的角度看，这些计划自然都没有内阁档案几千麻袋来得激动人心。

陈寅恪认为，从这七千袋或八千袋档案里，可以析出清代的一些实录，"可推定为第一等重要材料"。还有就是"司法之口供中关于当时社会经济情状之记载"，也很有价值。并认为"此项实录非将其历次改涂增删之原状全部发表，无以见其伪造之实状及演变之历程"，"似不可不急发表"，"可供给与东洋史学界，而表现史语所成绩也"（《陈寅恪集·书信集》第35页）。"表现史语所成绩"在傅先生最为重要。

与此同时，陈寅恪又与于道泉一道调查满文老档，进行蒙古源流的系列研究。人事方面，帮助傅斯年挽留钢和泰，推荐陈垣任敦煌组组长，展开敦煌学的系统积累与研究。这一切，非常符合傅斯年回国之初要和世界汉学"接轨"，与法国汉学争高低的初衷，符合史语所与老师宿儒乾嘉学派走一条不同路的蓝图设计，现代感十足。

我们以往读陈寅恪先生的《书信集》，感觉陈对傅依赖特甚，现在钩稽排比，看到在史语所建立之初，傅斯年对陈寅恪的依赖，这才是硬币的另外一面。陈、傅二先生的来往信函，为我们提供了用材料还原真实的可能。

1928年和1929年，对于傅斯年来说，是最重要的两个年份。正如他在写给胡适的信里所说，建立史语所是他最重要的"理想之奋斗"。从遗留下来的信札看，最初他想依靠的对象是他的老师胡适。从傅斯年遗留下来的这些书信看，胡适的支持是精神方面的，最实际的支撑，最初来自陈寅恪，然后来自小屯村。

《陈寅恪集·书信集》致傅斯年第五函空白处附加一句："弟接到哈佛聘书，嘱授华梵比较之学，弟以与中央研究院有著书之约辞之矣。闻胡适之先生亦被邀，闻亦不去，不知确否？"可以约略想到1929年顷陈寅恪先生的治学状态，哈佛之聘都不为所动。傅斯年也处于兴奋状态，史语所终于在筹备委员三位走了两位之后，在学界立稳了脚跟。

第一阶段下：生分

陈先生与清华的内心疏离及与史语所的逐步认同，发生在史语所远在广州之际，陈受傅遥领；当史语所迁京的时候，反倒是蜜月期结束的时刻。事情往往如此。

事情要从徐中舒身上说起。傅斯年最恨"拆台主义"，1930年夏秋之际，浙江大学拉徐中舒，聘书已发，而傅斯年又坚决不放，教育部来电命"马上放人"，傅先生不买账，由此大闹。徐中舒之尴尬可以想见。

蒋梦麟、刘大白联名发电给傅,命"速予放行,勿再留难"。傅斯年不能对蒋梦麟发火,转怒刘大白。1930年8月23日致刘大白函云:"现奉'速予放行,勿再留难'之令,不胜感其不通之至!此电虽同列孟邻先生名,然就称谓及语气论,为大作无疑。论公则敝所并非贵部所辖,论个人则仆并非吾公之后辈。吾公不是反对文言文的吗?这样官场中的臭调文言,竟出之吾公之口,加之不佞之身,也是罪过!现请吾公收回成语,以维持《白屋文话》作者之文格词品,不胜荣幸之至!"(《遗札》第248页)

此事当作两面论。一方面徐中舒书生抹不开面子,两面模棱。浙大与史语所如两军相遇勇者胜,傅斯年自然霸道,但也不能说他全错。另一方面,中国人官本位,当了"领导"如同黄袍加身,无形中居高临下顺昌逆亡,傅斯年顶着干本身也得人心。"论公则敝所并非贵部所辖,论个人则仆并非吾公之后辈",傅先生真是霸才,即使如项羽乱杀,也颇能得江东子弟之人心。

徐中舒的离开会影响到内阁档案的整理。8月15日陈寅恪致傅斯年(此札三联版只标"十五日",无月份,我觉得当在8月)云:

顷与中舒先生电话中略谈(因未见着),弟意此次档案整理至此地步,微徐公之力不能如是。若任其他去,不独人才可惜,而替人亦难觅。第一组主任弟仅挂虚名,诸事悉托其办理,故弟个人对之有特别感谢之必要。现在第一组之不甚平安,皆弟常不到院,百事放□,致有精神上之影响。忽思一法，弟下年仍然照旧担任第一组主任之虚名，仍作今年所作之事（其实无所事事），但不必领中央研究［院］之薪水，向清华要全薪。……且一年以来，为清华预备功课几全费去时间精力，故全薪由清华出，亦似公允。所以向清华卖力者，因上课不充分准备必当堂出丑，人之恒情只顾其近处，非厚于清华而薄于史语所也。（《陈寅恪集·书信集》第39页）

以前单看此信不能读出感觉，现在放到语境里去，就能知其来龙去脉。这封信可以标志蜜月期的结束，虽然用词极其委婉，主任还当，事照做，关键是"不领薪"，向清华领全薪。完全退回清华，逐步脱离史语所（当然这"脱离"还留有余地）。信末在留白处又附："此函不是拆台主义，乞勿误会。"

此时的傅斯年一定压力山大，但远远没到山穷水尽的时候，他有足够的信心留住陈、徐，继续开拓。但陈之离去之思，已经种下根苗，将来依然可能破土而出。

陈致傅第二十四函（按王汎森推测此信写于1933年）云："孟真兄：前函奉到后，又晤彦老（按董作宾），弟意仍拟如前函所云办理。因弟一时既贪得清华休假之权利，势不能南行，又遥领干薪，此则宋人玉局、武夷祠禄之故事。虽有古人雅例，但决不可行之于今日，故期期以为不可也。"（《陈寅恪集·书信集》第45页）所及"南行"一事，指邀请陈赴南京参加中研院评议会之事。"如前函所云"，指辞去史语所第一组主任之名，即虚名亦要辞去，脱离之决心更甚。"宋人玉局、武夷祠禄之故事"，指宋代在玉局观、武夷观设祠禄官，以大臣年老不能任事者兼之，不必赴任，遥领干薪，王安石曾以此安置反对派。

到了1936年4月，傅斯年又反复来信敦请陈寅恪参加中央研究院评议会，为陈拒绝。这种会陈是去评议他人，而不是为人所评议，今人最喜参加此类资格评议会，因高高在上也。这也是"人之恒情"。人啊，不过也就是那么回事吧！不料陈先生违背这种"人之恒情"，屡请不动。4月8日，陈复信说"决计不南行"，理由是要备课。一个大佬聚会的机会，年年要人催，不过是评议别人而已。川资已经寄来，正是不由人辞。却偏偏再寄回去。陈函又说："院中所寄来之川资贰佰元，容后交银行或邮局汇还。又弟史语所第一组主任名义，断不可再邀领，致内疚神明，请即此次本所开会时代辞照准，改为通信研究员，不兼受何报酬。一俟遇有机会，再入所担任职务。因史语所既正式南迁，必无以北平侨人遥领主任之理，此点关系全部纲纪精神，否则弟亦不拘拘于此也。"（《陈寅恪集·书信集》第48页）初读此函，真信其与"纲纪精神"相关，今日再读，知其不然。"一俟遇有机会，再入所担任职务"云云，则宣布真正脱离史语所。

总之，陈寅恪对待史语所之态度，一两年之后已与1928、1929年之态度迥异。1930年已提出"挂虚名"，1933年不愿参加评议会，1936年提出全部脱离。至于其中细节，仍然缺乏具体文献，但其当是由傅斯年办事之风格而引起。

史语所在日本侵略步步紧逼的形势下，于1936年决定迁往南京。傅斯年极其希望陈寅恪能随所南迁，那样的话，陈就是史语所的人，于清华为客宾。而陈先生的意思却要与清华共命运。我的理解,并不是清华对陈多好,而是在清华还自由些。傅斯年后来反专制呈现出巨大的勇气和能量,但他身上又不免有专制的胚胎和雏形。早期认为"所有有汽车的人都该判死刑",可见其性格。

有一点不易理解,这一阶段,陈寅恪与史语所逐渐脱离,先留第一组主任之名,后连名亦要去掉,但同时却向傅斯年荐人,致傅第二十四函荐戴家祥、赵万里,第二十五函荐张荫麟,第三十三函荐陈乐素。是要表示人虽脱离,感情关系还在,还是干脆觉得举荐人才是公事不是私事?陈先生不会那么单纯吧?

第二阶段:帮助与分裂

在陈寅恪拒绝傅斯年随史语所南迁的一年以后,卢沟桥事变发生。1937年10月,梅贻琦校长电命清华诸教授均赴长沙。早知今日,还不如随史语所南迁。陈寅恪如今的状况是,一方面,父亲散原老人绝食废药而死,父亲如此,儿子势不能居留北平于刺刀下苟活。另一方面,小女儿美延5月23日出生,南迁令发布时不足五个月,仍然不便播迁。陈寅恪料理丧事之后,毅然随清华南迁。

清华无可托之人,这一点在将来的日子里会看得很清楚。陈寅恪《书信集》里向傅斯年求助的信,大多写于此一阶段。

11月13日,陈寅恪夫妇带三个孩子携两位佣人,夹杂在难民中间,奔赴长沙。11月20日夜间抵达长沙临时大学。因清华又迁云南,陈氏一家转道香港入滇。1938年春节前夕(按

《陈寅恪先生编年事辑》作春节，《陈寅恪先生年谱长编》作元旦，今取前者）抵达香港。4月22日陈先生独自赴蒙自，陈师母心脏病发，不能再走，家人留港，待了四年（按至1942年赴桂林团聚）。西南联大又迁昆明，陈先生8月13日赴昆明任教。

1939年春，英国牛津大学聘陈先生为汉学教授，授予英国皇家学会研究员。6月1日陈寅恪致梅贻琦函分析"汉学教授"四字云："牛津近日注意中国之宗教及哲学，而弟近年兴趣却移向历史与文学方面。离家万里而作不甚感兴趣之工作……"（《年谱长编》第193页）夫子自道比学者所归纳之"史学三变"更为直接明白。但这次牛津之聘，如久旱之甘霖，同1929年陈先生却哈佛之聘不能相提并论；那次却哈佛之聘的胡适之现在不也在美国当大使吗？夏，陈寅恪离开西南联大赴香港，拟全家赴英。傅斯年对陈先生赴英的态度没有文献的记载，是不是如他后来所说"对陈之去留与决定，不支持也不反对"（详下），不得而知。陈先生运气不好，抵港后适值第二次欧战爆发，英国亦非平安之地，牛津也可能关门。9月，陈先生返回昆明。

1939年9月，北京大学文科研究所在昆明开办，地点设在青云街靛花巷内（按之前为中研院史语所租用，今转给文科研究所），所长为胡适，时出使美国，由傅斯年代理所长，北大历史系郑天挺教授任副所长，陈寅恪为史学部导师。据邓广铭回忆，陈先生把这里称作"青园学社"，与傅斯年再度合作共事。就是住在这里的时候，买到一颗红豆，引发了后来笺证钱诗、撰写《柳传》。

1940年3月5日，中央研究院院长蔡元培在香港逝世，傅斯年失去支持。3月23日中研院第五届评议会选举新院长，选出候选人三名：翁文灏、朱家骅、胡适。最后胡适落选，朱家骅当选。傅斯年最怕翁文灏当选，而朱氏亦是老交情。评议会除学术人物外，亦多高官，为陈所不喜，此次赴渝自言"为投胡适一票"。7月，再度离开西南联大，准备赴牛津之聘。结果形势恶化，再度滞留。8月15日香港大学拟聘陈寅恪为客座教授。中英文化协会杭立武先生替陈先生致信清华，希望在此情形下，允许陈暂客座港大俟机赴牛津，而这期间清华能"照支原薪，可共促其成"。梅贻琦8月24日复电云："贵会借聘陈先生一节，本校可予同意，即作为陈先生请假一年。但关于薪金一节，敝校因经济不裕，且格于定章，碍难照支。"（《年谱长编》第202页）居港生活窘迫。

1941年12月25日，香港沦陷。1942年初有《壬午元旦对盆花感赋》诗："寂寞盆花也自开，移根犹忆手亲栽。云昏雾湿春仍好，金蹶元兴梦未回。乞米至今馀断帖，埋名从古是奇才。劫灰满眼看愁绝，坐守寒灰更可哀。""乞米"是这时段的主旋律。陈寅恪《书信集》致傅斯年第三十一函至四十八函皆往来讨论"钱"事，傅氏可谓极富耐心，助陈最多，艰难时刻往往由史语所出面相助。

5月5日终于经由广州湾离港，6月末抵桂林，应广西大学之聘。因陈夫人原籍广西，桂林各方面又较宜居，故留桂，引起傅斯年强烈不满。8月14日傅斯年致陈寅恪函云：

> 兄之留桂，早在弟意中，弟等及一组同人渴愿兄之来此，然弟知兄之情况，故此等事只有凭兄自定之耳。

其实当年兄之在港大教书，及今兹之举，弟皆觉非最妥之办法。然知兄所以如此办之故，朋友不便多做主张，故虽于事前偶言其不便，亦每事于兄既定办法之后，有所见命，当效力耳。……兄今之留桂，自有不得已处，恐嫂夫人在彼比较方便，但从远想去，恐仍以寒假或明年春（至迟）来川为宜。此战事必尚有若干年，此间成为战地，紧张之机会故远在桂之下，至少此为吾辈爱国者之地也。兄昔之住港，及今之停桂，皆是一"拖"字，然而一误不容再误也。目下由桂牵眷到川，其用费即等于去年由港经广湾到川，或尚不止，再过些时，更贵矣。

（《遗札》第988页）

责陈贪图舒服，太听夫人话。

同时，傅斯年复函广西大学校长张颐，劝其莫留陈在桂云：

寅恪先生事，弟之地位非可使弟"奉让"者，然历年来此等事，皆由寅恪自己决定。因寅恪身体、精神，不算健康，故彼之行止，朋友未可多主张。寅恪历年住港，本非其自愿，乃以其夫人不便入内地，而寅恪伦常甚笃，故去年几遭危险。今寅恪又安家在桂林矣。既接受广西大学之聘，恐迁眷入川非明年不可也。寅恪来书，节略抄奉一阅。弟于寅恪之留广西，心中亦不赞成，然寅恪既决定如此，故前次致弟信，弟即转托杭立武兄矣。至于明年寅恪入川（亦要看他夫人身体如何），弟等固极愿其在李庄，然如贵校确有何等物质上之方便，于寅恪之身体有益者，亦当由寅恪兄自决之，只是两处天气、物质，恐无甚分别，而入川之途，乐山更远耳。且为贵校办研究所计，寅恪先生并非最适当者，因寅恪绝不肯麻烦，除教几点钟书以外，未可请其指导研究生（彼向不接受此事），而创办一研究部，寅恪绝不肯"主持"也。弟所见如此，此信及惠书均抄寄寅恪矣。（《遗札》第991页）

由此函可知：一，陈氏不来李庄因其夫人，夫人不来因天气、物质因素也。二，"节略抄奉"以示他人，不知妥还是不妥。三，桂林与李庄两地，天气、物质是否"无甚分别"，我未至其地，不敢置评；耳食所得，李庄甚苦。四，傅氏做人做事，无人敢不信其真，然若以小人之心度之，信末"此信及惠书均抄寄寅恪矣"云云，如何"节略"既未可知，是否"抄寄"亦难对证。五，至于"不指导研究生"云云，已近于毁人令誉，其所言是否属实，下详。

8月31日，傅斯年致叶企孙函云："寅恪就广西大学之聘，弟不特未加阻止，且他来信派弟写信给杭立武兄，弟即办了。弟一向之态度，是一切由寅恪之自决，（实则他人亦绝不能影响他，尤其不能影响他的太太。）彼决后，再尽力效劳耳。其实彼在任何处一样，即是自己念书，而不肯指导人，（本所几个老年助理，他还肯说说，因此辈常受他派查书，亦交换方便也。一笑。）但求为国家存此一读书种子耳。"又说："目下恐须依旧发彼一聘书，其格式如下……"（《遗札》第996页）"依旧"二字加着重号，与前"目下恐须"四字连读，其意似谓发其聘书，彼亦不来，然虽白发，面子上亦须做也。陈虽不来，又事事依靠傅某，若依傅先生实意，此聘书必不发矣。对陈之不满已明显表露。

关于陈的"不肯指导人"，所涉却大，不能置之不理。如前所言，傅先生直言直语，不由人不信。但与其他人记述有所不同，陈在清华、在云南，皆有大量弟子门人、同事友生之记述，皆未言陈高傲不指导人，但傅氏何等人，其言不容轻轻放过，因其少数而不理，因其他人众而信之，必须加以分析。

第一，周一良记1935年秋与余逊、劳幹到清华第一次旁听陈先生上课，"旁征博引，论证紧凑、环环相扣。我闻所未闻，犹如眼前放异彩，深深为之所吸引"，"我们都喜欢听京戏，第一堂课下来之后，三人不约而同地欢喜赞叹，认为就如看了一场著名武生杨小楼的拿手好戏，感到异常'过瘾'"（周一良《纪念陈寅恪先生》）。昆明西南联大时期，王永兴回忆陈先生上课："为什么要带这么多书呢？寅恪先生讲课时要引证很多史料，他把每条史料一字不略地写在黑板上，总是写满了整个黑板，然后坐下来，按照史料分析讲解。……当时，寅恪先生多病体弱，眼疾已相当严重（按王所回忆在1938年，此指右眼），写完黑板时常常汗水满面，疲劳地坐下来闭目讲解。他的高度责任感，他的严谨求实精神，他为了教育学生不惜付出宝贵生命力的高尚行为，深深感动并教育了我们。"（王永兴《怀念陈寅恪先生》）犹如画出了当时之景象，仅就"写满一黑板再讲"而言，怎么说都不是敷衍应付不负责任之态度，其所描述，陈先生也不是高傲不理人，只顾自己读书的类型，而是"高度负责"，上课认真。联系1930年陈寅恪欲逐步退出史语所时致傅函中所云，"一年以来，为清华预备功课几全费去时间精力……因上课不充分准备必当堂出丑"（致傅第十八函），和1936年屡辞出席中央研究院评议会之理由为要认真备课（致傅第二十七函），其言并非客套虚语。

第二，应该指出，上面所言是上课，傅先生所言是个人指导，略有不同，一为公开，一为私下。个人指导或是私下交谈，情况就略微复杂，一般来说高水平之人不愿与低水平多纠缠，此事常有，亦在理中。而傅先生此说并非此意，而是责陈自私，不肯指导人，只顾自己念书。这要分清楚所谓"指导人"，是指研究生或研究所助理分在陈先生名下，而他不指导；还是并非分在其门下，泛泛而言"不肯指导"。若是前者，责任在陈；若是后者，责任不在陈。

就前者而言，不轻易接受研究生或助理归于自己名下，也是慎重之意，老师对学生有要求，有选择，这应当是老师的权利；一旦归于名下，倾心相授，助其成才，相信这一点陈先生必能做到而毫无疑义。就后者而言，陈寅恪对很多并非归于自己名下，没有"师生责任"的后起之秀，也都奖掖推荐，不遗余力。靛花巷三号时期的北京大学文科研究所，哲学部（按部相当于系）王明（按当时哲学部有王明、任继愈两位研究生，王氏后任中国社科院哲学研究所研究员）回忆："陈先生通多国文字，对佛、道两教都有深湛研究。每遇什么学术问题，朝夕求教，他无不认真解答，仿佛有古代书院教学的亲切感。"（《年谱长编》第197页）陈寅恪后来离开昆明到了香港，作文还自署"青园翁寅恪题"（如商务印书馆《国学基本丛书》本《建炎以来系年要录》跋语），这个"青园"不指清华，而指靛花巷，可见对陈先生言,这也是一段好的回忆。与周一良、张荫麟、罗尔纲等人之交,已成常谈,不一一引述。

第三,傅斯年提到的这种情况是否存在呢?不能轻易否定。人是复杂的,陈先生负绝学,能识别英才而奖掖之,也容易看到别人的长处,为人不很苛刻,但这并不代表他就是老好人,随和的不得了。同样是靛花巷时期的周法高(按属于语言学部)回忆:"寅恪先生为史学组导师,先后指导汪篯、王永兴。第一期研究生十人,分住三楼二大间,先生亦住三楼,出入皆不交谈。余返南后,得悉余姑丈王伯沆翁为先生之业师。"(《年谱长编》第197页)周法高即与陈寅恪先生缘浅,对面亦不交谈,这虽不能说明指导与否事,但可知亦有不理人时。西南联大翁同文之回忆,涉及研究生论文指导(按时在1938年):"由于徐高阮、季平与我三人都是即将毕业,照规章仍该写论文一篇。当时教国史,也可指导论文的张荫麟先生应召去重庆,就都与寅恪师议定一个范围有限的题目,开始进行。寅恪师预先警告,文字务必精简,若太冗长,必有浮滥,他就不愿评阅。"(《年谱长编》第191页)这是唯一涉及"不愿评阅"的字眼,但也合情合理。

总之,以傅先生之资历、人品,其言必有所据,虽与其他大量记载不符,但我相信傅先生所言当有其事,不过究其实,当非陈寅恪先生自私高傲不指导人,而是其他事由。傅先生如此说,当非无中生有,而是夸大其词。

果如傅斯年所料,陈寅恪一家只在桂林待了一年,从1942年8月到1943年8月,然后离桂赴成都,据《竺可桢日记》,12月18日到达,任教成都燕京大学(按私立)。与时当任教华西大学的顾颉刚有了交集。

半年之后，到了 1944 年 7 月，明知傅斯年最恨别人从史语所拉人，不知怎的，陈寅恪忽然写了封信去问董作宾能否赴华西大学教书，14 日，傅斯年冷冷地回信：

> 寅恪兄：手书奉悉。转交彦堂兄一看，彼并无就华西之意，此事可即作罢论矣。彦堂正手写文稿付印，岂肯中辍？至于援方桂办法一说，方桂之办法不适用于其他人或其他学校，便乞华西或其他学校无以此为言。一切乞告前途为荷。专此敬颂道安。（《遗札》第 1139 页）

陈寅恪得信不知作何感想。

第三阶段：疏远与分别

蒋秉南先生《陈寅恪先生编年事辑》有两个特点，第一大量讨论书本中事，故学术气氛浓厚；第二情感充沛真挚，字字史评。其不足之处，事迹不备。故托师弟卞僧慧撰《年谱长编》补其不足。

陈寅恪入滇岁月，其同人、友生所记颇多，尤其昆明靛花巷一段，然入蜀岁月却几乎无所记载。不仅《编年事辑》无所书，即《年谱长编》亦几乎空白。今借顾颉刚先生日记（共七处），零星补缀，虽或许无关大体，然于其 1944 年蜀中生活（成都燕京大学时期）有较直观之记录，吉光片羽，堪可珍惜。

1944年11月17日星期五云:"与静秋同到四五六吃点。予至华西坝齐鲁村访厚宣,并晤其夫人。出,遇沈镜如。与之同到陈寅恪先生家,并晤沈祖芬。"

11月19日星期日云:"午,与静秋赴蔡乐生家宴,到骆园。同席为陈寅恪夫妇,宾四,陈耀真医师,黄觉民,主为乐生夫妇及其子女三人。出,到宾四处,并晤黄淑兰女士。"

11月20日星期一云:"夜,忠恕来,同到子杰家吃饭,同席为于主教,朱孟实,向传义,张大千,钱宾四,黄季陆,陈寅恪,罗忠恕,主为郭子杰。"

11月22日星期三云:"与静秋同到商务书馆,应黄觉民之宴,同座为蔡乐生夫妇,汤逸人夫妇,寅恪,宾四,孟实,黄淑芬女士,翁培雍。"

11月23日星期四云:"张克宽夫妇来。肖甫,大沂来。郑德坤夫妇来。王锺翰来。马松龄来。有警报,买包子当饭。与静秋到陈寅恪家。又到小天竺吃抄手。"

11月30日星期四云:"与静秋到四五六赴宴,主为斠玄,大沂,厚宣,镜如,定宇,永庆;客为予夫妇及寅恪,方桂,吴雨僧。出,同大沂到新世界吃茶。"

12月25日星期一云:"校静秋所钞《李石岑演讲集》序。与静秋同出,到后坝访高长寿,找不到。遇怒潮,至其家。出,雇车到存仁医院,视寅恪病。遇锺翰,希纯。"

所记凡七处,几日日赴宴,与蒋秉南《编年事辑》所抒无限之愁苦艰难不甚合。

所引最后一则日记云"视寅恪病",寅恪何处不适,病况如何?其实这次住院即是眼疾。左眼,卒失明。陈寅恪先生《书信集》致傅斯年第六十三函云"12月18日动手术",顾氏夫妇探视正在一周之后(即25日星期一),手术不成功,视网膜皱于一处,后赴英治疗,谓视网膜完全脱落,无术治之。从此,"读书种子"陷入黑暗世界,无书可读了。(其右眼于1937年散原去世时痛哭,视网膜脱离渐趋失明,七年之后,左眼亦归同一命运,惜哉。曾闻穆俦先生言,尝有友引荐一位高人,谓前知百年,后知百载,可无偿提一问题,穆俦老无所问者。临别,忽问"我的眼睛今生不知可免失明否",通灵者踌躇数秒,慰曰"不致失明"。穆俦欣然归。其实无疑而问,深恐失目无乐趣耳。今述及寅恪先生事,涉笔及之。)

席中数人,略可追踪。1944年11月23日陈寅恪致傅斯年函云:"弟前十日目忽甚昏花,深恐神经网膜脱离。"(陈寅恪《书信集》致傅第六十二函)则11月13日即发病。而《顾颉刚日记》11月19日所记宴中有陈耀真医师,当在咨询眼疾事。而最终决定手术。又,1945年1月18日致傅斯年函空白处陈夫人附语云:"陈医生人很好,极直爽。"(《书信集》致傅第六十四函)此所谓"陈医生"当是一人,则为陈寅恪于成都存仁医院开刀之医生或为陈耀真先生。

《顾颉刚日记》11月23、30日皆提到名"大沂"者,此先生姓蒋。陈寅恪致傅斯年第六十二函谓:"兹有一事即蒋君大沂,其人之著述属于考古方面……其意欲入史语所,虽贫亦甘。"联络医师不知是否出于蒋氏。后蒋先生未为傅斯年所用。

《顾颉刚日记》所记11月20日宴,"同到子杰家吃饭"。

子杰即郭有守（1901—1977），字子杰，四川资中人，北京大学法科毕业，赴法国留学。为张大千表弟，故席中有大千。1944年1月21日陈先生撰《大千临摹敦煌壁画之所感》（《年谱长编》第218页），知中人亦子杰。《傅斯年遗札》有三札致子杰，总第七百七十八函抬头云"成都省政府教育厅，郭厅长子杰兄"云云，知郭为成都教育厅厅长。此函所讨论者，即傅斯年与郭子杰商量史语所初到李庄，欲借住张家大院事。

《编年事辑》说《元白诗笺证稿》中有九篇作于该年，可谓极勤，用眼之过度可以想见。《顾颉刚日记》轻松之笔调丝毫不能改变1944年为陈先生噩梦之开始。

据以上所述，知南下以后颠沛流离，陈寅恪不能听傅斯年之安排，又不能自了其局，往往需傅帮助，滋生不满，产生裂痕。

目盲之后，陈寅恪不仅陷入深深的恐惧中，经济困难更成为现实。1945年1月26日，陈寅恪致傅斯年略云：

> 寅恪自前年（三十二年）暑假离开广西大学，来燕大授课，除领教育部所发正薪外（每月薪水陆佰元，研究费肆佰元），至如其他教授应得之种种生活津贴、食米及薪水加倍等（如其他部聘教授每月之所应得者），分文未领过。换言之，以往一年半以来，已替国家（即教育部行政院）省下将近贰拾万矣，此点望能使当局明了及注意。（陈寅恪《书信集》致傅第六十六函）

我对民国时期大学转聘及由此产生之薪金问题全不在行，

稳妥做法为仅提供材料而不判其是非，然此处所谓"部聘教授每月所应得者"，因其应聘私立大学而不得享受，若无明文规定，在陈先生个人遇此奇难而又物价高涨之时段，不当弃宽而从严。

但这种判断会因人而异。从陈寅恪《书信集》判断，李庄到香港通信只需七天，而将近一个月以后，傅斯年才给朱家骅写信，有所延宕，其原因大概傅氏于此问题从严，认为既应聘私立大学，便不宜再向学部提要求。但傅斯年还是写了这封信，1945年2月22日致朱家骅云："陈寅恪兄病中蒙兄一再汇款接济，友朋均感。彼自去年年底来三信，言及其部聘教授之待遇事。彼自前年离广西大学后，三学期中（在燕大时）仅领到部中之月薪（月六百）、研究费（月四百，此部聘教授特有者），其他如米贴、生活补助费解未领到，即以燕大兼课之待遇为生。彼今既生重病，且常依燕大不是办法……"（《遗札》第1195页）

傅氏以自己节俭知名，不乱用公费，号称"为公家吝"（《遗札》第596页）。他对陈寅恪不与史语所相始终，而移驾成都燕京大学，本来不满，这次乞米讨薪，必不以为然。但情况确实特殊，延宕之后，伸出援手。信中又点明这是陈立夫任部长时事，陈立夫与朱家骅不合，陈氏事情没办好，望朱勿践其失。但看得出来，傅斯年这种帮忙，如同1942年继续发放史语所聘书一样，已颇不耐烦了。

接着抗战胜利。1945年底，傅斯年忙着西南联大和史语所回迁的事，人虽在昆明，心已飞回北平。冬天来了，傅斯年缺件皮袍子，俞大绛把料子寄给他，孰料傅先生还是太胖，料子不够用。11月30日，傅斯年致俞大䌽云："有一件怪事，前因料子未到，在你老太太处问，九姊立刻说，你老太爷给大维的一个狐皮袍，大维不能穿，要送我，我立辞，他拿出来，强我试之，简直尺寸正合适，必欲送我！我大吃惊，只好暂时拿回，后来还他。他对昭抡说，我为寅恪办了些事，故他如此。我以为必有下文，已而果然。寅恪家眷走的问题，要交给我。"（《遗札》第1249页）九姊，即陈寅恪妹陈新午，嫁给俞大维作继妻。大维妹大䌽嫁给傅。该叫嫂子的，家里人叫九姊。俞明颐留给俞大维的一个皮袍子，大维不能穿，九姊强给了傅。这虽是亲戚间礼尚往来的家事，但这中间流露出傅斯年对帮陈寅恪忙的不耐烦。

按理说，俞大维和陈关系更近，俞已是高官，但陈事事靠傅。傅斯年1946年1月20日致妻子俞大䌽："大维返此，大快活，无人管他，每日有女人在座，便兴高采烈，不管何种女人，大有毛子水之风！毛亦在此，昨晚同在一处，惜你不在也。"（《遗札》第1258页）这样说起来，虽有牢骚，但傅不负陈。陈使唤不动亲妹夫，只能用表妹夫。而傅斯年在给妻子的信中大嘲妻兄，而能不触其怒，倒也有趣。以前看过一本传记，说陈寅恪和俞大维在留学生当中，是贾府门前的那两只石狮子。不知是谁胡说！

1945年陈寅恪独自赴英就医，无功而返，归来已是1946年，回到南京，家属已先至南京。《编年事辑》引小彭笔记云："四六年父亲从英国回国时，妈妈和我们姐妹三人分两批从四川坐飞机先到南京。父亲回国到南京后，我和流求留在南京读书，美延随家回北京。"忽略了后面出力的胖子。

1946年冬10月，陈自南京转沪，由海道返清华，回到阔别已久的家园。此后，傅先生更忙，陈先生转闲。在陈傅二位的书信集里已经很少找到二人书信往来之痕迹。1948年败走台湾，尚有一次联系，陈终究未从傅走。从此两地阻隔，直到傅先生1950年底辞世。

结语

从后往前看，易于比较。史语所之前的清华国学院是最令人瞩目的学术阵地，但吴宓基于个人原因，尤其是个人性格，没有能成为后来史语所之傅斯年，清华国学院也水流云散成为过往。陈寅恪于吴、于傅皆为挚友，可谓佳因缘；而这两个机构对于陈先生来说，一前一后，同样重要。吴宓若能和清华国学院得到上面支持，绑在一起，跑完全程，那将成为陈寅恪可以倚靠的大树。这个任务吴宓没有完成，要傅斯年和史语所来承担。但基于性格原因，陈寅恪不能完全扑向后者的怀抱，与它相始终。无权无队伍的吴宓保持了对陈寅恪之敬，而敬陈的傅孟真先生转而变为令陈畏。陈傅这段友谊，催生了巨大的"学术生产力"，并不辜负那段岁月、那段因缘。从代表国家学术机构这一角度说，傅先生虽不无怨言，但基本做到了"为了他的思想，原谅他其他的一切"，为学术存此种子。傅先生所做，后来者将报以无限的感谢。

陈寅恪与傅斯年，也相倚靠也相难。

（原载于《上海书评》2016年11月20日、27日两期）

吕思勉的"执微"

严耕望称钱穆、陈垣、陈寅恪与吕思勉为"史学前辈四大家"已广为人知,严氏在其《通贯的断代史家》一文中又称许吕思勉"通贯"的特点亦为人广泛征引,吕氏著述之多、范围之广又为四人之冠,"通贯"二字当为定论已无疑义。而吕氏著述又与当时风气不合,亦是事实。由于机缘遇合,2008年顷,我有幸成为吕氏著作《中国文化思想史九种》(《吕思勉文集》之一种)的责任编辑,在细读《九种》之时,时时感叹他读得真细。吕氏"执微"的特点给我留下了深刻的印象。今撰文略加评介,谨表晚辈景仰之情。

一、当日风气

"四家"之中,"二陈"对新材料之使用最为重视。海宁王国维取地下之实物与纸上之遗文互相释证,陈寅恪继而大倡"一时代之学术,必有其新材料与新问题",开风气之先。又言"取用此材料,以研求问题,则为此时代学术之新潮流。治学之士,得预于此潮流者,谓之预流,其未得预者,谓之未入流。此古今学术之通义，非彼闭门造车之徒，所能同喻者也"。斩钉截铁，与先生平日语气不同，表示对治学要运用新材料这一点的强调。后傅斯年"上穷碧落下黄泉，动手动脚找东西"成一时名言，风气遂成。而其间新会陈援庵以其《元也里可温考》及《摩尼教入中国考》二文对敦煌材料之使用成为此风气有力支持者。日人桑原骘藏称"支那虽有柯劭忞氏老大家，及许多史学者，然能如陈垣氏之足惹吾人注意者，殊未见也"（见《读陈垣氏之元西域人华化考》），可见其肯定。桑原有"最痛恨支那的支那研究者"之恶名，言辞至为苛刻。吕氏与陈垣年辈相仿佛，其著述不知桑原是否得见，如果已见，不知作何月旦评？

二陈以治史者的姿态开启新风，而吕思勉以写史者的姿态，"埋头枯守，不求闻达"，完成了一部通史、四部断代史、其他七八种专著及近千篇札记。陈寅恪尝自称"论学论治，迥异时流"；而吕思勉"论学"不用新材料，"论治"在民国之乱世，花大气力阐述"大同思想"（见《大同释义》及《中国政治发展史》），亦诚为"迥异时流"者。

在所谓"新史学"的潮流中，吕思勉为时代风气所裹挟，名声、著述为之所掩，当是事实。

二、吕氏特点

《中国文化思想史九种》包括《医籍知津》《经子解题》《先秦学术概论》及《中国社会变迁史》等九种。其中《经子解题》最为著名，黄永年先生称自己正是在南京书摊上买到一册《经子解题》才走上文史之路的。《经子解题》开端即言"学问之道，贵自得之，欲求自得，必先有悟入处。而悟入之处，恒在单词只义，人所不经意之处，此则会心各有不同，父师不能以喻之子弟者也"。可看作吕氏"执微"的方法论。至于其效果，兹举一例。

《吕氏春秋》有"去尤篇"，四库本及陈奇猷《吕氏春秋校释》皆作"去尤"，而《经子解题》独作"去尣（音汪）"。初时以为吕先生偶误，从四库本改作"尤"，然终感二字字形差异较大，不像手民之误。后终查得"尤"的本字为"尢"，"尣"的本字为"尣"（参《康熙字典》寅集上，上海古籍出版社，1996年，第22页），二字至为相近。"尣"为"曲胫也"，有偏曲之意。"尤"有责怪之意。读《吕氏春秋》此篇，其意在强调"平察"，平察则需"去偏"，"尣"字意合。"责怪"之意则扞格难通。陈奇猷为当代子学巨擘，其人亦意识到"与此处所用之意未合"，然不识字源，释"尤"为"疣"，越释越远。而吕思勉于此"单词只义"处颇能悟入，一字之择，至为精当，令人拍案叫绝，一纠通行本之讹。

《九种》当中类似"执微"之处甚多，如《先秦学术概论》第二章荀子"人性恶，其善者伪"一句，释"伪"作"为"，甚详。又第三章力辩"刑名"之为"形名"。篇幅所限，兹不多举。总之，吕氏"博通"之外，"执微"是一显著特点。这种"执微"说穿了就是文本细读，即"美国新批评"所言 close reading，然吕氏"执微"掺和了校勘学与训诂学的元素，上例即是显证。

吕先生言："天下本无截然不同之理；训诂名物，尤为百家所同。"此又是其"通贯"处。读先生"天下只有天良发现之个人，无有天良发现之阶级；只有自行觉悟之个人，无有自行觉悟之阶级"云，哑然默坐；读先生"以先富带动后富，吾决不信也"云，真恍若隔世。

三、今日风气及结论

寅恪先生提倡使用新材料，认为大师巨子不仅在于继承，更在于"能开拓学术之区宇，补前修所未逮"，然而今天能否"承继先哲将坠之业，为其托命之人"亦成为一问题。为文必中英文摘要，煞有介事，其实无物焉。下笔必三数万言不止，心得仅两三句；前人札记之风不行。马茂元先生生前告赵昌平云"文成先斩去一半，方是为文之道"，今人不从。相互摘引，不作论证，是否堪以传信，绝不关心，无异剿袭。钱锺书《谈艺录》"道及时贤，仅此二处"之风渐替，自爱自尊自负之气消亡。自知其文资料尚有可补、观点或有可商，然急急刊布，欲猎取声名欤？为办得食，侮食自矜，曲学阿世，人不在少。硕博士论文，动辄十数万、数十万，敷衍无精义，自己亦知不可珍，他人更弃之如敝屣。则其势日颓。

今日学人做到贯通自难，细读执微又不肯。故吕氏著述风云际会，又被唤醒。当日吕氏拔戟自成一队，颇为孤立，而今日足以矫一时风气、示来者轨则者转是吕氏。义宁陈先生"读史早知今日事"，不知预料得到否？

前人谓胡乱刊书为"灾梨祸枣"；若刊书而不能入著述之林，徒以覆瓿，亦是为梨枣减寿。今上海古籍出版社陆续推出

《吕思勉文集》，再传张耕华教授据吕氏手稿整理补缀，以存原貌，则梨枣之材借吕先生之言论将以增寿欤？

（原载于《中华读书报》2009年1月14日）

新旧之间的吕思勉先生

一

学术研究也有潮流,跟上潮流的叫"预流",跟不上的叫"未入流"。跟潮流没什么不好,不跟的其实也没什么不好。站在后面看,有的人跟、有的人不跟,倒是往往能给我们带来启示。

吕思勉先生是不跟的。潮流过来,很自然地分了新旧,适应潮流的就是新派,不适应潮流的就是旧派。当时的潮流是西边过来的,比如认为史学就是史料学,那当然就是要寻找新材料。

陈寅恪为王国维学术做出三项总结:一曰"取地下之实物与纸上之遗文互相释证";二曰"取异族之故书,与吾国之旧籍互相补正";三曰"取外来之观念,与固有之材料互相参证"(《王静安先生遗书序》,1934年)。概括而言,要点即是"使用新材料"。之前就说:"一时代之学术,必有其新材料与新问题,取用此材料,以研求问题,则为此时代学术之新潮流。治学之士,得预于此潮流者,谓之预流,其未得预者,谓之未入

流。此古今学术之通义,非彼闭门造车之徒,所能同喻者也。"(《陈垣敦煌劫余录序》,1930年)

每个时代都有新旧之分,都有新旧之争,但都没有吕先生那个时代来得猛烈。有的人觉得老说"新""旧"有点无谓,其实不然,民国学术的流变,最主要一个东西就是探讨新旧之间的变奏与平衡。

章太炎、黄侃师弟是旧派,章氏门人在北大和胡适新派争得很厉害,后来落败,败走南京,在石头城下过"花天酒地"的生活(诸人出游,樱花正开,席地坐,把酒论音韵训诂并诗词唱和,称"花天酒地")。新派以材料取了胜,大大标举王国维,《胡适的日记》(中华书局,1985年)里面有一条说:"旧式学者只剩王国维、罗振玉、叶德辉、章炳麟四人;其次则半新半旧的过渡学者,也只有梁启超和我们几个人。内中章炳麟是在学术上已半僵化了,罗与叶没有条理系统,只有王国维最有希望。"自称是"半新半旧"的学者,在当时的语境下,其实是混淆了新旧之分。后来由新转旧的陈寅恪针对"条理与系统"进行反思,认为越有条理、成系统,离事实越远。这话和前面《陈垣敦煌劫余录序》里的那句说得一样决绝,但愿后人像对待前面那句一样,不要死于句下。这是后话。

吕思勉和章太炎有多深的交往,受多大的影响,不清楚,期待李永圻、张耕华二位编纂的《吕思勉先生年谱长编》给以揭示。吕思勉在新材料旧材料上,站在章氏一边,这没疑问。他1925年所作《说文解字文考序》云:"最近二十年间,又有所谓骨甲文者,欲据以考见斯籀以前之文字者亦多矣。然其事不可深信,近人余杭章氏已极论之,其言深有理数。"赞同太炎。七年之后，又作《说文解字文考序二》，七年之间意见未变，云："章氏谓必发之何地，得之何时，起自何役，获自谁手，事状皆详；又为众所周见，乃为可信，诚不诬也。"提"无文之骨""盖一变而为有文矣"的疑问。后来有没有改变，不知道，赵翼论诗有一句很好，他说"自身亦有早中晚"，观点会变。黄侃对甲骨文的态度后来发生转变，《黄侃日记》里很清楚；吕思勉有没有转变，没有看到。

又过了很多年，严耕望先生在《通贯的断代史家》一文中称许吕思勉"通贯"的特点，并将陈垣、陈寅恪、钱穆与吕思勉四位合称为"史学前辈四大家"。这固然是他个人化的说法，但也是他站在历史后面严肃思考后的选择。这里面包含了很深的反省，其实是试图回答学术流变中的新旧变奏与平衡的问题。

其他风气还会来，看看前人走过的路，或许会带来启示。

二

经友人张求会先生提示，我读了新刊《夏鼐日记》"1947年10月23日"条，里面提到院士提名名单考语。陈垣先生考语原为："专治中国宗教史，搜集材料最勤，考订最谨严，论断亦最精确，其余力所治校勘学、年历学、迻译学皆为有用工具。"陈寅恪先生考语原为："天才最高，功力亦最勤谨，往往能用人人习知之材料，解答前人未能想到之问题，研究六朝隋唐史最精。"傅斯年先生考语原为："治中国上古史，能利用新材料与新眼光，考订旧史料，于古代制度、地理及文籍体制，有独到之见解或新鲜之说明。"顾颉刚先生考语原为:"以怀疑精神研究古史,对于古代传统有廓清之功,倡导古地理学之研究,亦甚有贡献。"

从这些例子看,都是窄而深的研究。吕思勉不同,他是写史。

吕先生的名字不在名单之中,假如在的话,这个考语该如何下呢?这个问题是悬空一问,就怕没有答案。

幸好,严耕望先生后来给吕先生下了考语。这个考语大家耳熟能详,这就是"通贯的断代史家"。简单分析,这里的定位为"断代史家",但与陈寅恪考语"研究六朝隋唐史最精"不同,因为他写了《先秦史》《秦汉史》《两晋南北朝史》和《隋唐五代史》四部断代史,到底精研哪一史呢?我们看到"广博"成了一个害,因为和风气不合拍。

前冠"通贯"二字,指具有通史的眼光。但以现代分科的眼光来看,这个"通史"最让人看不起。王家范先生讲,"现在谁要是说自己是研究通史的,谁都看不起你,说通史有什么好研究的;越偏越骄傲"。王先生是吕思勉的知音。民国新派受西方学术影响,分科渐细,注重窄而深的学术研究,在巴掌大的领域打井,自矜井深。一条皮尺量下去,也许挺深,但一方面是深,一方面也浅,这风气一直影响到今天,一些专家也就是浅人。

潮流如此,吕先生如彼。新风所及,带来新的气象,在很多领域,都有新的发展。但也有负面的作用,出现一味寻找新材料而不读二十四史的现象和局面,延续至今。但风气逐渐会变,历史的公正有时就表现在"风气会变"上,现在开始呼唤通人。于是当日吕思勉拔戟自成一队，颇感孤立，幸好坚持，半个多世纪之后，我们又与吕氏著述相逢。

除了四部断代史，吕先生还有《吕著中国通史》、《白话本国史》上下、《中国民族史两种》、《中国近代史八种》、《中国文化思想史九种》上下、《中国社会史》、《文字学四种》、《史学与史籍七种》、《吕著史地通俗读物四种》、《吕著中小学教科书五种》上下、《文学与文选四种》、《读史札记》上中下、《吕思勉论学丛稿》上下、《吕思勉诗文丛稿》上下，近一千二百万字。

"四家"之中上古和三联先后出了陈寅恪文集，三联买断了钱穆作品，去年陈垣也出了全集，今天《吕思勉文集》的出版代表"四家"基本出全了。吕先生这套书从 2005 年到今天，做了六年多，付出最多心血的就是李永圻、张耕华二位。但我想一千二百万字还是保守的估计，耕华先生跟我讲关于边疆地理方面的东西还有没收进去的。俞晓群先生最近出了本新书叫《前辈》，里边谈到胡适，说"前人早有定论，说胡适几乎涉猎了人文科学的所有领域，可谓通才"。但我看吕思勉先生涉及的领域只多不少，比如医学典籍，胡适就没有吧，吕先生有《医籍知津》；胡适之先生没有文字学吧，吕先生有《文字学四种》。不仅胡适，就是钱穆恐怕也没有他多。三联出的钱穆的集子也有两只胳膊伸开来这么多，但是那个本子字大行稀，而上海古籍的这个本子密密麻麻；一代天才梁启超的学术作品更没有这么多了。吕氏门人回忆老师有句话给我印象很深，就是"老先生除了睡觉、吃饭，就是写东西"。

三

复旦大学出版社的一个朋友有句名言,我想在这里借用他这句话。他说编辑有二幸,一幸某稿为我责编,二幸某稿非我责编。这话在补贴书满天飞的今天,自然会引发书界同行的共鸣。2008年的时候,我有幸作为吕先生著作的责编之一编辑了《中国文化思想史九种》,三生有幸且受益匪浅。有时候想想,也很遗憾。遗憾什么呢,我只做了一本,要是从头到尾做下来,或者只做一半,一定收获特别多,当然这是奢望。事实上,我只做一种就够累的了,六十几万字也不算特别多,而且九种当中有一些已经有了排印本,只要简体转为繁体,体例跟着改变就可以了。原想几天结束,结果做了一个月。就是因为涉及的范围太广,我们知识跟不上。

他不仅反对甲骨文(请允许我暂且这么说),也不特别强调新材料的使用,只要略微深入地读其作品,这点感受就很强烈,但是他读书特别细,似乎欲用读书之精补材料之旧。

吕先生平生通读二十四史三遍,读书精密,一字不轻易放过。这方面可以举很多例子,我作为编辑,印象最深的一例是《吕氏春秋》里的一个例子。《吕氏春秋》里面有个《去尤篇》,四库本、毕沅《吕氏春秋校正》及陈奇猷《吕氏春秋校释》皆作"去尤",而吕先生《经子解题》独作"去尫(音汪)"。初时以为吕先生偶误,从四库本改作"尤",然终感二字字形差异较大,不像手民之误。后来花了好几天去查,还向同事求教,终查得"尤"的本字为"尣","尫"的本字为"尣"(参《康熙字典》寅集上,上海古籍出版社,1996年,第22页),二字至为相近。

那么到底是"去尤"还是"去尪"呢？这个"去尤篇"里收了我们很熟悉的一则故事，就是智子疑邻，一个人丢了斧子，疑心邻居的孩子偷了去，越看越像；后来自己找到了，怎么看都不像了。这篇中其他几则也都是讲偏见先入为主的。"尪"的本意为"曲胫也"，就是腿骨弯曲不直，于是引申出偏曲之意。这篇东西强调"平查""去偏"，与"尪"义近。而"尤"的含义里马虎说得通的只有"责怪"一义，但联系文意，其实扞格难通。陈奇猷为当代子学巨擘，其人亦意识到"与此处所用之意未合"，然不识字源，释"尤"为"疣"，越释越远。而吕思勉于此"单词只义"处颇能悟入，一字之择，至为精当，令人拍案叫绝，一纠通行本之讹。

近来亦有人攻陈奇猷，话很难听，因为陈先生已故去，不能于泉下作辩，其事我们亦不能详知。陈先生是我们的前辈，我们怀有很大敬意，但这个"尪"字怎么没校出来呢？当然当时的条件没有现在这么好。总之，吕先生读书之精密给我留下深刻的印象。

而且吕先生的见解也值得大家注意。我审稿的习惯是遇到疑问和碰到好句子就随手抄下来，编辑看稿和读者读书可能稍有不同，我们要一字一字读，容易割裂，但也容易把好句子"拎出来"。《九种》审完，我写过一篇书评叫《吕思勉的"抉微"》，把笔记本上几个句子抄了进去，其中一句是："天下只有天良发现之个人，无有天良发现之阶级；只有自行觉悟之个人，无有自行觉悟之阶级。"这句话颇可启蒙。另一句说："以先富带动后富，吾决不信也。"后一句被网友称为"吕思勉的马前炮"。因为这些话，这篇文章在网上哄传，"哄传"一般来说是一个不好的词，但这里我愿意理解为大家为早已逝去的一位严肃的思考者鼓掌。

我们就是这样，依据片段又重新认识和走近吕思勉先生，逐渐进入他的思想世界中去。

四

前面讲到方面之博、数量之大、读书之精，"博大精深"四个字占了三个，但就是最后一个"深"字，吕思勉受到质疑。"四家"之中"二陈"不消说，路数趋旧的钱穆也有《先秦诸子系年》和《朱子新学案》，所谓能"占领学术制高点"。吕氏著述除了写史就是讲义，几部专著如《经子解题》《理学纲要》，似皆不够"专门"。但我认为，以《经子解题》为例，虽名为解题，开门径、度金针，似不以精深为指归，其实不然，这书相当深。专题研究有"表面深其实没什么妙处"之失。吕先生的好处与精妙散落在著述中，这算是旧派之"失"。能不能不丢其妙，又补其失，值得思考。我读钱穆先生《钱竹汀学述》和《读段懋堂〈经韵楼集〉》，他声称调和汉宋，排斥门户，但实际上是信奉理学，排斥汉学。热爱传统文化太过，甚至认为中国古代没有集权专制。与之相比，吕思勉门庭广阔。

严耕望的"四大家"再分，二陈是一派，钱吕是一派，新旧正相平衡。似是细审新旧之间学术流变之后的一种较为理性的思考和选择。

最后我想问一句，陈寅恪先生说每个时代都有自己的新材料和新问题，取用新材料研求问题方为预流，否则为未入流，那我们现在的新材料和新问题是什么呢？要是新材料不够，能不能研求新问题呢？

现在清华简和北大简都是新材料，周边国家的汉语文字遗存也是新材料，于是简帛成为显学，"从周边看中国"无疑是"新问题"。但如果以罗王二陈那时候的敦煌材料、殷墟甲骨、西陲文献（流沙坠简）、内阁旧档来衡量，这些材料规模远远达不到；何况这中间还有一些顶着"新"字的无谓工程。

读陈先生那句话，不能死于句下。寅恪先生自己晚年碰到的新问题，是心灵深处的问题，他写《柳如是别传》就是用旧材料来解决的。

新旧既难一划而分，旧中有新，新又返旧，更趋复杂。我们讨论新旧之间的吕思勉先生，不过是借以唤醒那些已经过去但又值得琢磨寻味的东西罢了。

参加吕思勉学术研讨会最大的收获是见到了李永圻先生，李先生84岁，致辞时说："今天真的很高兴，老先生……"话说了半句就哽咽说不下去，张耕华赶紧过去扶住，致辞作罢。"读其书想见其为人"，我们读吕先生，不太能想见其为人，但这次我从学生身上看见了老师的影子。

（原载于《读书》2012年第2期，此篇与前一篇有重复，又不便删削，特致歉意）

考证学与当下学风
——重读《励耘书屋问学记》

一

学生给老师或者老师给学生写文章，都是不恰当的，尤其是学生写老师。因为师徒关系一定，话就不好说了。当年戴震婉拒姚鼐拜其为师，说："古之所谓友，固分师之半。"戴震更愿意得个友。故我们看这类"问学记"，要保有审慎的目光。看弟子捧老师，要少看结论，多看细节。把细节勾连起来，再联系自己所处当前之环境，也能看出点问题。

现在大学里出现一个问题，是"怎么评教授"。周振鹤教授《评教授为什么用量化标准》(《南方周末》2009年2月4日)也提到这个问题，文章说："如果按照现今标准，许多过去的学术权威在今天都是评不上教授的。在复旦大学，当教授的必要条件最近定为十篇论文（其中必须有两篇发表在权威期刊上，其他在核心期刊上）、一本专著、主持两个省部级科研项目。""为什么过去凭几篇论文就可以评上教授而现在不行？因为过去学术水平的高低自有公论，一篇优秀的论文可以胜过几部无用的专著。学术上的少数重要发明远胜于数量庞大的重复研究——前者对学术发展起了推动作用，后者只是资源的浪费。学术的评价标准是什么？显然是水平的高低而不是数量的多少，但水平的高低谁说了算？在学术权威性已经流失的今天，没有人说了算，那么量化考核就自然大行其道了。"结论是"没有办法"。

二

其实，学术得以交流——像西方和美国一样，学术著作在刊布之前，得到大规模的批评与指正——是不是就可以扭转时下学术滑坡的局面呢？笔者持悲观的态度。因为现在是优秀作品的产生出现了问题，交流层面上的弥补全无用处。

症结何在？笔者认为是在学者培养机制上，这又回到了周振鹤教授谈到的"学术界没有权威"这个问题上来。学术界有一大批人，以四五十岁的为主，第一看不起古籍整理，认为标校、校注、笺证的著作不算著作，自以为研究性的论著分量重，是从无到有的创造。而拿一页白文给他，标点都加不对。第二看不起考证学，烦琐考证，不屑一顾，认为是下死功夫，死下功夫，乾嘉末流，是旧斧头，钝了，过时了，不用脑袋做学问，用屁股做学问，还给他们取名字说"记忆性文化族群"。

驳斥这两个方面的偏见，我们不妨都举史学大师陈垣的例子。先看看前辈如何培养学生。柴德赓先生回忆说："他（陈垣）教学生读赵翼的《廿二史劄记》，是要学生自己去找，自己去点，然后到他那里去对。他要学生核对书中材料是否真实，来源如何。他曾经要学生去读顾炎武的《日知录》。《日知录》一书把引用别人的话和自己的话混在一起,而且不加标点。陈先生就要求学生去标点,找出哪些是引文,从什么地方引来的,这样不仅读了《日知录》,而且也读了其他很多有关的书。这是懂得目录学的最有效的办法。"(《励耘书屋问学记》,生活·读书·新知三联书店,1982年,第28页)种子就是这样播撒出去的,难道"皇皇之华"是凭空从湿地里冒出来的吗?史树青先生也回忆说:"先生讲授的史源学实习,是历史系三、四年级及研究所史学组研究生的选修课,每周二小时,隔年开课一次。每逢开课,都有很多学生听讲。此课的讲授方法,有时是以清代史学家全祖望《鲒埼亭集》为课本,每周选讲文章一篇,讲前各生需手抄原文,自行标点断句,并找出文章的史料来源,逐条考证,然后由先生主持课堂讨论。各生每次考证原稿,交先生批改,下周上课发还。先生对各生标点的原文和考证的文字,一一认真修改。通过修改,对学生研究历史以及撰写论文的方法都有很大帮助。"(同前,第78页)

试问现在大学里的教授有哪一位是这样授课的?就算扩招以后,生源大不如前,学生的根底不好,但一大把人里面总归会有一两颗读书种子吧。没有合适的土壤,没有悉心的栽培,不要说"交流",什么都白搭。当今,教授有教授的苦衷,评上了教授,一样会被推到"利海"里面去,这又是"没有办法"的事。

"思想改造运动"以后,陈垣先生颇受人诟病,陈寅恪《诗存》中至少有两首诗讥刺他这位年长十岁的老朋友。但有一件事,陈先生死活不肯跟风。1957年1月4日,陈垣为《历史研究》杂志审查罗尔纲《论科学的考据与旧考据的不同》一文，写下《论科学的考据与旧考据的不同一文审查意见》，死活不肯承认旧考据是"不科学"的。择善固执，令人肃然。（见《陈垣学术论文集》第二集，中华书局，1982年）

其门弟子在回忆文章中也不避嫌猜，忍不住感慨："解放以来，有些人研究历史，不下这基本功，鄙夷校勘、考证为不足道，满足于东抄西抄，沿讹踵谬而不自知，难怪他们写的东西经不住考验。我感到遗憾的是，象我这样亲受业于先生之门的人，自己下的功夫既不深，没有作出成绩，更不能将薪火传给下一代，真是太愧对先生了！"（《励耘书屋问学记》，第158页）

《唐书》上说，唐文宗大和二年，刘蕡在制科考试中以"国亡"告皇上，最后落第，李郃说："刘蕡下第，我辈登科，实厚颜也。"千年以后，陈氏弟子以"学亡"告天下，不知天下诸公该如何回答？

历次学生整老师以后，老辈寒心，这次整完，还希望下次老师悉心教授，岂不荒谬？槐聚翁言"学生不肖者累师，出蓝者害师"，最有代表性。段玉裁为戴东原作年谱，里面说："大国手门下，不出大国手。二国手门下，教得出大国手。"此也许适用于戴氏，然并非公理颠扑不破，如今那么多二国手、三国手，怎么就教不出大国手？所以"教"字上有问题。

三

陈垣先生去世后，邵循正先生为他写挽词，说："稽古到高年，终随革命崇今用；校雠捐故技，不为乾嘉作殿军。"大家一致认同。末句将陈垣与乾嘉学风划开界限。白寿彝先生回忆道:"后来,他(陈垣)自述治学进程是'钱、顾、全、毛',表明他由钱大昕的考据之学,经由顾炎武的经世致用和全祖望的故国文献之学,终于找到了毛泽东思想。"(《励耘书屋问学记》,第 6 页)陈垣曾致信杨树达,劝他"法高邮不若法韶山",也是此意。蔡尚思回忆:"陈师曾在与友人书中,自述其史学思想的变化道:'至于史学,此间风气亦变。从前专重考证,服膺嘉定钱氏;事变后,颇趋重实用,推尊昆山顾氏;近又进一步,颇提倡有意义之史学,故前两年讲《日知录》,今年又讲《鲒埼亭集》,亦欲正人心,端士习,不徒为精密之考证而已。此盖时势为之,若药不瞑眩,阙疾弗瘳也。'"(《励耘书屋问学记》,第 24 页)

其门人牟润孙先生谈到陈先生与钱大昕,并与西洋史学方法作比较。他说:"可惜陈先生并未写一部史学研究方法论。援庵先生治史由钱大昕入手。钱大昕为乾嘉考据学大师,考据学分析史料与西洋史学家分析史料在方法上并无什么分歧,不过因地区、民族、习俗的不同,所需辅助科学有些出入而已。譬如欧洲人以纹章作家族的徽号,于是有纹章学,援庵先生因纹章联想到中国的避讳,于是作《史讳举例》。"(《励耘书屋问学记》,第 67—68 页)

我们看到陈先生走了一条从"精密考证"到"有意义的史学"的路,陈寅恪先生序《明季滇黔佛教考》云:"虽曰宗教史,未尝不可作政治史读也。"正是其意义所在,《通鉴胡注表微》《南宋初河北新道教考》《清初僧诤记》,皆可作如是观。而《通鉴胡注表微》是踵钱大昕《通鉴胡注辨证》而成,则明显矣;钱大昕曾评释《日知录》百数十则,陈先生研读顾炎武亦踵其后。作不作"殿军"暂且不论，陈先生由考据起端当为定论，一生成绩亦由是起家。

所谓"有意义的史学"，从特征上来看，自然摆脱了清代学者支离破碎、为考证而考证的烦琐学风，但反过来想一想，没有乾嘉作根底，一上来就追求"有意义的史学"，那就如同小孩子还不会走就赶着去跑。这种高兴而慌张的学问，容易摇身晃倒。我们今天就好似要将陈先生的路倒过来走，抓大放小，一心要出自己的专著。陈先生这条路循序渐进，不陵节而施，值得我们借鉴。1949年以来，批判烦琐考证，强调有意义的学术，但在文史哲人才培养这一方面，倒逐渐显出不足。缺乏最初的严密训练，导致后来的根基不稳和无根游谈。于是援外以救内，谈炫西洋之学，为自己贴科学的标签。陈寅恪引用的"不树新义，未负如来"，呈现新的内涵。又，二十几岁的学子就立誓发愿研究思想史、学术史，书未读过，便作高谈。蔡尚思回忆："直到一九三三年，还来书教导我道：'思想史、文化史等颇空泛而弘廓，不成一专门学问。为足下自身计，……似尚须缩短战线，专精一二类或一二朝代，方足以动国际而垂久远。'"（《励耘书屋问学记》，第8页）为什么会趋之若鹜，究其因，有趣自是其一，轻松更是关键。考据学是极其辛苦的，我们从陈门弟子关于点读《日知录》的记述中可清楚地看到这一点。而"义理"之追求，搞不好更像"想象力的游戏"。

四

提到考证，很容易让人想起胡适的名言——"拿证据来！"所拿出的证据大部分是书证。于是考证学容易被人看作是"纸上考古"，以书堆证书堆，囿于书斋而不出。其实不然，"囿于书斋而不出"不是考证学的本意。仍以陈垣先生为例，柴德赓回忆说："《四库全书》修成后，有的书很少有人翻过，所以切过后，尚未分开，页与页还粘在一起。他曾经带领几个中学生到馆内，专门去点页数，两个人一部，一页一页点过，所以陈先生对《四库全书》中的每本书有多少页是知道的。新中国成立后，有人写文章，提起《四库全书》中哪部书最大，一般人总以为是《册府元龟》。实际上，第一部是《佩文韵府》，第二部是《册府元龟》，第三部是医书《普济方》。要不是陈先生经过那一番调查研究，是不会知道的。"（《励耘书屋问学记》，第27页）又说："抗战时期，他发现一块地方有明末遗民的语录，但这些材料在一座小庙里，不能借出来，而这座小庙破破烂烂，有几百年没有人进去了，灰尘很厚，蚊子特别大，特别多，老先生他就先打了预防针，然后进庙里去翻材料，一早就去，在那里翻啊看啊，吃了饭又去了。凡是什么地方发现有材料，他总是不管远近，不辞辛苦，跑去搜集；一找到什么书，他就废寝忘食地去读。"（《励耘书屋问学记》，第38页）

王国维先生取地下出土之物与书上之材料互证，称为"二重证据法"，其实只是一种叫法，以物来证，本身便是考证学应有之义。十几年前我上大学，就在同年，叶舒宪老师被人排挤离校，后来听说叶先生有所谓"三重证据法"，以我的旧脑筋，觉得还是老东西。就是一句话，四处找材料，不能仅囿于书本。傅斯年"上穷碧落下黄泉，动手动脚找东西"，一得之偏，有不注重原典细读的嫌疑；然而"动手动脚"是真的，"静坐书斋"弗为考证。

五

否定考证学是由批判胡适引起的，后来思想解放，这思想却没有得到根本的扭转。从思想上轻视考证学到今天教学上不注意训练学生扎实的考据基本功，如今产生不了学术的权威难道不是必然的吗？正如前文所言，教学上的努力，似乎还未曾有人"出力傻干"，陈门弟子"愧对"之责还萦绕耳边。

一支球队需要有尖子，学术上面商量砥砺更需如此。如果非要在矮子里面拔将军，那就算中国可以放得下千千万万张"平静的书桌"，那也是矮书桌。

虽然禀了钱先生的训示，"提出问题总比不提进步"，但严格说起来，实施如果是另外一回事，那么进步就绝未发生。

（原载于《博览群书》2009年第7期）

顾颉刚在五十年代

古人强调"尽信书不如无书",其实从反面证明他们易信;今人什么书都不信,从各个方面说明我们善疑。且不管这是"通能",还是通病,这种现象发生,除了头脑的发达更与某种近代思潮有关。顾颉刚和古史辨运动是近代最大规模的和古书"过不去",但不能过分夸大这种学术思潮对大众的影响;至关重要的是,更伟大的人物会把这种学术思潮纳入更"伟大"的思维中去,推翻已有,与天地人斗,掀起倾天巨浪。

顾何以那么走运

《顾颉刚日记》1953年3月8日云:"昨(周)谷城谓予,到京晤徐特立先生,特立问起予著作,谓毛主席屡次提到,希望国家出版。谷城曰:'是皆纯学术性者。'徐先生曰:'无妨也。'(周)予同告予,日前开人代会,晤陈毅市长,亦询予近状。予自惭学之不进,而各方多注意予,殷殷望之,更不安矣。"顾先生有点受宠若惊,但其实当时不明究竟,甚至想不到问为什么。

这是1953年,到了1957、1958年,打倒了一批又一批,顾却屹立不倒,他自己也在问为什么。

《顾颉刚日记》1959年1月4日云:"(谭)季龙告我,渠在复旦被批评七次,其中大会两次,《禹贡半月刊》中文字被人细细摘出。渠甚镇静,批判结果未作处理。"同年8月12日日记云:"(童)丕绳云:'去年山大中对于史学之批判,只批判我的中国社会史分期论,而不批判我的参加《古史辨》派,想来由于中央对于先生之不批判,故对我亦不作批判。'此事颇可注意,想来中央亦认为《古史辨》的工作并不站在马克思主义之对立面也。"顾先生意识到,古史辨思想得上峰欣赏,使自己免于一难。

改造事物容易,改造头脑难。思想改造运动想来应该是世界上最艰难的一项工程。推翻以往一切想法,首先要发起怀疑,古史辨正与之合拍。这学术范围内的思潮,被纳入更"伟大"的思想中去,其创始者因而获益。

1958年6月20日日记云:"谷城由上海来……谷城此来,系毛主席所招。日前已谈过一次,主席论及予,谓在卅余年前敢推翻禹,实是不易,并谓予之学问由看戏来,知《古史辨》自序为其所熟览。问及予近况,谷城云,治经学。主席云:搁一搁亦不妨。知所望予改造者深矣。""推翻"一词应该注意。顾以为"放一放""经学"是希望改造,误矣。毛的意思是希望其治史学,具体来说即参与《史记》之点校。至于后来《二十四史》点校之负总责,更是无上的荣耀。

顾之"走运",还在改造得好。1958年12月7日:"今日予发言,以说得老实,破得彻底,故博得掌声甚多,休息时许多人到予座前称赞。"并于此之前，在 8 月 19 日日记中一语道破，谓"（严）景耀有进步包袱，不肯撕破面子"，这话与其说是在批评严景耀，更像是在开导自己。

顾之看似应受厄而终脱于厄，有多重因素，但首要者二点，一因《古史辨》，二因改造得好，较合作也。

合作终究不如单干

《史记》之选择顾颉刚，主要是之前他已经开始《史记三家注》的工作。但顾之兴趣还在古史，于战国后事不欲深究。从事三家注校勘工作的，主要也不是顾先生自己，而是贺次君。贺是顾之学生，在《史记》点校的往事中被反复提及，但我们其实不知其人，网上也查不到。在顾氏日记中，慢慢找到一些线索。

1957 年日记前粘贴有贺次君本年 5 月 4 日来信，云："兹寄上《史记》十篇，如还需要，敬乞示知，当即续寄。……新疆科学分院又来相约，与之说明目前实不能去京，如能在明年年底，可以如约。生恐此后机会甚少，切盼吾师能为生另做打算也。"是新疆科学分院愿接受贺去工作，贺很希望顾先生助他留京工作。1959 年 9 月 28 日日记谈到亲戚姜又安情况又提到贺，《日记》云："又安已脱离炼焦厂，就农业出版社临时工，在贺次君处工作，诚能努力，将来收入可多，惟须下大决心耳。"知贺次君当为农业出版社编辑。

《史记》之初点与跑图书馆进行三家注之校勘两项工作，由贺次君完成，再经顾勘定。顾先生采用的办法，是现在最流行的学生先干,老师总其成的办法。但如果不是直接面对凌乱的、最原始文献,从头至尾地从事其事,而只是在半成品上加工,恐怕效果不会好。这种体会对于有过古籍整理点校经验的人来说并不陌生。今天最流行的这种高效之法,并不是什么新发明。

以下撮抄日记中所涉《史记》点校情形,予读者一轮廓;再佐以宋云彬日记,间加按语,简略说明。

顾氏1954年进京之始,即到"中华书局,晤姚绍华,谈标点《史记三家注》事"(9月1日《日记》)。四年之后,《三家注》毕功,却难以出版,1958年2月4日日记云:"科学出版社决定将予等《史记及三家注校证》一书转至古籍出版社。如踢球然,踢过来又踢过去。"又2月28日:"标点《史记》","看《史记三家注校证》"。知一边寻求出版,一边尚在复核。及7月26号星期日云:"将《史记三家注》序、例整理讫。……将《秦始皇本纪》、《项羽本纪》作小标题讫。"7月27日、28日、29日、30日、31日、8月1日、2日、3日、4日,都提到《史记》,主要是写提纲、作小标题和记笔记。其中7月31号"中华书局孟默闻来谈"。到8月6日:"作《史记》小标题五篇,世家讫。续看列传二篇。……到中华书局,晤姚绍华、孟默闻、陈乃乾,谈《史记》事。……整风后各机关大跃进,中华书局一定要在今年年内将《史记》出版。我如不赶完,即将破坏他们的计划。"已经在赶,行政指令下达,点校事更加速。

8月7日:"收集标点本《史记》凡例资料,得一轮廓,即写《标点史记凡例》约三千字。……昨到中华书局,知其急需标点《史记》凡例，以作标点此下廿三史之标准，因于今日为之。初意写数千字可了，但一下手便觉不够，以在在须举实例方能明白也。"8月8日："续写《标点史记凡例》约六千字。"8月9日："孟默闻来，取已成稿廿页去。续写《标点史记凡例》约三千字。"8月10日星期日："未成眠。写中华书局第一编辑室信，论整理《史记》四步骤。续写《标点史记凡例》一千余字。"8月11日："续写《标点史记凡例》六千余字。孟默闻来，索稿。未成眠。《标点史记凡例》一文今日粗毕矣，在五天之内居然写得二万字，可谓快而多矣。然所举例仅系匆忙中检出，将来尚可补入若干也。"8月12日："将凡例改毕，写姚绍华信。将《史记》列传七十篇上所作提纲应排黑体字者标出。"8月13日："勘《史记》列传七篇。"8月14日："勘《史记》二篇，未尽，记笔记六条。"8月15日："勘《史记》五篇，记笔记九则。"8月16日："勘《史记》五篇，记笔记十四则。"8月17日星期日："勘《史记》两篇半，记笔记五则。"8月18日："勘《史记》三篇，记笔记十二则。"8月19日："勘《史记》两篇半，记笔记三则。"8月20日："勘《史记》三篇半，记笔记十则。……《史记》问题太多，一天中实只能勘定两三篇。以中华书局必于今年之内出版，不能不赶。初意定能每天赶出五篇，今实际工作乃知不然，如《苏秦》、《张仪》等传，一天只能赶出一篇耳。"按："问题太多"的原因，当然与其整理方法有关。从以上所引日期来看，真正全身心投入的时间不长，一个"赶"字当头，真叫人生"不知今夕何夕"之感。

接下来到9月底，继续重勘《史记》，并作笔记，时断时续，并不如前段紧张。9月30日："至中华书局，参加《史记》

标点讨论会,自二时至六时。与次君、筱珊同出。……今日同会:金灿然(主席) 聂崇岐 陈乃乾 姚绍华 宋云彬 章雪村 贺次君。标点《史记》,予极用心,自谓可告无罪。今日归来,接中华书局来函,谓点号应简化,小标题可取消,颇感诧异。及往开会,毛主席令在两年内将廿四史点讫,如照予所作,则其事太繁,无以完成任务也。此事若在从前,予必想不通。今从集体出发,亦释然矣。"按:知此长达四小时之会讨论较细,而以宋云彬为主提出意见;由顾"自谓可告无罪"云云,可揣见其心情。而"此事若在从前,予必想不通"云云,亦知顾氏之收敛。

停顿一周,至 10 月 8 日 "勘《卫将军列传》。记笔记二则",热情顿减。11 月 6 日:"到中华书局,开会,讨论《史记》标点事。自二时至五时半。……今日同会:金灿然 傅彬然 叶圣陶 王伯祥 宋云彬 姚绍华 贺次君 聂崇岐 陈乃乾 章雪村 曾次亮。予所点《史记》,由宋云彬另觅一张文虎本重点,期于将段放大,将符号减少。然所逢困难问题重重,故开会商之。""重点"二字,意味着什么?那就是把以前推翻。顾心情可推知。此后重担转向宋云彬。

观宋云彬《昨非庵日记》,知自 1958 年 11 月到第二年 4 月 24 日,虽云参考顾本,实际上宋云彬抛开顾本自己标点。到 4 月 24 日:"全部《史记》校点工作已毕,只点校说明未写。"5 月 25 日:"赵守俨语余,金灿然对《史记》出版说明甚满意。"7 月 10 日:"圣陶谓余所写《史记》出版说明及点校说明皆佳,且有必要,然伯翁、乃乾则皆不以为然云云。"知"点校说明"亦宋所写,顾之"说明"摒去矣。顾之日记于此虽无记，但心情可想而知。又宋云彬5月28日："《史记·天官》二校样寄到已多日，今日复校一遍，标点错误甚多。余于历律为门外汉，前标点时皆请教曾次亮，曾则于标点亦属门外汉也。"知真正碰到疑难，顾本不堪参考。宋面对专业性很强的问题则无人讨论。宋之所做，无论从什么角度讲，都超越了责编，至少是三分之一个作者。宋1960年4月16日《日记》云："《史记》标点有错误，余作检讨。萧项平出言不逊，余报之以微笑。"（萧项平为副总编辑，读顾日记，知顾与萧联系最多。顾恐身体有变，拟著作所托人名单，萧项平在列。）有些错误顾本无，宋本新出，故宋检讨并觉羞对顾氏。然改正几何又谁人知道呢？4月26日："写关于《史记》标点错误之检讨书一份，交张北辰。"不知中华的档案里存此检讨否。宋在检讨的同时，又投入到《后汉书》的点校中去。中华负责人纪念宋的文章称其为"二十四史点校责任编辑第一人"，是耶，非耶，已难置评。（以上所引宋云彬日记见《红尘冷眼：一个文化名人笔下的中国三十年》，山西人民出版社，2002年。）

顾先生治学，方面众多，却不够精审。1959年4月7日日记："看报及邓之诚《东京梦华录注》。……宋人语词与近代甚不相同，名物亦多别致。《东京梦华录》一书号为难读。文如积二十余年之力，集宋人笔记以成此书之注，若裴松之注《三国志》然，卓然可传之作也。"然是书很快遭日本人入矢义高指摘，邓氏颇感懊恼，亦一时无话可说（见《邓之诚文史札记》第1187页）。邓之诚日日书估盈门，非作注之环境；顾颉刚开会、检讨、会友、看电影，其忙更过邓氏，所点《史记》遭宋云彬所嗤亦在理中。

粗而不精这一点，其"自己人"亦有指出。1957年9月30日日记："（童）丕绳云：'现在人所作历史研究文字，大都经不起覆案，一覆便不是这回事。其经得起覆案者只五人：先生（指顾）、吕诚之、陈寅恪、杨宽、张政烺也。然吕先生有时只凭记忆，因以致误。陈先生积材，大抵只凭主要部分而忽其余，如正史中，只从"志"中搜集制度材料，而忘记"列传"中尚有许多零星材料。先生亦然，不能将细微材料搜罗净尽，以是结论有不正确者。杨宽所作，巨细无遗矣，而结论却下得粗。其无病者，仅张政烺一人而已。'闻此心折。予之文字作得太快，故有此病，不若苑峰之谨慎与细密也。"与此类似，日后严耕望检点"前辈史学四大家"，亦删削顾氏，并委婉指出，合作不若单干户也。

但顾先生已然放手之《史记》却带来好名声，1959年10月4日日记云："前日傅彬然见告，中华书局出版标点本《史记三家注》，国庆献礼，毛主席打三次电话索取，览后表示满意。斯我辈多人积年辛勤之收获也。"末句尚称平允。而"收获"最大者亦推顾先生。其人其学，其得其失，真正让人感慨。宋云彬日记只记到该年7月便停笔不记，无缘记下这振奋人心的消息；作为"右派"的他沉浸在故纸中，以逃避"昨非"及"故吾"之纠结。

身后声名，至难判断。往往盖棺已久，论定尚难。今日巨公，岂不然哉？

顾之人品

不仅身后声名至难判断，及其人品之好坏，是非亦全在人口，公说婆说，皆有理由，终将水搅浑。

朱维铮先生一篇《顾颉刚改日记》(《上海书评》2009年2月1日)、一篇《顾颉刚铭九鼎》(《上海书评》2009年2月22日)，于顾氏颇多恶评，于人品质疑最多。章培恒先生亦质疑顾颉刚(《书城》2008年12月《述学兼忆师友》。章质疑顾，主要是站在鲁迅立场上看顾)。若不看顾氏《日记》而听从这两位大家的议论，则直以顾氏为恶人。

正如人可貌相，读某人的日记，虽然像听他一面之词，诸多的细节，如水的记述，看得多了，综合观之，必得一印象。

朱先生《顾颉刚改日记》暗示顾口碑极差("系内十多位正副教授，除了个别紧跟者外，对批胡兴趣阙如，倒是常常议论顾颉刚在北京大会小会的表态，还时而说及他的旧事")，读顾《日记》，知其不然。海上史界，同行相轻或许有之，极力相诋则无。

顾氏精力过人，每至一地，则成中心。郭绍虞《照隅室杂著》末尾有一篇文章录下少年及青年顾颉刚形象，说"《新潮》社最能做事即其人"。后来与古史辨诸人、禹贡诸人、大中国诸人、复旦诸人及诸甥侄，皆能和谐相处。与学生辈，如胡厚宣、童书业、谭其骧、史念海、杨向奎、白寿彝、贺次君、黄永年皆能十数年、数十年和平相处，很多能一起合作，虽于个别人有意见，却不至于翻脸。(如《日记》1959年7月12日云："又闻希白[按：容庚]言，张次溪为白寿彝所裁，生活大成问题。寿彝独不记从前困厄时耶？"又1959年9月22日云："陶梦云［按：丁妻］来，述及丁山之死，主要原因由于杨向奎之倾轧，直欲加以反革命之头衔，渠本有病，因此一气，遂而不救。杨某如此为人，真所不料。渠待人接物一以势利为标准，实远不及童书业之忠厚也。丁山死于1952年1月，遗稿零落，梦云嘱予设法出版，当为注意。"9月26日陶梦云交来丁山遗稿，不知其后出版是否得顾氏之助。）日记诋之，见面却不表露，是顾先生世故处，然尚非人品恶。

与同辈郭绍虞、周谷城关系良好，于陈守实、周予同虽略有微言，属人情中之小肚肠，不至影响之间关系。至于与鲁迅、傅斯年之大闹，是非存而不论，后二人皆难相与；后与尹达不谐，则责在尹达。

与鲁迅很僵，与许广平却不错。1958年11月21日参加全国第三次代表大会组会，"诸同人因批评予立场有问题，赖许广平同志为解围"。12月9日《日记》记民进开大会选举中委及候补委员云："选出中委七十六人，候补中委二十九人。予仍在中委中。参加选举者二〇九人，而予得二〇九票，足见会中同人对我之信任，此后当加倍努力！"

朱先生不知何事极诋顾，必有人事渊源。我听一位老前辈说海上称得上历史学家的只有两位，一位是唐振常，一位是朱维铮。据说史家的底线是求真，我看了顾氏日记，觉朱先生直是求曲。

纸上识人，虽隔之又隔，却不妨观其性情。1959年8月28日日记云："昨日老任辞去，小史（史美英）复职，她是一个极有工作能力和热心服务之人，故住正阳关路十号之病员皆喜。她来后把各处腌臜皆擦干净,地板亦擦光滑。D.D.T.,老任所不愿打者也,她一来即打。打时门窗皆关紧,到晚七时,余归室,开了东边窗,再去开西边窗,一滑跌倒,匆忙中抓住一把椅子,此椅甚重,然不及我身子重,它跳起来打在我的右下颌,登时血喷了一地,且及衫襟。幸尚清醒,即至二病区,由护士王秀兰先行包扎,送至青岛市立人民医院,由李毓香大夫缝了三针,进八号病房。每八小时打青霉素一次,以防发炎。热度幸不高,医谓住数日即可出院。予一生流血事不多,又从未住过医院,此为我破天荒之事,所谓无妄之灾也。"9月3日云:"归疗养院与本舍同人谈,知上月十八日初擦净地板,又打D.D.T.,许多人滑倒,但他们没有攀住椅子,故不至如我之流血耳。"我亦因地板打蜡摔倒,颇有怨词,以己度人,顾氏不错。主要是不害人。

后出未转精

文献整理,后出转精,因前者可供参考。《顾颉刚日记》前已有台湾联经版,今由中华书局再出,且有国家大金额出版资助,自当后出转精,然结果大出意料。网上读到马建强先生日志,他比较了顾氏《日记》第十卷,并发现了不同。联经版1969年8月5日云:"闻白寿彝在北京师大亦已被定为'三反分子'。此人在解放前靠我周济度日,垂二十年,解放后即若不相识。以拍陈垣,得任师大历史系主任。以拍尹达,得为历史所兼任研究员。以回民故,得为全国人大代表。以拍吴晗,得为'历史小丛书'编辑委员。""解放后即若不相识"以后,中华书局版全删。

我没有联经版以供比对,但从此处处生疑,难过得紧。就看过的这一部分而言,错误不多,记忆当中有错的有,1957年7月4日"点廖平《古今学考》",廖氏名著为《今古学考》;1959年11月24日:"翻杜时对《荷锸丛谈》。"当为林时对。但错误不多,丝毫不能改变这是一部"后出转弱之作"之现实。编辑之底线在于不能轻易举起那把刀砍下去,有万不得已之因,差可以宥;无万不得已之因,则必当责。

(原载于《上海书评》2013年10月13日)

得偶如此,君便如何

顾颉刚 1949 年不走,是因妻之故。其妻张静秋一定要带其兄雁秋一起走,当然不能,累顾不走。

这个老婆吵吵闹闹,初读《顾颉刚日记》,很烦她。渐久,知其好处。人但谓陈寅恪有贤妻,不知顾颉刚亦有贤妻也。

顾颉刚请罪

1964 年 12 月 23 号,在政协会议上,李平心谈到顾颉刚与历史所所长尹达关系不好事,使得顾第二天开会时不得不将此事摊开。顾认为尹达故意排挤自己,又好几年不写一篇文章,外行领导内行。12 月 25 号日记云:"为平心前日发言,提及予与尹达关系,予不得不叙述经过,但叙述则显系反领导,反领导即反党。此在六二年号召畅所欲言,不作右派处理时自无问题,而在今日社会主义教育运动中说此话,便极端严重。当时予本欲自作检讨,乃转为检讨领导,伯昕甚欲予与先谈,惟彼不得暇,予遂盲人骑瞎马夜半临深池矣。归后为静秋言之,渠大怒,召集三女孩共同讨论,益显予言为反党。予大受震动,引咎服罪。予十五年来,虽深爱党之成就,然技术至上之观念原封未动,又五七年整风反右运动以病未参加,故得混过,今日则混不过矣,予决到尹达家请罪。"惊心动魄。顾何等样人,竟低三下四。27号:"到尹达处请罪","自陈十年来惟记私人恩怨而不认党组织之过。渠云:'我只执行党的政策,故受你批评,亦不辩护。'并云:'你固须改造,我亦当改造,望互相勉励,共同努力。'"

紧接着,1965年1月9号,知统战部正副部长李维汉、张执一被撤职,翌日,民族饭店民进小组会讨论李、张问题,顾发言。当日日记云:"予听昨日报告,联系自己,知李维汉做统战工作,受资产阶级思想之腐蚀,而予受蔡元培先生之爱才思想最为浓重,以致提携钱穆,使彼有资本投入反动阵营,实为予对不起祖国之最大事件。归而述之,静秋大吵,因之失眠。予动辄得咎,真不知如何是好。"批评李维汉而"联系自己"、提到钱穆,不是把自己摆进去了吗,故静秋"怒吵"。对时势之判断,男真不如女,牧斋不及河东,义宁不若唐篔,今顾与静秋得而为三。

顾不明时事,而又多反复。1月12号:"抄《矛盾论》四页。与静秋同读《矛盾论》第三章。"补充说:"《矛盾论》中说,应该'用不同的方法去解决不同的矛盾',予因及尹达与我的扞格,谓当从两方看,因使静秋大怒,认为我讨价还价,骂了一天。"贤内助也。

前一年顾写信给徐伯昕,愿辞去民进中委及不参加学习,此是前谓"业务至上"思想之影响。1月20号谓"今皆反之",即全部反悔,"故王、许两副主席向予道贺,谓我有好家庭也"。

果然好家庭，第二天，"静秋谓予，须想以下二事：1.向党摆架子，2.向党计较。此于改造思想有益也"。真能点到要害。她是顾思想改造之推动机，蛮干而有效，尖锐而俗气。

《日记》1月22号："静秋开会归，为苹果酱烧焦，大怒，扫予案上信札，且烧之，予因与吵。"顾与之吵甚少，今知其怒。补充云："予积压信件过多，正欲一一清理，而静秋以开会归来，果酱烧焦，感情冲动，迁怒于他人信件，撕之不足，又投炉中烧之，予亦无法遏止怒火矣。此中信件，最可惜者为童书业与予讨论《左传》成书时代之万数千字一函。而周扬季、张大椿、徐家震诸函，既付一炬，即其地址亦不详矣。予生平函札，除抗战前全部佚失，又居重庆上清寺日机轰炸外，此为第三次之损失。得偶如此，所不料也。"读书人小器度，傻认真，这段日记可谓逼真。顾软弱而书生气重。较之以后，这还是好日子，好日子里你感觉不到某人珍贵。

进步之真与假

顾之三女一子，亦被卷入大潮中。1965年1月11号："看潮儿所作文，文笔既流畅，思想又进步，每一次资产阶级个人主义冒出头时即狠狠地加以批判，洵毛主席时代的好青年也。"半个月之后，26号的日记说，因顾睡觉多转侧，妨碍静秋睡眠，"予令潮儿辈为妈妈生炉，无一应者，渠等自谓进步，乃不恤其母如此，尚能为人民服务乎？因之生气。而静秋卒因寒冷，仍来与我同榻，两人皆服药两次。潮儿辈冷酷若此，与新社会助人为乐适成两极端，将奈之何"。在顾看来，"进步"不过说说。可见他还没改造到位。

孩子的眼看老妈的进步,也看得准。1965年1月31号记下"洪儿对我的批评"云:"这些天政协开大会,这天爸爸在小组讨论上发言,原来他想检讨自己,后来说着说着就说起对所长的意见去了。其实他能暴露这些(无意识地),就是因为他心里有这种想法。纸里包不住火,总会让人知道的。他觉得没有'学问'的党员不配领导自己,觉得人家不信任自己,不重用自己。其实这种思想的暴露一点儿也不突然,这有十年的思想基础。后来妈妈就特生气,大骂爸爸,表面上说他不服从党,对不起党,其实我看她就是想个人利益,怕他犯了错误,得不到原来的名誉、地位。从这儿我想起了自己应该怎样做的问题。我觉得首先应把这些汇报给团组织,其次应该重新认识家庭,不能停留在原有的认识上,否则就有重蹈这条路的危险。所长就代表党,因此说爸爸表面上拥护党,但实际上就是反对党,也就是共产党不能领导业务。姐姐说:'这连"反右"那一关都没过。'妈妈,今天我才开始认识她,就只说不做,为个人利益着眼。前几天还说爸爸这好那好,事到临头,就说爸爸这也不好,那也不好,说这是'敌我矛盾',真不至于。"

这种"进步",连孩子都看得透,大人如何看不透?但看透容易不当真,不把它当真就要倒霉。静秋高明就高明在这儿。顾洪在日记里很快改口,云:"今天我看清了,事实明明白白地摆在面前,爸爸的道路就是反党反人民的道路,党对他费了多少心血,直到现在,他还对党讨价还价,觉得委屈了自己。实际上是与党对立了。"(同上日)显然是经过了母亲的"思想改造",晓以利害。

1965年8月15号日记提到"朱阿姨",知静秋一直以来都请保姆洗衣做饭,渠于此则不"进步"。孩子们离得近,看得真切,知其进步为伪。

得偶如此

到了1966年,静秋急躁病剧,弄得大家喜欢吵。《日记》1966年1月18号:"静秋今日约与蕙莫同来,而忘却民进学习,来始忆及,急躁殊甚,食未及半,遽起去,此人真是'莽张飞'。她一来,即批评我这也不好,那也不好,使人不知所措。""莽张飞"之评殊不确,忘了"学习",如此着急,正善保护自己也。

顾则仍想偷懒逃避。觉得由自览新出书报而求改造,较为自然,若在开会中改造,则神经易于兴奋,发言有不宜言者。3月26号:"倘得常至公园,藉茶座以览书报,必有进于开会者,特静秋不见许,组织上亦未必允可耳。"外界但观顾氏在会上发言表态,不知后有推动机;不如此,必不能好好吃顿饭。

4月,批判吴晗。顾很害怕。15号日记云:"吴晗一案,愈扩愈大,本谈其谬误之政治思想,今又谈其谬误之读书观。此事甚使我提高警惕……"4月22号,近代史所派人来调查吴晗情况,因顾曾介绍吴晗到燕大图书馆任编目。静秋急甚,顾决定出手。5月31号日记:"重写《斥吴晗》一文,三千馀字。"幸"(胡)厚宣谓我,既领导上未指定我写文批判吴晗,此文可不作",顾氏夫妻之激进幸为友所止。李平心发文批判吴晗，被认为是"自己跳出来的反面教员"，以煤气自杀（1966年6月19号）。批吴晗中，吴晗与胡适往来信札被登到报纸上，进一步升级。傅乐焕亦有通胡信札，恐被揭发竟自杀（6月20号）。顾有更多致胡适信，惶惶然。

6月20号："清华为蒋南翔作一铁帽，重达十七斤。无产阶级文化大革命，其威力如此，我辈如何可以不震动耶！"6月23号："上海之'三家村'为周谷城、李平心、周予同，不知彼二人能抵得住此万人大会之批判否？此三人与予均为稔友，使予亦自惕厉，立场固不可不站稳，思想改造固不可不加紧也。"到此时，顾才意识到危险离自己有多近。

早在1965年10月1号日记里，顾记道："静秋为人，太机械，太教条，左一个'政治任务'，右一个'政治学习'，只要有通知来，就逼着我参加。我也因她的心是好的，就去了。可是我年龄已高，身体已衰，而岗位工作又重，不可能做这做那，以致肠炎之症愈发愈剧，亦愈频数，势必走上死亡的道路。我不怕死，但许多着手的工作没有做完，这是无法交代的事。她说：'朝闻道，夕死可矣。'似乎我不妨倒在会场上。"正是张静秋推着他参加各种会议发言表态，到今日才稍感安全。顾始日日随妻读《毛选》，心口皆服。这么一位让人闹心的妻子，在"闹革命"的年代却让他度过劫波。

残酷的对照

"与诸儿玩""为诸儿讲书"等语，在顾颉刚1951年日记中反复出现。这一年三女儿顾湲两周岁，两个姐姐都大她不多，三姊妹"年相若"。顾氏《日记》记下三个孩子的成长历程。

顾氏《日记》于近代史料最可珍，同辈中几十年如一日记日记者大有人在，然一旦风起，俱付丙丁，所存无几，此可珍者一；敢于留存者，或有其人，而历次运动，又难逃抄没之厄，顾氏日记能抄而发还，此可珍者二；其日记颇详细，此可珍者三（于"三反五反""反右""文革"诸次运动都有难得的记述，保留鲜活的资料，此与《夏鼐日记》之轻描淡写不同）。然而在这么多"可珍"的资料旁边，这些记载儿女成长的并不如何"可珍"的日记却最可爱。

1951年7月18号日记评潮儿"颇会搜集资料，予一归，便将《新闻日报》上连日登载之连环画给予看，并注意其次序。予置在书架上之书，凡有画者，渠皆检出"，疑其将来可继承其历史事业。洪儿就是一平常人儿，《日记》1951年5月21号："洪儿胆最小，今日到公园，潮、湲皆上秋千，独彼不敢，翘板亦然。湲儿嘲之曰：'等一刻到动物园，你就看小白兔吧！'谓彼不敢看豹、熊也。"

顾最爱三女顾湲，5月22号："洪儿吃葵花子，狼藉满地，母令其勿撒于地，彼则大言必撒于地。予斥之，即倒地哭。时湲儿方在沙发上倚母吃葡萄，即以所食者投母，而自起扶洪儿，说：'我搀你到妗妗那边去！'即此可见湲儿之友爱，机警，有办法，其俩姊远不如也。"又记："潮、洪争夺玩具图书，湲儿手中之物被夺后，每曰：'你玩够了之后再给我吧！'其友爱与有耐心如此。"（同上日）这个女儿又灵活，又有想象力。

5月24号："湲儿见予将出门，禁不令行。予说：'爸爸出去做事，赚了钱，就好同你逛公园，买糖。'她决然地说：'那么，爸爸，你去吧！我来送你。'就送我出门，连道'再会'而别。潮、洪两儿性固执，说不通，不若彼之能以理屈之也。其爽朗之状，可爱之至。"其时在上海，上海人不说"再见"说"再会"，两岁的小孩儿就学会了，很可爱。1951年3月8号："湲儿看《小主人文库》，其上有韵语，母为诵之，渠即记忆，整册能背诵，其了解力之深与记忆力之强可惊也。亦有背错者，如'喜欢'改为'快乐'，亦见其能了解书义。他日上学，当不作第二人想。"同年5月13号日记："三孩已大愈，顽皮加甚，永在打架中。潮打了湲，湲歌：'打得好，打得好，回头一定把仇报！'盖取自兔老大老二搬家书也。"但这个小妮儿身体至弱，神经过敏，十日九日病，病则不好。有一次因静秋不肯抱她，久哭不止，静秋更不抱，孩子"力竭而嘶，若疯狂，历一小时馀，忽曰'我看不见了'，连说数声"，父母疑其瞳仁翻转而失明，大悲。这个孩子，幼慧而体弱，父亲极恐其早夭。两年以后，状况没有改善，1953年3月23号日记："湲儿病中，语三姨曰：'我若病而死，你看潮潮吃东西多了，是不是要想着我而哭呢？'此语若用旧观点看，可谓不祥之谶。若用新观点看，此儿想象力太强，竟会想得这样远。"

读者也觉得这孩子不妙。但她活了下来，并和母亲、姐姐一起斗父亲，在日记中表示"资产阶级的父母要和无产阶级争夺接班人"（1965年4月18号日记），可见也大变。1966年9月11号日记谓，四儿"皆恨我，我每出一言，必受其驳，孤立之状可想"，唯一的儿子顾德堪"在饭桌上常瞋目斥予"。1968

年 10 月 15 号："客去后静秋与湲儿交詈予，静秋且批我颊。"前后对读，是件残酷的事。

过去我读顾颉刚五十年代日记，忽视了其人处境之惨烈，以为顾靠《古史辨》便一路平安。读到后面，知道不是这样。中国历史以前是借一派打一派，但现在不是，是来回打，夏衍、吴晗等等，今天斗人，明天人斗，朝不保夕。契诃夫小说《套中人》希望的"立于不败之地"是做不到的，顾何以能靠一本书稳做春秋大梦呢？1951 年唱主角的是三个女儿，后来唱主角的肯定是张静秋。

如何诉说这段历史呢？

当那个时代过去一千年，必有人不相信那一切，而又作"古史辨"来怀疑它。

分析张静秋

最后我们讨论另一个问题。我们比较多的看到，在非常时期，女的比男的更冷静警觉，这是为什么。唐筼和静秋都是这样，虽然一个向右，一个向左；一个看上去很有气质，一个看上去相当神经。从《日记》里看得很明显，静秋的"神经过敏"和"急躁病剧"，源于极度的焦虑和不安全，她能准确发现危险的信号，而顾往往不觉。这应该不是她的特异功能，从男女不同上来说，男人进取，不怕危险，女人有母性，对危险比男人敏感，这是动物性。但并不是每个女子都救了她的丈夫，那什么样的女子可以呢？要有一点文化，否则形势复杂，不能判断。但文化不能太高，那样一方面傻了，一方面很多事做不出。说到底,要原始一点,本能一点,说白了,就是"没文化"一点。在意识到致命危险时,能不管不顾,抛开自尊,撕破面子,文化深入到骨子里那种,不易为也。生死关头,越俗越有用,高雅不得。

静秋对顾所做,主要是打垮架子,撕掉面子。1967年1月25号日记谓"文革小组"刘、赵两君来,责顾"此次大革命尚未触及灵魂,抄《矛盾论》也没用",走后"静秋责予对他们不自卑屈,不合被专政者之身份"。同年2月6号日记谓:"我在自我批评中尽心竭力地骂自己,但静秋观之,还以为我处处在吹捧自己。"打掉威风,才能不和党讲价。日日吵闹,顾逐渐受到改造,意识到,脸面不要,才能安全(一般来讲,女易男难)。很快,顾能用主流话语发表评论了,告别了以前独立思考的自己。例多,不录。录有关老舍一则。1967年2月15号日记记老舍至文联看大字报,有人见他,大呼"把老舍揪出来",与红卫兵相持,抗拒中踢红卫兵一脚,致二日后积水潭自沉,顾谓"在运动高潮中犹放不下面子、架子,宜其死也"。

读六十年代《日记》,是有点紧张的。讨厌的是,我往往会把自己摆进去,全身发冷。总觉着自己要活在那个年月,肯定被人害,被人斗,一家子哭哭啼啼。要么就放弃一切自尊,见人就喊爷爷,要么就自杀。相互检举揭发的,那还少吗!妻子儿女划清界限永不相见。跟着一起死算是好的了,像翦伯赞夫妇。就算她不背叛你,救得了你吗?这一系列问题,是静秋引发的。

张静秋这个人,她是复杂的,有时候你觉得她是看清了形势，比顾理智多了；有时候又觉得她受时代影响，和大众一样疯狂。但她确实救了顾，《日记》读下来，这是必须承认的。1967年3月8号日记："今天下午，静秋开会归，予询其到会人多否，渠谓住本胡同者几全到，惟季淑仙未至。（按：静秋在居委工作。）予云：'季淑仙之大字报比我还多。'盖季任本胡同东头居委会主任，去年八月带头抄人家，凡被误抄者今正贴大字报与之理论也。静秋云：'你的大字报比她还多，你不能说人家。'我云：'我的大字报有些是青年人开我玩笑的。'彼闻此言大怒，斥我不信群众，即要到'文革'小组检举。予急谢失言，彼乃打骂不休。噫，以我之年与病，一死何足惜，但想不到竟死于静秋之手耳。"顾软弱，最终静秋取得胜利，顾表示"改造思想，以应毛主席之期望，重新又正确地为人民服务"（隔天日记）。

4月20号日记谓各方面的反动学术权威被敲定，"历史方面是翦伯赞、侯外庐、刘大年、黎澍，哲学方面是杨献珍、冯友兰、冯定、朱光潜，文学方面何其芳、俞平伯等七人"，顾氏幸在其外。其他人的功课不足也。5月22号日记又记历史所揪出十人，分汉奸、叛徒、阶级异己分子、右派等四类，谢国桢、王毓铨、郦家驹、孙毓棠等皆在其中，顾先生又身在其外。

顾又开始放松，5月25号："静秋永为我未被解放而紧张，成为歇斯的里的患者，其实，此次运动的目标，是要找出代表资产阶级之当权派，以及在黑帮组织中者。我既不当权，又未参加任何黑帮，固套不上所谓'反动'也。"但静秋依然"歇斯的里"着，鬼知道这运动还有什么目标！《日记》记下不久前宋云彬夫妇被中华书局眷属中一些小孩脱上下衣痛打（参1967年2月14号、19号日记）。

　　静秋至可怜，她是历史的产物，为儿女丈夫，忘了自己的生日。如地震被埋，出来后一遇封闭空间立马崩溃一样，直至1977年，"渠连夜睡不好，心中永远紧张，而实际环境并不如是"（11月30号日记）。去"烤肉季"吃了顿午餐，"大乐之，归言换了一个人生观"（12月7号日记）。

　　顾先生从"业务至上"到"政治当先"，没有时间停下来注视和分析自己的老婆。陈寅恪先生分析元稹，成为绝唱，然顾太太之复杂与变态又远过元九矣。是顾先生的这部《日记》为后人留下窥探那段历史的一个小孔，看后毛骨悚然。你幸福吗？

（原载于《上海书评》2014年3月30日）

"灵台无计逃神矢"

鲁迅《自题小像》为人传诵，诗云："灵台无计逃神矢，风雨如磐闇故园。寄意寒星荃不察，我以我血荐轩辕。"乃其二十一岁在日本剪辫后留影题赠许寿裳者。其重点无疑在末尾"我以我血荐轩辕"。

三十年后鲁迅抱海婴合影，下书"海婴一岁，鲁迅五十"，背题此诗，又赠许寿裳。

三十年间，人事纷纭，弟兄反目，故友分离，五十之年，养妻得子，颇感孤立。题旧诗赠旧人，其况味自有不同，正伽达默尔阐释学所谓"二次阐释"。其重点似已从"我以我血荐轩辕"转至首句，所谓"灵台无计逃神矢"，此真迅翁心灵之困境。

周氏又有"岂有豪情似旧时，花开花落两由之"之句，"血荐轩辕"是旧日之豪情，"花开花落"是今日之况味。"心在矢前，无计逃避"之局，难以改变。迅翁荷戟而战，而灵台之困自始至终，以至最后一刻。二周兄弟之别在此七字句，而迅翁可悯可感可尊可传之处亦在兹。

站在历史后面，重读旧作，感慨良深。

（原载于《中华文史论丛》2010年第4辑，总第100辑）

讲义时代的珍贵遗存

一

柴德赓先生（1908—1970），字青峰，辅仁教授。1965年调江苏师院，在1970年"文革"劳动中，未随身带速效救心丸，心脏病发去世，活了63岁。柴先生著述不多，一部《史籍举要》因被国家教委定为高校教材而流传较广。这部书原是讲稿，柴先生身后由江苏师院三位学生整理并请许大龄统稿作序。但据启功先生"爆料"，这书有"抄袭"陈垣之嫌，许大龄被夹在其中。

再有就是一部《史学丛考》，收了27篇论文，是柴一生结晶。他从陈垣点校过五代史，又钻研宋史，这些在《丛考》中都有体现。关于清代学术的文章在这部论文集中占了很大篇幅，可以推见柴对清代学术下了功夫。

但是这部《清代学术史讲义》（商务印书馆，2013年），柴先生必然没准备出版，因为留下来的只是提纲，为讲课而备，很多例子是随口讲的，讲稿上没有。很久以后才知道一位老学生李瑚保留了一份珍贵的听课笔记，凑在一起形成了这部书。

老师的讲稿只记了很多条条框框，学生的笔记纲目未必很清，专拣有趣的例子记，最后珠联璧合，这一点最有趣。

这部书整理得很好，整理者有水平。但对于"这是什么时候的一部讲义"这个基本问题的回答，却出现严重分歧。"出版说明"说"20世纪40年代初"，其根据可能是李瑚"后记"。李瑚"后记"说"这本书收录了70年前……听柴德赓先生讲课时的笔记"，末署"2012年3月25日"。70年前即1942年，正是"40年代初"。但陈祖武序却说是在"40年代中期"，其云"20世纪40年代中，抗战胜利，柴青峰先生德赓重返辅仁"讲授清代学术史，真是莫衷一是。

这个问题不是不能回答。《讲义》讲到明梅鷟时说："若余嘉锡先生，自十九岁研究《四库提要》，以至今年六十四岁，故能精熟。"（第83页）余季豫生于1884年，以虚岁计，64年后当为1947年，与陈祖武说合。陈智超《千古师生情》（《中国史学名著评论》，商务印书馆，2014年，附录）说1946年秋柴返回辅仁，亦大致合。李瑚高年作跋，概以整数，说得过去。"整理说明"据之而误，抗战后的事跑到了抗战中。陈祖武先生这篇序概括各章大意，四平八稳，不见得好，但对年代敏感，史家求真，倒值得喝彩。

考这个时间有什么用？知人论世，在下面会看到分别。

柴在梳理剃发令颁布之前的民族思想时，他说："中国史上民族思想发生甚晚，南北朝时代，无所谓民族思想，北方人投南方，南方人投北方都不算一回事，都照样做官。唐朝人亦不讲民族思想，太宗时，官儿有一半是胡人，也不理会。到宋朝民族思想才激烈，宋末义士甚多，不仕异族。明末的民族思想是在剃发令下达后激起来的,之前没有。"(第31页)其原因有三。一,明末李自成入关,官员受他压榨很深,清兵入关官吏反觉得可以苟安,大批投降。二,明末有三饷(辽、剿、练),清兵入关后,立即取消,老百姓一身轻松。三,清朝的制度,旗人当兵是义务,汉人不强你当兵;旗人不许经商。老百姓种田、经商,少受骚扰。"不与民争利,老百姓就不觉得有亡国之痛了。至于士大夫,不讲民族思想的更多。举子、秀才更谈不到,张献忠在四川开科取士,亦有人投考。他们可以要求李自成开科取士,也可以在清朝考举人进士。顺治三年丙戌科进士,不是取了几百人吗!第一名是傅以渐,聊城人,去年傅斯年先生提起傅以渐,原来是他的先世。这一科很寒碜,全是北方人,南方人来不了,还在抵抗。这样的士大夫还有什么民族思想可谈!"(同前)

这话若说在1947年前后,那隐含的内容就出来了。我们知道,抗战结束后,傅斯年最主张惩治汉奸及追究留下未走者,"傅斯年惩治汉奸的声誉让人们相信,汉奸应该押送到他那里去拘禁"(王汎森《傅斯年:中国近代历史与政治中的个体生命》,生活·读书·新知三联书店,2017年,第205页),甚至引起了抗议游行。傅斯年档案里更保留了一位实业家聂云台写给傅斯年的信,揭发他服务于伪政府的一个亲戚、著名历史学家瞿宣颖(晚号蜕园)就藏在他家里(同前)。这些把我们拉回到那个历史年代。

没有见到有材料反映傅斯年对陈垣有什么不满甚至追究,但柴德赓的这段话不会空穴来风。柴自己离开北京去了四川的白沙女师,不存在这问题,他是为陈垣护。好个柴德赓,皮里阳秋,为历史学家傅孟真先生上了一堂历史课。

二

陈垣看不起思想史研究也是一重公案。认为"什么思想史、文化史等，颇空泛而弘廓，不成一专门学问"，警告蔡尚思应该"缩短战线，专精一二类或一二朝代，方足动国际而垂久远"，"不然，虽日书万言，可以得名，可以噉饭，终成为讲义的教科书的，三五年间即归消灭，无当于名山之业也"。(《陈垣来往书信集》增订本，生活·读书·新知三联书店，2010年，第383页)

至于学术史，援庵应该不会看不起，因为他也讲过清代学术的课（柴著与之亦有渊源），但是很显然，学术史的研究弄不好依然要犯同样的毛病，所以援庵原话是"思想史、文化史等"。同时，援庵看不起"终成为讲义的教科书"，这也当是柴不甚重视此讲义的原因。今日某巨公自言可以同时带思想史、文化史、学术史、经学史四个方向的博士，在援庵眼里，前两项首先便落了空，后两项怎样，也难说。援庵这话不是真的反对这几种史，是反对这种极易出现的倾向。

柴德赓喜欢引用清人沈钦韩的几句话，沈在《王荆公诗文注自序》里说："夫读一代之文章，必晓然于一代之故实，而俯仰揖让于其间，庶几冥契作者之心。"这话也可以这么说，"夫论一代之学术，必晓然于一代之故实"。不还原历史背景，不能读懂文章；不了解历史细节，不能理解一代之学术。这是柴著第一个特点，从考史走向学术史。

柴著注重讲"现状"，是这个特点的反映。他谈到清人入关以后，"第一等读书人决不应考，决不应征，不考自然不做八股文，一入学即读有用之书，为学问而学问，所以清初学者盛极一时，人人著书立说，开了许多新路子，造成新的学风"（第34页）。但不应考，不应征，当然有风险。清人其实有不能不考的苦衷，为门户计，有的先跪在祖宗神主前打了板子，再去应考。也有一经考上，立即归家，一辈子不做一天官的，因已保门户，便不进取。明史馆初开，征聘黄梨洲，不去，没有法子，就让弟子万斯同、万言，儿子黄百家参加（第47页）。为了笼络，康熙十八年举行一次博学宏词科，十七年即开始保举，地方官如有人才而不保举，则治罪，故官员皆至遗民家叩请应试。能不参加者，生死须置之度外。顾亭林寄诗友人："为言顾彦先，惟办刀与绳。"亭林被保在内，为其甥所撤出。黄宗羲亦被撤出，京师有学生（第33页）。剃发令颁布以后，有人剃一次头，作祭文一篇（第32页）。环境写出来了，才能让人理解这环境里会产生什么，清代学术就在这氛围里逐渐酝酿。

黄宗羲治史，自谓其父被逮，谓之曰："不可不通知史事。可读《献徵录》。"（第46页）焦竑《献徵录》记明代碑传，即名人事迹。柴著第二个特点，就是讲很多故事，讲掌故。我们看到李瑚笔记记了很多例子。掌故是什么？掌故是学术史，谁传谁，谁骂谁，皆是也。可以想见这课当时的效果。沉淀了故事，上升到理论的所谓学术史，摆了辨章学术的姿势，流于姿势而已，一打就垮，也没劲透了，"可以噇饭，可以得名"，以虚伪为入微。

柴著很多地方注重细节，他讲清代学术的形成，其中一点，万历年间是个转折，清代初年的学者，生在万历年间的非常多，严衍生万历三年，钱谦益万历十年，孙奇逢万历十二年，朱舜水二十八年，李清三十年，傅山三十二年，黄宗羲三十八年，张尔岐四十年，顾炎武四十一年，王船山四十七年，马骕四十八年，这些人鼎鼎大名，都生于万历年间，开花结果都在清初（第25—27页）。

有些地方讲得比较细，比如他讲顾亭林治学一诵二听三抄。诵就是大声念，然后背出来，三大家里面顾最行，后面王念孙行。听比较有意思，他找声音洪畅者四人，设左右坐，先生居中，使一人诵而己听之，遇其中字句不同或偶忘者，详问而辩论之。凡读二十纸易一人，周而复，《十三经》毕，接温《三史》，或《南》《北》史（第63页）。抄就是抄书。柴先生不是给你总结，而是摆给你看。"你看！他们是怎么弄学术的。"

他这样深入进去讲，而不是浮在面上。把清代学术的振兴真正讲出来了。前面两部《中国近三百年学术史》，梁任公讲"思潮"，钱宾四讲"思想"，都觉得有点架空，浮在面上。这倒真不是见庙拜佛，而是鲜明的感受。要究其成因，恐怕不是柴高出梁、钱一截，而是陈援庵"空泛弘廓"四个字挂在头顶，不敢放松，一定要从故实讲进去，从细节讲进去。学术发展有个历史的由头，这才对。不讲故事的学术史，是骗人的。

第三个特点是认为目录学是学术史，他讲清代，《四库提要》用不上，就特强调《书目答问》，刘乃和是柴的学生，回忆文章里专门提到这部书；《史学丛考》里有一篇专门的文章。目录学是学术史，这当然也是陈垣的意思。

三

这本讲义不完整，只讲到钱大昕，钱大昕没有讲完就结束了。三本学术史各有特点，各有侧重。梁任公聪明人，善于找个角度，设个统系给你统起来，读得并不细。钱宾四以人为纲，要细些，但思想和学术混在一起，讲理学人物多。（余英时后来在《论戴震与章学诚》里干脆就叫"学术思想史"，其实很混淆，学术史就讲学术史好了。）柴的这部就注重毛奇龄、汪容甫那些读书多的人，他只讲学术，不混思想，故事多，细节多，看得出，他读得最细。但这要看人，有的人完全略过去，理学人物一个也不讲，有些人读得很细，像全祖望。乾嘉里面，可惜有些人物他没讲，是因为没有读，比如高邮王氏四种可断定没读过，因为在《讲义》里明说陈垣的《读书杂志》被周祖谟借去，两三年不还，他没得读。很遗憾，不然乾嘉这段会讲得更好。我们下面着重讲下章学诚。

有一句话在讲义里重复了两遍，那就是"陈校长常云，史学不可自章学诚入手"（第55、127页）。为什么？还不是因为"空泛弘廓"那四个字，章学诚是史学中的议论派，"主义多，所作者无多""少实在东西"（第127页）。因为能议论，所以显得有思想。钱大昕，让他如何议论去？

《文史通义》将学者分成两种："高明者多独断之学，沉潜者尚考索之功。"其实，这不是两种人，是两种状态。只有在沉潜考索的基础上，才有可能走向高明独断，谁见过没有沉潜考索的高明独断？人的性分确实在两者之间有偏优，但学术之路都得这么走，就是从考索走向独断，两种状态交叉出现，螺旋上升。不走就跑要不得。

章学诚推崇郑樵《通志》，认为"卓识名理，独见别裁"，"足以明独断之学"。看不起马端临《文献通考》，"分析次比，实为类书之学"。章氏恨类纂，认为编纂材料无独到见解。很多时候独到见解就是善于找到一个角度，并非真理在握。柴德赓认为《文献通考》之类，实则可以保存材料，亦甚可贵。可见两派意见实在不合。十年前（即1937年），钱穆《中国近三百年学术史》谓"东原、实斋乃乾嘉最高两大师"，可谓拔高。20世纪70年代余英时作《论戴震与章学诚》，正要坐实师说。他说："为什么王阳明为了和朱熹争论'格物''致知'的问题，最后必须诉诸《大学古本》，踏进了文本考订的领域？"认为明代理学走到清代考证学有"儒学传统"的"内在理路"。（三联版《论戴震与章学诚》总序）原来清代考证学的形成竟然有这样的内在理路！我们讲"实事求是"，从来不讲"实逻辑求是"，内在的理路只是逻辑，不是"实事"，要得到"实事"就得考史。柴的这部残缺的讲义倒是立得住。

看书这件事，有时候视野窄又盯着看，容易"一星如月看多时"，小星看成大星，大星看成月亮。余先生是月亮还是太阳，我不敢说，但无论如何都是大星；柴先生著作少，只好是小星。但一篇12页的文章《章学诚与汪容甫》及半部《清代学术史讲义》已使大星相形见绌。当然这是我一人的看法，一定是"抱着小星当太阳"。

四

关于柴德赓的人品略说几句。《启功口述历史》里面说：

> 当时陈校长有意安排我到校长室做秘书，便让柴德赓先生来征求我的意见。我当然想去，以便有更多的机

会接触陈校长，但我的处事态度有点守旧，先要照例客气一番："我没做过这样的工作，我怕能力不够，难以胜任啊！"柴德赓回去向陈校长汇报时却说，启功郑重其事地说他不愿来，这真叫我有口难言。于是他把一个和自己非常熟悉的学生安排了进去，也许我那番"谦逊"的话正中柴德赓先生的下怀，他很想借这个机会安排一个人，以便更多地了解、接触陈校长。（第88、89页）

考其时间在1934年，启功23岁。柴较启大四岁，当时27岁。刘乃和说柴1929年考入北平师范大学历史系，1933年毕业，1936年受聘于辅仁大学历史系（《史学丛考序》）。中间三年，据陈智超的说法"1933年大学毕业后，他一度回到南方。1936年又调回辅仁大学历史系"（《殊途同归：励耘三代学谱》，东方出版社，2013年，第110页），但据何荣昌、张承宗《柴德赓先生传略》，中间三年执教于辅仁附中（《青峰学记》，江苏文史资料编辑部，1992年，第2页）。那么这个"学生"则是附中学生。刘乃和到1939年才入辅仁作柴的学生，此人决不是刘，但刘后来的经历与此如出一辙，知其事当有。

启功又说："柴德赓为人很乖巧……很能博得陈校长的喜欢。陈校长这个人有这样一个特点，特别是到晚年，谁能讨他喜欢，他就喜欢谁，认准谁，也就重用谁，即使这个人工于心计（原注：这里的这个词不带任何贬义），或别人再说什么，他也很难听进去了。……历史系主任一直由张星烺担任，后因身体不好而辞职，陈校长便让柴德赓接任。后来据历史系的人讲，有些人发起会议，当面指责他，把他说的一无是处，气得他面红耳赤,最后还是斗不过那些人,被排挤出辅仁,到吴江大学(后改为苏州师范学院)去任历史系主任。"(《启功口述历史》第114、115页)启先生云"被排挤出辅仁"不确,辅仁早已改为北师大,柴去后,任历史系主任者为白寿彝先生。

写事易,写人难。刻画全面更难。还是启先生又写出柴的另一面,他说:"柴先生朋友特别多,几乎当时学术界、教育界不认识他的人很少,有人说他为什么有那么多朋友,他有一种魅力,和他认识的人自自然然没有隔阂。"(《尊师重友真诚待人》,《青峰学记》第23页)但这个"工于心计","乖巧"又"自自然然与人无隔阂"的柴德赓后来到了苏州江苏师院"连遭诬陷,屡受迫害",最后"含冤而死"(刘乃和《史学丛考序》),这又是为什么呢,没人能回答这问题。柴、启二人都少年失怙,视陈垣为父,有竞争关系。二人去世,陈智超所写纪念文章都用同题(《千古师生情》),以示不偏。

纸上识人,至难决断;但文字上的事,却八九不离十。柴的文章,屈隐伸张,文字厉害。《史学丛考》里的前三篇都可置于援庵集中毫无愧色,《谢三宾考》更精彩绝伦。朱建春的纪念文章说,钱仲联据新见《陆氏族谱》谓陆秀夫为放翁曾孙,文章发表六天,柴就写出《陆秀夫是否放翁曾孙》,可见积累(《青峰学记》第164页)。启功记陈垣的"一指禅",学生说错了,用右手食指冲你一指,难过得不得了,回去拼命看书。学生被称为"四翰林"的余逊、柴德赓、启功、周祖谟,在精博二字上都初具规模。但陈要求严,不让多写,柴又下笔矜慎,使得著作不多。启功回忆说:"陈老校长对学生的作品,不管是小论文、一首诗、一篇长论文,他是一个字一个字地看，从题目到末尾写上年月日，一字不落地死抠。我们最怕拿一篇稿子给陈老师看，老师高兴那真是比自己写一篇还高兴。第二步不好过，一个个字抠。问：为什么写这个字？答：我不知道。问：你知道应怎么改？一直问到底，最后老师才指出应用哪个字。"（《青峰学记》第21页）刘乃和《史学丛考序》和陈智超《千古师生情》都提到"师生之间讨论学问，有时到深夜。一个问题，双方有不同意见时，经常争得面红耳赤，最后只好以书为证。于是两人提着马灯拿起小凳，到书库去查书讨论。问题解决，乐在其中"。陈智超《殊途同归：励耘三代学谱》中说："祖父经常说，文章写好后不要急于发表，一定要请人家批评。有三种人，一种是自己的长辈，一种是自己的平辈，一种是自己的学生辈。"（第54页）同辈中主要是三个人：陈寅恪、胡适、伦明。学生辈则是柴德赓，这从抗战时期的家信看得出来，他让儿子把文章转给柴，一则说"青峰走后，余竟无人商榷也"，一则说"《出处篇》亦油印一份，已寄青峰，他能知我心事"（《中国史学名著评论》附录，第165页）。

　　读了柴先生的以及关于柴先生的几本书，生出很多感慨。他是陈援庵的学术继承人，他是紧跟派，不是紧跟领袖，而是紧跟陈垣。我前面说援庵不轻视学术史，但也没说重视，他对思想史文化史"空泛弘廓"的观念影响了柴，从《史学丛考》27篇文章中能清楚地感受到柴的敏感神经指向学术史研究。最遗憾的就是他自己没有及早地意识到这一点，集中精力做一部东西出来。在《章实斋与汪容甫》中他指出王念孙、孙星衍、洪亮吉、汪中、章学诚曾先后在朱筠幕，如果能继续考他们几位的相互影响，将是非常有趣的一部书。我一方面同意援庵的意见，一方面又为柴没有全力研究学术史而遗憾，这个矛盾也很有趣。最后说一下目前学术史研究的现状，援庵说的不能"垂久远"，我觉得一点不错；但他说的不能"动国际"，却完全错了，动国际的正是这一套，不很有趣吗？《讲义》开篇就说后世了解前人，时空隔断，只能凭著作，当时再有名再厉害，没著作白瞎。竟一语成谶，惜哉！

最后读了陈垣柴德赓通信，1958年10月28日，陈垣写给柴说："你十一月中旬到京开会，当可畅谈，藉申积愫，可惜一元诸旧，均与我等分途，会晤时，未必能如前此欢畅耳。"（《陈垣来往书信集》增订本，第595页）颇有孤立感。前边说陈门四翰林，并非说陈门弟子就这四个，也并不是这四个最厉害，而是"九一八"以后星散，只留这四个经常去，其他如储皖峰、牟润孙、台静农都是亲近的弟子。我问过牟润孙的一位很亲近的老学生，问牟先生对柴有评论吗，答说："竟然没提过，可能不以刘乃和为然。"这回答很妙，不提柴因了刘。柴、刘都左倾，陈垣晚年为人所轻，身边的人有无责任，有多大责任？启功看似说小孩儿话，保不准话里有话；看似该说不该说的都说了，恐怕还是没说尽。当然这些是猜测，这种事没有记载，如果猜错，只好自己认。我虽然极爱柴的考证文字，但也不能为他护。

（原载于《上海书评》2014年6月1日，
题为《你看！他们是怎么弄学术的》）

牟润孙找工作
——新旧学风的对抗

牟润孙找工作

我喜欢南方的梅雨季节，尤其早晨，早早起来，搬个小板凳，坐在阳台上几盆花中间，随便找本书翻翻。最近翻的是牟润孙先生《海遗丛稿》初编二编。之前读《启功口述历史》，启先生看上去慈祥得像一尊佛，但对几个同门却绵里藏针，不留情面，参不透其中的隐情。但对一个人很好，尽说好话，那就是牟润孙先生。援庵门下士，启功第一个认识的就是牟润孙；晚年游香港，牟先生殷勤相待，二人可谓善始善终。启先生在《口述历史》中说："牟润孙兄有名士风度和侠义风度，台静农先生被宪兵队关押时，他曾不顾危险地去看望，并一大早跑到我这儿特意关照，不要再去台家。"（北京师范大学出版社，2004年，第116页）启先生说自己年轻时淘气，一帮年轻老师都淘气，只有柴德赓老告诫他们。淘气的人当中自然有牟润孙。

牟传楷，字润孙，祖籍山东福山，有时候自称福山牟润孙，1908年生于北京，并无家学，但有一位长亲即柯劭忞先生，在经学上，主要是在态度上，对他有所影响。跳过大学，

22岁（1929年）考取燕京大学国学研究所研究生，师从顾颉刚，是顾先生的第一位研究生。顾当年不过36岁，从中山大学回来不久，距以《古史辨》一举成名已六年。

牟润孙长启功四岁，与柴德赓同年。牟考取燕京研究生时，柴才老老实实考上北平师范大学历史系本科，师从陈垣。燕京大学国学研究所主要招大学生，如有论文和著作，审查合格可招为特别研究生。四中同学、吴祖光的哥哥吴祖刚劝牟报考，并将其论文寄到燕京大学，居然考取。面试的是研究所所长陈垣，陈不信他一无师承，问："那你怎么做起这些东西？"牟答"看了梁任公的书，跟着他的路子慢慢学"。仍然不信，最后说出家里有位长亲即修《新元史》的柯劭忞，才罢休（参《海遗丛稿》二编，中华书局，2009年，第296页）。这一年，功底很好的聂崇岐也去报考，可惜没有收，只得回去做中学教师，当时洪业在哈佛不在燕京，听了很生气，因为觉得资格不如聂的人倒被录取了。第二年，洪业建议哈佛燕京学社拨出经费主办引得丛书，给十三经以及其他重要古籍编纂引得，"让没有烂读古书的人亦可言之有据"，即招聂崇岐进入引得编纂处，成为一员大将（陈毓贤《洪业传》，商务印书馆，2013年，第166、176页）。在第二年（即1930年）的研究生里面，有一位考上时只有20岁，比牟润孙当年还年轻，那是谭其骧，他倒不是没上大学，而是没上初中，13岁高小毕业就直接读高一，把时间省下来了（《谭其骧年谱》，《谭其骧日记》，广东人民出版社，2013年，第252、253页）。

牟之聪敏，由上述可见，他看看任公的书，自己就能学样儿写，虽然日后他自己对这些文章很后悔。招为特别研究生，初步尝到甜头，又跟了风头正健的顾颉刚，路子很对，可谓求仁得仁。但也是这位修《新元史》的柯先生，使得牟不能跟着顾一路走下去（1931年，柯凤荪在家讲学，牟润孙执经问难。参《海遗丛稿二编》，第64页）。牟说"颉刚先生也很赏识我，但是我对他的《古史辨》并不十分赞成"（同前，第296页）。读顾颉刚1929、1930、1931年日记，牟润孙几乎日日来，可作前半句"很赏识我"之注脚；本来可以跟着顾先生平步青云，但聪敏的人往往忍耐力不够，后半句"不十分赞成"，将招来无穷祸患。坡公说："非才之难，所以自用者实难。"有才的不能自用，这也是个比较普遍的问题。

顾先生给牟润孙出了个"没法儿作"的题目，叫《清代禁书考》。"我去哪儿找这些禁书呢？"陈垣也对牟说这材料难办，"我领你到故宫看，故宫有人搞，一位是单士元，一位姓刘的，他们那儿有材料，但他们不肯给你，你去那儿看看得了"（同前，第297页）。最后，陈援庵给牟润孙出了个题目《蕃姓考》，即研究入居中国的外国人，如白居易为龟兹国人，李光弼是契丹人等等，并以此毕业。

说起来，顾颉刚度量不可谓不大，人不可谓不好。陈援庵"抢学生"并没有影响顾、牟师生关系，《顾颉刚日记》1932年所记"润孙来""传楷来"，几为盈目。毕业后，陈垣说："你二十四岁，学生都比你大，去教中学吧。"于是入辅仁附中教国文，为期四年，陈垣手把手教，打下了坚实基础，一生不忘。这段日子，启功也津津乐道。（"抢学生"的事，并非只此一件，如白寿彝本从黄子通学哲学，后从顾习史。）细读他们的回忆，援庵不仅教如何做学问，也教怎样做文章，所以牟先生晚年上课，讲到治史之要，说："第一是文章，第二是文章，第三还是文章。"学生的下巴颏都要掉下来了（同前，第342页）。又说"今日研究历史的人，文章能作通的已不多见"（同前，第133页），与启功一样，认为辅仁附中几年，至关重要。

谈到陈、顾不同，牟润孙说："顾先生对于后学，经常是你这篇文章好，我给你发表。而陈垣老不同，陈垣教学生是，你不要胡写啊，小时候乱作，老了要后悔的。"于是毕业后牟又做了件"荒唐事"，牟说："颉刚先生让我把欧阳修辨伪的话抄出来，可以做一本《欧阳修辨伪集语》，我就抄了，颉刚先生说这可以出版，而我不想出版。颉刚先生问我为甚么，我说现在兴趣改变了。这不是很荒唐吗？白寿彝就比我高明了，他抄成了《朱子辨伪》，结果顾先生就给他出版了。"（同前，第216页）

我们分明看见两条路，两种学风，而有才气的学生，如牟润孙，在这中间摇摆。到了1934年左右，牟、顾交往渐疏，日记中不太出现了。突然，《顾颉刚日记》1934年4月26日星期四云："煨莲告我，牟润孙在城内大骂我，谓我'野心太大，想做学阀，是一政客'。噫，看我太浅者谓我是书呆，看我过深者谓我是政客。某盖处于材不材之间，似是而非也。"

《顾颉刚日记》1935年7月17日星期三云："写牟润孙信，申诫之。"我因为对师生二人的关系感兴趣，明知道很多文献不一定留存下来，还是去找找看，居然在书信集里找到这封信，内容丰富，为我们还原那段场景提供了依据。此信云：

> 今欲为兄告者，只要兄努力以成其学，弟总有法子

解决兄之困难。弟年来颇对兄不满,所以然者,以兄天禀之高,根底之善,而因循玩忽,六年来未有一事成功。在研究所时,集蓄姓材料颇多,弟累劝成书,曾未见许。其后编《欧阳修辨伪书语》,请作一序,亦至今未成。稍后,弟编《禹贡》,地理沿革史者,兄有志专研之学也,初计宜有文来,而迄今两载,曾无只字投下。禹贡学会初办时,即承填入会书,而至今会费分文未缴。精神如此散漫,安能做事!弟爱兄之才至矣,而兄之使我失望乃如此,兄亦知弟心痛否耶?为今之计,亟宜挺起脊梁,力自振作,每日必读若干书,必写若干字,有精神固做,无精神亦做,勿肆意于酬应,勿费时于闲谈,如此数月,当能使兄之研究工作上轨道,夫然后弟有劳兄做事之可能。弟本性喜苦干,喜独辟道路,喜认清了路径,不厌不倦的向前走,因之我亦喜欢人家如此,因之凡不能如此者,弟不愿轻认为同志也。率直布臆,诸希鉴谅。如兄接此函后,对弟说表同情,则请从今日起,每日记日记,记笔记,每一星期送弟处览之。如觉得如此严正生活不堪其苦,则弟亦不敢相强,但望兄知弟非优闲生活中人物而已。(《顾颉刚全集》第41册,《书信集》卷三,第42页)

陈援庵自有一种威严,连启功亦畏之。而顾颉刚如兄长,尔汝之间,没有架子。故牟润孙在疏远之后,于1935年突然乞顾谋职,顾说出素积于心的一段话。牟先生年轻时,"因循玩忽","肆意于酬应","费时于闲谈",亦或有之,但顾先生这封信,对于爱徒惰怠不起劲之真正原因,并未挠着痒处。

牟解陈寅恪序

陈寅恪平生为他人作序共14篇，其中为陈垣所作便有3篇。以前我作过一篇《陈寅恪的序文》(《读书》2009年第6期)，有粗略的分析，但对《陈垣元西域人华化考序》一文不曾多言，原因很简单，当时没有读懂这篇序。牟润孙《论清代史学衰落的原因》(《注史斋丛稿》下册，中华书局，2009年，第676页)对这篇序分析入微。

陈寅恪的这篇序，上来就说"清代经学号称极盛，而史学则远不逮宋人"，论者谓"原因在于清以外族入主中国，屡起文字之狱，株连惨酷，学者畏避，不敢致力于史"，陈说"是固然矣"，对也对，但不尽然。他说"清室所最忌讳者，不过东北一隅之地，晚明初清数十年间之载记，其他历代数千岁之史事，即有所忌讳，亦非甚违碍"，"何以三百年间，史学之不振如是？是必别有其故"。

陈氏进一步提出，"清代之经学与史学，俱为考据之学"，但成绩不同。史学之材料大都完备，其解释有所限制，不容你各执一说，故清人不能有大作为。经学则不然，"其材料往往残阙而又寡少，其解释尤不确定"，乾嘉时期，以谨愿之人，而治经学，"则但能依据文句各别解释，而不能综合贯通，成一有系统之论述"，故成绩有限；到后来，"以夸诞之人，而治经学，则不甘以片段之论述为满足"，"因其材料残阙寡少，及解释无定之故，转可利用一二细微疑似之单证，以附会其广泛难征之结论"，让人难以判决其当否，譬如画鬼物，形态略具，则已很像，真实的样子"果肖似与否"，"画者与观者两皆不知也"。

牟润孙指出,"夸诞之人治经学","利用一二细微疑似之单证,以附会其广泛难征之结论",指康有为、崔适等人讲今文经学;顾颉刚、钱玄同等继承发扬他们学说大疑其古史。牟说:"寅老在序文结尾处又说:'今日吾国治学之士,竞言古史,察其持论,间有类乎清季夸诞经学家之所为者。'明白说出他这篇序是借题发挥批评疑古派的论古史。"

其中意思,不知是寅老以告援庵,援庵又告润孙;还是牟先生自出机杼。现在看看,这样明显,当时愣是看不出,徒增感叹。

陈寅恪说"清代经学号称极盛",细味其义,不是说清代经学不能称极盛,而是清代经学有个不光彩的尾巴。他的话看似有保留,实则有他指。余嘉锡在《古书通例》里同意张之洞的话,认为"读书宜多读古书,大约秦以上书,一字千金;由汉至隋,往往见宝",到了"唐至北宋,去半留半;南宋迄明,择善而从"。至于清代学术,余嘉锡认为史学远不逮宋人,但"清儒经学、小学自辟蹊径,远过唐宋,其他一切考证则无不开自宋人,特治之益精耳"。余先生又进一步解释,虽读书宜多读古书,但"欲读古书,非观清儒及近人之笺注序跋不可,否则不独事倍功半,或且直无下手之处"。余氏一段话,可谓不刊之论。但他论清儒,指乾嘉一路;今文经学之"呼卢得卢,喝雉成雉"一路,未曾及之。陈义宁于康南海颇有欲吐之言,而于古史辨又多吁天之叹,故忽乾嘉一路,而重言今文经学创造一格,明乎此,方能知其言。

顾先生代表的新学风,呼风唤雨鼓动青年,但前辈与同辈多不认同耳。陈在《刘叔雅庄子补正序》中说:"今日治先秦子史之学,与先生所为大异者,乃以明清放浪之才人,而谈商周邃古之朴学。其所著书,几何不为金圣叹胸中独具之古本,转欲以之留赠后人,焉得不为古人痛哭耶?"亦此类。

我忽然知道陈寅恪序之好处矣,它里面有严肃深刻的学术史思考,时时着眼于当下,外面往往用犀利尖刻的讽刺,却又绝不点名,甚而委曲言之,故亦无人跳将出来,自认是箭靶,免去文字纠葛。以前只是爱读,不知就里,没有读懂,读牟润孙数行,即能让人悔昔日之非,亦是高人。顺便说,点将录之类迷人体裁,亦当有以上两点,里边能理,外边善讽,再就是偶尔让你读不懂,那便成功了。里外两者缺一,皆不得其体。

两种学风的对立

对于顾氏古史辨这种证据不足,找一角度就发议论的做法,陈寅恪不愿公开批评,但隐含在序里的话说得很重。陈垣也不肯直接表达不满,但因为工作接触,这种态度不免流露,引起一些不快。

顾在燕京大学主编《燕京学报》,陈垣当时为辅仁大学校长,兼燕京大学研究所所长,《燕京学报》稿费支票须他签字。在这当中发生冲突。

《顾颉刚日记》1930年11月20日星期四云:"到校,将支票交侯宪。"接着在日记中发牢骚说:"陈援庵先生近年太受人捧,日益骄傲,且遇事包而不办,又不容人办,故燕大研究所虽有巨款而无成绩,且无计画,其诇诇之声音颜色,直拒人于千里之外。……然予自分极愿人发展,凡人之有一才一技者必使展其所长,且日益进步,只此一念即与今之有权者大异其趣,盖彼辈皆好同恶异,求维持其势力,而自己懒得用功,遂谓他人之起而夺之,我则无是也。"这段话针对援庵而发,"有权者"自是指他。"维持势力"云云,"抢学生"当然是题中之义。顾爱才出于本能,但局中人看来,未免怀疑他办杂志、学报,拉拢青年,形成势力。这种无权的状态,是继傅斯年给的刺激之后,第二次大刺激。

《顾颉刚日记》1930年10月1日星期三云:"今日以《燕京学报》稿费单请援庵先生签字,他正在挑剔(原注:这是老例,非此不足以表示其所长地位),希白在旁插口道:'你看文章太宽,什么人的文章都是好的。'(原注:这也是他的老话,今日又说一遍而已。)我被两种气夹攻,一时愤甚,即道:'我不编了!'"表现出来似乎是意气之争,但其实是学术门径和观念的异同所致。

陈垣和学生讨论文章,用这个字不用那个字,一个字一个字抠,和柴德赓讨论《鲒埼亭集谢三宾考》,光名字就改了很多遍,一会改成这样,一会改成那样,启功开玩笑说"真称得上反复无常了"(《启功口述历史》,第99页)。这种精益求精,是乾嘉学派崇尚精密的延续;顾颉刚治学方面众多,成果不断,而要求宽松。好的地方是易见人之长处,不好的地方,宽容自己的短处。奖掖青年,拉开架势,形成某种派别,有声有势,利于争取到社会地位和社会资源。陈垣主张的是单干,是"阁楼人语",是一个人揣摩,十年磨一剑。对学术自然有利,声势不够,冷板凳居多。这种做法得名不易,大部分人默默无闻。

顾的宽松，碰到了陈的精密，表面上看是个人性的，但我们知道，这是时代性的。而顾的占上风，影响深远，直至今天。我们静观这段并不遥远的历史，发现五四以后新旧对垒，新派的取胜，主要是赢得了青年的拥护。以顾为例，前辈不用说，同辈中赞同的都不多，主要靠青年。他的很多同辈，很难截然划作太炎那样的旧派，但很明显地留恋旧的较精密踏实，校勘训诂为主要手段的旧路。

《顾颉刚日记》1931年9月9日星期三云："振铎告我，谓沪上流言，北平教育界有三个后台老板，一胡适之，一傅孟真，一顾颉刚也。噫，如予之屏息郊外，乃亦有后台老板之资格耶？可怕！"所谓"三位老板"，用上引陈寅恪的话说，也就是"号称极盛"。青年学人从陈垣、余嘉锡、邓之诚学者虽有，但日益少。从胡、从傅、从顾学者日益多。并不是陈、邓诸位不迷人，而是跟着胡、顾、傅诸位，更有前途。而所谓新眼光、新方法很多流于表面，方法之新，其实非常有限，深进去看，二重证据法、三重证据法，都是一回事，宋人已用之，只不过无此标签罢了；眼光之新，不过善找个新角度而已，找个没人谈过的角度，一下子就填补了空白，至于有用与否，是否与史实相符，置之不顾，这些做法就像赌博，或者赌中了，或者没赌中，陈寅恪的话就是"呼卢得卢，喝雉成雉"。更多的是根本难以判别他说得对不对，"譬如画鬼物，形态略具"，则已很像，真实的样子，谁知道，"画者与观者两皆不知也"。人性如此，趋利避害、趋易避难，皆古今同情。就纯学术而言，新旧学派各举一人，如傅斯年对余嘉锡，洪业对邓之诚，胜负正不烦猜。但新派取得青年拥护，在北大排挤太炎旧派，最后取得胜利。启功记陈垣1948年赴南京开会选院士的前夜，余逊坐在陈家不走，也不多说其他，只说父亲如何勤奋治学云云，至夜方休。第二天陈援庵迷迷糊糊启程，在会上为余嘉锡力争，最后选为院士。以半部《四库提要辩证》获院士殊荣，传为佳话；但同时，余逊坐着不走，在启先生那里，说起来绝不光彩！您想过没有，傅斯年就不用这样费事，自然是院士，他水平就很高？那是因为这一套即他们发起，他们掌控，明乎此，新旧之争可以知其大概。新风气取胜的同时，不尚精密之学风进一步蔓延。

邓之诚、张孟劬因无实际权力，替人找工作，难上加难，这从《邓之诚文史札记》看得出。则知青年从新而不从旧，虽有诸多原因，在这诸多原因之中，有其现实的考虑。

《顾颉刚日记》1937年7月31日星期六云："余以爱才，为青年所附集，能成事在此，而败事亦在此。盖大多数之青年为衣食计，就余谋出路，使余不得不与各方交接。"看这时期日记，顾先生更像社会活动家，或者称"学术活动家"更准确。不仅成为各种学术活动的带头人，与政治人物也颇多接触。比如受朱家骅信任（引起王世杰不满，更引发后来的替蒋介石铭九鼎）；与陈立夫、陈果夫都有联系；已是社会头面人物，到西安考察，张学良、杨虎城亲自同席共餐（参1936年11月17日记，二十几天以后，西安事变发生，顾背上反蒋嫌疑）；与宋哲元往来，过端午节，宋特地送来节日礼品，搞得顾一夜没睡好（1937年6月13日日记）。这一阶段日记常常记下一天之内同时有多方邀席，只能赴其中一席，而辞其他。有时顾也颇感苦痛，言若能"闭门却扫，读二十四史"，"避却青年纠缠，节省许多时间精力"，来走精密一路（1937年7月31日）。但一念闪过之后，人在江湖，身不由己。

据《顾颉刚日记》反映，当时一位小学校长月薪七十几元，无奈愿意为顾先生任胥抄之役。而当时顾在燕京大学月薪三百元，"到手而尽"。三百元相当于怎样的购买力呢？1933年夏天，洪业领红毛公一行九人到山西农村考察，"洪业拿出一块钱，在北京可买一百二十个鸡蛋的"，在山西农村买了四百个鸡蛋。（《洪业传》，第182页）第二年8月8日，邓之诚在北京城里的旧书店一元半买到一部《十驾斋养新录》（《邓之诚文史札记》，第51页）。我家门口的菜市场，鸡蛋分三等，最便宜的六块五一斤，最贵的十块一斤，一斤以九个计，顾氏工资在两万五千与三万九千元之间。

同时其他地方争相聘任。《顾颉刚日记》1935年3月29日星期五云："父大人归，带来李润章先生一电，知北平研究院史学研究会见聘历史组主任（原注：徐旭生先生为考古组主任），月薪四百元。予覆一函，问经费如何。因为个人研究计，燕大环境已极好，惟为提拔人才计，则殊不足以发展。如北平研究院能给我三千元一月，方有提倡文化之具体办法。"他在燕京无用人之权，处处受制，故提出三千元一月之"科研经费"，便可用人。同年5月5日日记列出一份名单，欲"介绍至北平研究院史学研究所"，他们是冯家昇、孙海波、邓嗣禹、连士升、吴世昌、陈懋恒、杨向奎、王育伊、邵君朴、杨效曾、李子奎、李素英。前面的日记提到冯家昇拼命用功，二十几天不好好吃饭，顾极怜之，又帮不了，连叹奈何（1934年12

月26日日记)。他在这个名单中冠于首。《顾颉刚日记》1936年7月1日星期一云:"上车到北平研究院。"正式上任。

7月22日日记记下一份"职衔表":

(一)中央研究院语言研究所通信研究员。
(二)北平研究院史学研究会历史组主任。
(三)北平图书馆购书委员会委员。
(四)故宫博物院理事兼专门委员。
(五)国语推行委员会委员。
(六)燕京大学教授。
(七)北京大学讲师。
(八)商务印书馆大学丛书委员会委员。

此外尚有《燕京学报》、《禹贡半月刊》、通俗读物、《大公报史地周刊》等编辑事务。顾之生活大概,由此表亦可约略想见。而顾先生做事真是拼命三郎,这一点你又不得不佩服。傅斯年讥他是孙中山"知难行易"之信奉者,言其能做事而理论不如己。

《顾颉刚日记》1936年12月31日云:"今夜孟真来告我,谓彼到平一星期,听见说我坏话的人至少三十人。"反对者多是同辈,但支持者更众,主要是青年。在这些青年中,牟润孙一定是属于少年老成目光敏锐者,但世界是复杂的,人也是复杂的,谁都想过得更好,于是在7月前后乞顾谋事。从以上叙述可知,牟正是欲随顾赴北平研究院。7月17日顾写信"申诫之",即前引一函。《顾颉刚日记》7月23日"写牟润孙信"

（此信不存）。7月25日："今午同席向觉民、贺昌群、牟润孙等。"不知是否已"想法子解决了兄之困难"。但再后来，牟氏在《顾颉刚日记》中进一步淡出，逐渐代替他的身影出现的是白寿彝先生。

陈援庵为辅仁大学校长，有用人权，牟舍此投彼，不知原因如何。然援庵做事有其风格，以1955年柴德赓与人争北师大史学系主任事为例，援老袖手不管，以免卷入纷争。《邓之诚文史札记》1954年12月21日云："师大历史系以世界史教研室屡被人言是柴德赓指使，柴将作检讨，藤〔滕〕薛不免争长。"1955年7月30日云："徐苹芳来，言：师大历史系与政治教研室合并，柴德赓调南京任教。柴故自取，陈从来不管人闲事也。"牟与柴事，固不同，而1955年较1935年，环境要复杂得多。（1955年开始批判胡风，师大内人人自危。）但类比而推，亦能得其大概。"陈从来不管人闲事也"，援庵善于自保，当是事实。

本文以牟润孙先生找工作为引子，揭示当日两种学风对抗，而最后一胜一负之情形，并欲从日记中勾勒顾先生之流年碎影，谁曾想勾画出的却分明是今日之浮世绘。顾之作坊式写作，在之前《顾颉刚在五十年代》（《上海书评》2013年10月13日）一篇中已谈到。《顾颉刚日记》1934年7月6日星期五云："予十余年来未完工作，颇有续完之望：孟姜女故事考——全恭续完。三皇考——向奎续完。辨伪丛刊——肖甫续完。吴歌集——素英编。妙峰山——于道源续。清代著述考——陈统、起潜叔。"此风后来盛行，《顾颉刚日记》1977年12月19日记郭绍虞著《汉语语法修辞新探》，有助手八人，故能大干，

"近又为《历代文论选》；胡厚宣有助手十人，故能编《甲骨文合编》；谭季龙有一班绘地理人员，故能编《中国历史地图》；于思泊有助手五人，故能编《古文字总汇》"。再比如《中国思想通史》第四卷（上下册），由侯外庐主编，"实际撰写者则包括赵纪彬、邱汉生、白寿彝、杨向奎以及青年学者杨超、李学勤、张岂之、林英和何兆武等人，全书的主要观点都由侯外庐确定"（参《通史》序）。这种做法有其优势，弊端也明显，并引起无数争端。《顾颉刚日记》1979年5月末贴钱锺书来信一封，云："公胸中无尽之藏，未尽之奇，虽得圣手书生腕脱指僵正难为役，安能有千手观音供驱使乎！"颇可玩味。

叶笑雪谈古史辨

顾颉刚一生有个特点，除了在运动中，其他人生阶段，包括抗战中在西北、在西南，走到哪儿，青年围到哪儿。这一点上已述及。1951年到1954年居沪阶段，是魏建猷、方诗铭、叶笑雪等人，在日记中大量出现。我就留心，在遇到和以上诸位有关系的人时，顺便打听。

去年我拜谒刘寄庐先生，就顺便问寄庐老可见过顾。寄老说缘吝一面，但顾之学术秘书魏建猷是其老友，魏曾说顾"很能抓钱"，其他无恶语。

又承李祚唐先生见告，他有一次向叶笑雪先生请教一个问题，不知怎么就谈到顾先生。叶就说他曾当面问过顾，您真的笃信自己的古史辨观点吗，顾说没有办法，那些前辈的根底没法儿比，总要另辟一路才能站稳脚跟。那时候大家都用饭盒带些米,淘了以后放进单位食堂的大笼里蒸。这番话就是淘米时说的。顾先生较诚恳,友朋谈话之间,这些话讲出来,我是相信的。叶笑雪是一个被很多人遗忘的学者,钱伯城先生在《问思集》(增订本,中西书局,2011年)中对他有深情的怀念。

忽然想岔开说一句,黄裳先生有一篇《也说汪曾祺》,有几句话我总觉着说得好。他说:"值得一说的是他的《金冬心》。初读,激赏,后来再读,觉得不过是以技巧胜,并未花多大力气就写成了,说不上'代表作'。"(《上海书评》2009年1月11日)他这是评价小说,若移到学术作品上来,理亦相同。学术作品有灵机一动式的灵光一扫,使人两眼发亮,这固然不错,长时间看,总觉着不如那种"力作"。

"层累地造成"确是聪明人的灵机一动,而不是"力作"。你想,如果历史足够悠久,古史必从神话起,而神话自然层累地造成,层层包裹,愈近愈伪。这不是聪明人的灵机一动吗?初听自然如醍醐灌顶,令茅塞顿开。而且,就是这个"聪明人",也有人认为日本学者才是第一个。

牟润孙《敬悼顾颉刚先生》云:"顾先生以疑古的史学家成名,他最早根据《说文》说禹是虫的名字,震惊一世。后来他将与胡适、钱玄同等人讨论古史的文字,汇编为《古史辨》,风行海内外。后来却悔其少作,不愿再谈,如果再有人向他提起禹是虫名,他便很不高兴。"(《海遗丛稿》二编,第214页)

《顾颉刚日记》1931年10月1号星期四:"其骧告我,邓文如先生评我:'人甚诚恳,亦甚用功,惟疑古入了迷,成为成见,往往无中生有,为可惜耳。'"并记张孟劬、夏震武之攻击。顾先生是典型的一激必应之性格,这次却默然不应。

《邓之诚文史札记》1934年6月30日云:"阅顾颉刚昨所赠《两汉州制考》,不能竟也。此君为学,大约不外是己非人是今非古八字,兼足以概今时学风。"邓之诚因病不能上课,顾曾为代课,燕京大学是这样的,也不扣邓的钱,也不给顾钱,你们自己解决。邓赠了顾两枚印章和一个瓷瓶,抵二百元(我疑心邓的薪水是每月二百元)。(《邓之诚文史札记》1933年6月17日及《顾颉刚日记》同天)我的判断是,顾吃了点亏,但并不计较。加以交往渐多,洪业斡旋,邓对顾颇有好感,读过邓氏《文史札记》的,都会知道,以上两段评论已算相当客气。

余英时先生名文《顾颉刚、洪业与中国现代史学》引钱穆先生《师友杂忆》云:"颉刚人极谦和,尝告余得名之快速,实因年代早,学术新风气初开,乃以枵腹骋享,不虞得名。乃历举其及门弟子数人,曰如某如某,其所造已超于我,然终不能如我当年受人重视。我心内怍,何可宣言。其诚挚恳切有如此。"余先生当年说"我深信顾先生这些话完全发自肺腑",今日有《日记》比对,事实确如此。而这话意思是"当日无人,使顾氏成名",和叶笑雪先生所记"前辈根底扎实,须另辟出路"的话,看似相反,实际相承。前者于晚辈言,后者于前辈言,皆是当日情形。合观则完,分观必阙。

说实话,我读顾氏日记,比较喜欢他。《书信集》中他给妻子履安情意绵绵的信,我看了(如"履安:我一天不写信给你,便觉得少做一件事;一天不接到你的信,便觉得你和我距离很远,睽违很久",见《书信集》卷四致殷履安第九札),日记里天天梦到谭健常,我也看了,他失眠睡不着觉,履安就像拍小孩一样拍他,直到睡着,他自己也说深负履安。即使这样,我还是比较喜欢他,有书癖有深情。自己希望碰到这样的老师。但为学术计,更应该有陈援庵那样的老师,虽然他有可能板着个脸。援庵学术,被遗忘得太厉害。顾先生给现代学术带来的影响,负面的多,我这样讲,是不是太不近人情了?静心细想,没有顾先生,现代学术也一样走到这一步,顾先生无非是这种风气的一个代表罢了。

(原载于《上海书评》2015年1月4日)

关于王念孙、胡适

《读书杂志》是怎样一部书

一

有一种现象,应该也算不上多奇怪,就是有些书名头很大,播在人口,但真正读过的人却不很多。王念孙(怀祖)《读书杂志》应该是这一类中的一部。其不可谓不知名,但知名者亦被忽视。事理若反,细究有由。

《汉学师承记》附王氏父子于戴震之后,所述极简略,念孙得43字,而引之37字,合一处共80字,无一字及《读书杂志》。或以江藩与引之年相埒,其卒又先于念孙,《师承记》刊刻之时,《读书杂志》尚未全部完成;然江氏于段王一派太简,亦令人吃惊。段玉裁略胜念孙,得58字;然与卢文弨、邵晋涵等单独成篇者相去不可道里计(漆永祥:《汉学师承记笺释》,上海古籍出版社,2013年,第555、557页)。及梁任公、钱宾四《近三百年学术史》出,于怀祖此书皆极扼要,未拈出特立处;几句赞扬,亦落俗套。柴德赓《清代学术史讲义》不及讲到怀祖便停歇,讲义中明言陈垣之《读书杂志》为周祖谟借去,两三年不还,柴青峰无缘读此书。学术史作品于此一百万言之大书，未能探骊珠，言肯綮，殊为可惜。

真正之批评来自胡适，可惜为负面。胡适为陈垣所作《元典章校补释例序》云："王念孙、段玉裁用他们过人的天才与功力，其最大的成就只是一种推理的校勘学而已。推理之最精者，往往也可以补版本的不足，但校雠的本义在于用本子互勘，离开本子的搜求而费精力于推敲，终不是校勘学的正轨。……推理的校勘不过是校勘学的一个支流，其用力甚勤而所得终甚微细。"（《校勘学释例》卷首，中华书局，2004年）

胡适之言，清晰而有力量，乃振聋发聩之语。十个精细且有经验之校勘家，亦抵不过一个善本。胡先生之白话文简练干脆，忽然画出一杆秤，十个校勘家亦失去分量。

然善本之寻，可遇难求。乾嘉以来，校勘家皆藏书家，于古本、善本之搜求，不遗余力；犹不能保自身分量。真正求一善本，远比说说麻烦。明末清初毛晋收书，宋本已论页计，汉学家证以群书，正需阿堵。一生专力做某一书之校勘，苦求古本，或有所得；若校勘群书，若王怀祖、伯申父子，必求古本，否则不动工，则几无望矣。故将校勘家与善本分置天平两端，乃辩论家风采。

更可注意者，此序为援庵所作。其中有复杂微妙之关系，下详。援庵书出，张孟劬谓援庵云，尊作甚佳，奈何序太坏，吾已撕之。援庵回，君自撕君书，与我何干。孟劬默然（《陈垣来往书信集》增订本，生活·读书·新知三联书店，2010年，第436页注1）。

二

《读书杂志》究竟为怎样一部书？它与《元典章校补》似同而实不同，非针对具体某部书之校勘。或以为其为校勘之书或训诂之书，皆不准确。它是一种读书札记，由其名字"读书杂志"即可知，然又与《日知录》《困学纪闻》等不相同，非谈文论史之学术笔记，其内容甚单一，乃王念孙读古书读不通，遇到疑难，最后得以解决之笔记。

以此性质论，与俞樾《古书疑义举例》最相接近。然两者命运不同。陈垣谓"俞樾《古书疑义举例》，当时名气很大"（陈垣：《史源学实习及清代史学考证法》，商务印书馆，2014年，第133页）。钱氏《近三百年》专论俞书，累千言不止。类型相同，一显一晦。主要原因在于《读书杂志》篇幅太大，不能传广，卷帙繁多，很难尽读。然俞作正是师王，而以天才之大，下力之勤论，俞不及王，更是定论。

古书哆口瞠目不能读，读亦不能解之处太多，此则大家感同身受。某人自告奋勇挺身而出，解决如许疑问，我辈自当欢迎。实则，此类前贤颇不少，如《廿二史考异》《义门读书记》等等，皆有解决古书疑问的片段，亦成为各书光彩照人之一页，为其争光。然终露头便走，不多流连而谈经论史去也。此亦自然，碰到、解决、记下来，事毕则退，为一种自然性行为。高邮王氏不同，将此事成为统系，大规模去做（仿佛申请了国家项目似的）。于是问题来了，王氏父子有何秘技可以如此大规模去做呢？（固然，靠善本最稳妥，亦最不现实。）

王念孙《读书杂志》最为人所称道者乃理校。理校即"据理推断，以定正误"。胡适序径称为"推理之校勘学"，亦妙语解颐，一霎间，由正而转负，由高而转低。称其为"校勘学的支流"，则必然矣。若主流只能两本对校，则校勘学足可大大缩短战线，甚而至于偃旗息鼓可也。绩溪胡氏数语，非常之清晰，部分有理，从根基上把乾嘉之傲气打下去，在新旧之争中又取得一次胜利。

无须静心细想，确如胡适所言，"据理推断"，此"理"何物？答曰，为逻辑。若以逻辑求是，每每与事实不符。然尽弃逻辑，事更不可为，胡氏观点，无异要校勘学关门大吉。穷搜版本与据理推断，从来不曾分离。古书难读，句读难通，疑义难解，皆须据理推断，提供选择。此种选择，于读懂古书，不无帮助。

于《读书杂志》，试举数例。《史记·张丞相列传》有"他官"，不能通，而《汉书》此处作"宂官"。王念孙指出，当是冗（宂）官。"宂"误作"它"，又改"他"，故成不能通之"他官"。此种梳理，由宂及它，再及他，处处推理，然其结果，应当讲令人满意（《读书杂志》，上海古籍出版社，2014年，第371页）。

或以为通，其实不通。《史记·商君列传》记商鞅变法云："孝公既用商鞅，鞅欲变法，恐天下议己，卫鞅曰：'疑行无名，疑事无功。'"似乎无问题，亦读得懂。王念孙认为"鞅欲变法"，"鞅"因上文而衍。其理由为，是孝公用商鞅变法，恐天下议己，非商鞅恐天下议己，故鞅有"疑事无功"之谏。不然上下文正矛盾。极易滑过去之问题，王氏如何发现之？原来比对群籍，《新序·善谋篇》谓："孝公曰：'今吾欲变法以治，更礼以教百姓，恐天下之议我也。'"恐天下者正是孝公（《读书杂志》，第304页）。

《管子·侈靡》篇谓："珠者，阴之阳也，故胜火。玉者，阴之阴也，故胜水。"此种阴之阴、阳之阳的，最难理会。王念孙指出《太平御览·珍宝部三》引此条，"阴之阴也"作"阳之阴也"，并以《太平御览》为是。并引群籍谓珠生于水，性阴，但形圆属阳，故称"阴之阳"；而玉生于山，性阳，形方属阴，故称"阳之阴"。可见其方法由大量比对出，且信类书（《读书杂志》，第1178页）。

《淮南·原道篇》说"九疑之难"，人民"被发文身，以像鳞虫"。高注："被，剪也。"王引之认为诸书无训"被"为"剪"者，以"被"字当为"鬎"字。初看可谓武断。《王制》有"被发文身"语，《史记·赵世家》《汉书·地理志》注又有"剪发文身"、"断发文身"语，又如何判断而取舍耶？王氏杂引群书，又用推理，认为南人常在水中，故断其发，文其身（《读书杂志》，第1983页）。我亦以日常事推之，跑步时汗出，头发若长，一绺绺垂下，眼睛难受，南人处水多苦热之地，剪发抑披发，不难确定。

王氏父子能超越诸人于此挺立，其法为比对。一旦读不通，所涉某人某事某语，于其他古籍中一一找出，加以比对。几条、十几条捏置一处，则大多趋同，一旦有异文，往往是问题解决之开端。酷似今日之电子检索，仅以人脑代电脑耳。博览群籍，过目不忘，为高邮王氏之秘宝，以之传人，人弗能受。其中又依推理做判断，高下亦取决于此。此法到了后来，甚至一用就灵，提高到方法论之高度。当然此不易为，胡适的话,"过人的天才与功力",才可能将大海捞针式变随心所欲式。

三

王念孙比对之法,多用类书,上引一二例已及,颇遭人诟病。类书撮抄而成,率多节略,有本书不用,转用类书,此诟病往往易为人所接受。然世上事正是有其一,还有其二。古书今日所见者,多清代所刻。类书所引,或较清本为古,以类书比对,正是此理。

王念孙用类书,纵横比对,得此法真传者为陈援庵。

陈垣史源学实习,用《日知录》作教材,卷十二"财用"条"元和八年四月敕……十二年正月又敕",学生注"《旧唐书》十五《宪宗纪》下",陈垣认为不对。援庵谓自己买到王念孙《广雅疏证》手稿,改处甚多,非涂乙再写,乃写在纸条上覆之,或粘数层,依次揭开,可见其修改过程。前所言元和八年、十二年二敕,先写《旧唐书·宪宗纪》,再改《册府》,又改《旧唐书·食货志》。又谓:"《册府》北宋时之作,在《新唐书》之前,《旧唐书》之后,为第一等材料。清人不用,唱高调,上当也。"又谓:"《册府》唐时材料可用,六朝材料稍差,汉之材料尤不可引。今有两《汉书》,何用转引之书,只能用作校勘,不能用作史源。"(《史源学实习及清代史学考证法》,第49页)王氏是绣出鸳鸯,援庵肯金针度人。

援庵他处又说:"古人引《汉书》者,与今日不同……例如《太平御览》所引北宋初之《汉书》,与今日之《汉书》不

同，可以用古人所引校正今日之《汉书》。"（同前，第11页）

陈援庵在用类书校勘上最是念孙解人，条分缕析，不仅后世子云，几欲后来居上。又，王仲荦《谈谈我的治学经过》云："1962年，国务院调我去中华书局参加二十四史的点校工作，……唐长孺教授和我在会上提议用《册府元龟》校南北十史，陈援庵先生在会外早已提到，所以很顺利地通过了。"

陈垣开史源学实习，要找出引书出处。顾炎武《日知录》杂引前人语，与自己语打成一片，"天衣无缝"，以此为能。今要一一指出。文中无书名者，寻到娘家，正是本领；若无书名，有人名，找到门牌，亦有意义。然若书名、人名皆具，还有必要寻原文以比对吗？

援庵自创史源学实习（同前，第9页），其启发性正来自王念孙纵横比对之法。援庵后来也到了一用就灵的程度，称"因人所读之书读之，知其引书之法、考证之法、论断之法。知其不过如此，则可以增进自己上进之心；知其艰难如此，则可以鞭策自己浅尝之弊"（同前，第7页）。又谓"如用求史源之法考《四库提要》，可知其错得一塌糊涂"（同前，第98页）。

如此看，说陈援庵是乾嘉嫡传并非过分，精确点说，作《通鉴胡注表微》前之陈垣为乾嘉嫡传。邵循正挽陈垣，谓"稽古到高年，终随革命崇今用；校雠捐故技，不为乾嘉作殿军"，意思稍复杂，但正是陈垣素被称为乾嘉殿军之旁证。前文述及胡适为陈垣书作序，诋王念孙之校勘，援庵默许，依违新旧之间，其微妙在此。援庵致胡适信谓"知对此题目必有好些新议论，足补土法之不足"（《陈垣来往书信集》，第217页），果真引出新议论，画出一杆秤来称乾嘉和善本。援庵之默许，自然引起邓之诚、张孟劬等不满。

《陈垣来往书信集》致傅斯年第五函（1933年冬或1934年初）有"拙著《元典章校补释例》灾梨已毕，谨将校稿呈阅，专候大序发下即可刷印"云云（第409页），则知援老亦请学生辈傅孟真先生作序。傅氏创建史语所时名言为"不读书，动手动脚找材料"，与王念孙"读书"二字正成对比，而王氏亦非只读书而不找材料。傅序未作，其序若成，不知更将如何。

四

前已提及，《读书杂志》是大的工作，王氏不是随分读书，随手札记，而是从《逸周书》《战国策》《史记》《汉书》到《管子》《晏子》《墨子》《荀子》《淮南子》《吕氏春秋》，一部一部下来，乃系统性工程。系统性带来缺陷，《读书杂志》固有精彩纷呈之条目，亦有不少非如此精彩者不忍舍弃，盖舍之即破坏系统性。贪多爱好，只得其一。此为学术上颠扑不破之至理名言。

王氏这部《读书杂志》篇幅太大，故名号高而读者亦稀，有些考论不能为人所用。新近鹤归田余庆先生名著《东晋门阀政治》，论郗鉴及流民帅一节最精彩，唯引《晋书》卷六七《温峤传》有"缘江上下，皆有良田，开荒虽一年之后即易"句，页下出一注，或可商榷，云"虽"字一本作"须"，周家禄校记谓"虽"下脱"难"字，田先生下判断说"须"字和周校皆可通。言外之意"虽"则不通（北京大学出版社，2014年，第42页，注2）。不知此处"虽"当训为"唯"，《大雅·抑篇》"女虽湛乐从,弗今厥绍",言女唯湛乐之从也;《管子·君臣篇》"故民迁则流之,民流通则迁之。决之则行,塞之则止。虽有明君能决之,又能塞之",言唯有明君能如此(《读书杂志》"虽无出甲"条,第316页)。周校添字以为解,未足为训。

胡适有名言"有一分证据说一分话",又喜考据,默认绩溪胡,似总与乾嘉有渊源。不料针对校勘学出惊人之语,与段玉裁"校书之难,非照本改字不误不漏之难,定其是非之难"云云顶着来,趁"土法"出"新论",震得乾嘉身后之信奉者耳朵里嗡嗡响,梁上落下尘土来。

(原载于《上海书评》2015年4月19日)

暮春楼头　落花心事
——《沧趣楼诗文集》读后

一

萧萧落花最易引起人的感思。叶嘉莹先生曾有一篇专门谈落花诗的文章，文末举了两首咏落花的诗，叶先生是从《国学月报王静安先生专号》所附的插图上看到的，"那是王国维自沉前一日为谢刚主所写的扇面，既未题原作者之姓名，而所写之情调又与王氏自沉前之心情如此相似"，便定为王氏所作。1984年4月中华书局《迦陵论学丛稿》收入此篇，用括号注明作者另有其人。1997年7月河北教育出版社《迦陵论学丛稿》（修订本）则改为"最后我所想举的咏花之作，则是王国维先生曾经为人写过的两首七律"，表述虽然不错，但很容易让读者产生误解，不细心的读者一定以为还是王静安先生的作品。

其实这两首落花诗的作者是末代帝师陈宝琛。叶嘉莹先生在《由〈人间词话〉谈到诗歌的欣赏》一文中谈到自己致错之由："我生的时代较晚，虽然陈氏的诗，当年曾为人传诵一时，但我却未能躬逢其盛，而今日此地他的诗集则又是如此之不易得见。如有读者藏有其诗集甚望能惠借一阅。"至我研究生毕业，陈弢庵的诗集之不易得见情形依然如旧。虽陈衍《石遗室诗话》、黄濬《花随人圣庵摭忆》、王揖唐《今传是楼诗话》皆录此二诗，然叶先生旅居国外，此三书想必同样不易得。且即使读者读毕此三书，于弢庵落花诗仍未竟全璧。

今上海古籍出版社《近代文学丛书》推出陈宝琛《沧趣楼诗文集》全二册，读者可以读到《感春》四首、前后《落花诗四首》共十二首，以观其全。

二

前人云："古人绝妙诗文，多在骨肉离别生死间。"然而写故国摇落之际的诗文，"回首已不堪，前路亦无聊"，常常是字字可以生发，这样的作品同样绝妙。

史家陈寅恪先生有自己的一个好诗评定标准，即读不出两层意思的诗便不是好诗。陈弢庵一组落花诗则符合这一标准，它将士人甲乙之际、鼎革之时的凄凉心境刻画无遗。叶先生说："昔人诗云，美人自古如名将，不许人间见白头。对于花，我也觉得枝头上憔悴暗淡的花朵，较之被狂风吹落的满地繁红更加使人觉得难堪。"陈宝琛、王国维分别置身于这难堪的境地。弢庵诗便借落花写这种摇落之感，诗云："生灭原知色是空，可堪倾国付东风。唤醒绮梦憎啼鸟，冒入情丝奈网虫。雨里罗衾寒不耐，春阑金缕曲方终。返生香岂人间有，除奏通明问碧翁。""流水前溪去不留，余香骀荡碧池头。燕衔鱼唼能相厚，泥污苔遮各有由。委蜕大难求净土，伤心最是近高楼。庇根枝叶繇来重,长夏阴成且少休。"抚时感事,比物达情,神理自超,趣味弥永。

三

《沧趣楼诗文集》的点校,任其职者为刘永翔(寂潮)先生及许全胜君,书序为寂潮先生所作。鄙意以为此序为《近代文学丛书》已出数种中作得最好的一种,探析非常深入。如谈到十卷本《沧趣楼诗集》的底本问题,考出有陈衍、陈曾寿、何振岱、陈三立梁鼎芬四部点定稿,汪国垣亦见原稿,但因前辈在上,未加朱墨。对于此问题,条分缕析,颇见趣味。又如就其风格而揣其师承这个问题,诸家都异口同声地提到王安石,但王安石的特点是"如邓艾缒兵入蜀,要以险绝为功","把锋芒犀利的语言时常斩截干脆得不留余地,没有回味地表达了新颖意思"(钱锺书《宋诗选注》)。汪辟疆《近代诗人小传稿》说陈宝琛"体虽出于临川,实则兼有杜韩苏黄之胜",序作者不满此说故详加辨析。我知道寂潮先生多年前即有注荆公诗的愿望与准备,因资料未备又琐事缠身故缠绵至今未能如愿。但涵泳其间有日,故能知味。林庚白说的"不甚似荆公"亦可备参。这样的地方,能细加品味而坦陈己见不惜推倒众说,真令人耳目为之一新。

序作者认为弢庵师承中大宗是陆游。我们知道《红楼梦》里黛玉教香菱作诗,说过千万不能学陆游的话,但《花随人圣庵摭忆》中记载弢庵明确对黄濬说:"得力处实在陆务观。"而黄濬却以为"此恐为谦辞"。清人一向以诗学放翁为取径不高,故黄秋岳误以弢庵夫子自道为"谦辞"。黄氏这一误解很奇怪，因为黄濬为陈衍诗弟子，而陈衍大倡学剑南诗，黄氏不当不知。其实耻学剑南这一倾向于清末已有所转变，《石遗室诗话》卷二十七记罗掞东肆力学剑南，书眉评语积成一巨帙，《石遗室诗话》直接采入的竟达四十四首之多。风气转变可为一证。而陈衍论樊樊山诗，说："于前人诗颇学瓯北，此亦瓯北专采放翁对句意也。"（《近代诗钞·樊增祥》）樊山集中明言"效放翁"者，指不胜屈。此又一证。

顺便提一句，风气转变的另一支是陈曾寿、林旭学韩冬郎。夏敬观认为陈弢庵亦学冬郎。（夏氏原话为："其律体极似晚唐人韩冬郎渡海后诗，弥深亡国旧君之感。不特诗相类，其身世亦同也。"）寂潮先生不以为然，以为"以其遭遇相近而加比附"。这其中还有讨论的余地，弢庵于冬郎诗较为熟悉，其落花诗"泥污苔遮各有由"及"绿阴回首池塘换"句皆从冬郎"总得苔遮犹慰意，若教泥污更伤心"及"明日池塘是绿阴"句化出。

至于弢庵在同光诗坛的地位，也是一个颇为有趣而值得讨论的问题。《光宣诗坛点将录》点为"天机星智多星吴用"地位已不低，在天罡星中占第三位，仅低于陈三立与郑孝胥。而序作者认为陈宝琛诗盖过陈、郑二人。自《唐诗鉴赏辞典》起，似有一弊，即论谁的诗，便将他捧到天上，尽说拜年话，缺乏有责任的批评。寂潮先生当不属此类。序中对二陈诗详加比较，认为散原专用僻字僻典，乃张之洞所责"江西魔派不堪吟"者，而弢庵诗"不务奇险却无庸音，不事生造却无浅语"，所论令人信服。前人亦有持此论者，刘成禺《洪宪纪事诗本事簿注》第二十四首"榕城师傅清流尾"句下注曰:"《光宣诗坛点将录》上散原而次弢庵,似疑失置。"英雄所见,足备一说。然于散原与海藏两家比较,惜所论不多。

四

《诗文集》序云"弢庵去世,距今未满七十年,其著述的稿本、别本,想必尚存于天壤之间,而求索不易,借阅为难。这次整理,间就诗词选本所录、诗话词话所引、报纸杂志所登、他人著述所载或弢庵存世墨迹加以校勘",互有异文则出校记。点校者就在《清代硃卷集成》里弢庵的乡试卷中辑得一首,考官批为"典雅",可谓珍贵。其用力之勤,历历可见,而散珠重拾,其难可知。然仍有失之于眉睫之前者。

恰正读陈衍《石遗室诗话》及黄濬《花随人圣庵摭忆》,见尚有佚诗一首及异文二处,今为补出。

丁未年八月,石遗丧妻。《石遗室诗话》卷二末云:"弢庵有诗挽先室人云:鸾龙一泪已伶俜,潘鬓秋来又损青。鹣鸟平生惟比翼,鳏鱼从此剩长醒。检书赌茗成追忆,割奉营斋自写铭。无可奈何还强慰,南华元自有真经。自注:石遗来告悼亡,距哲兄木庵之没,才三载耳。"此诗由于埋在段落中间,《沧趣楼诗集·补遗》失收。

《诗文集》第104页《过驯鸥园留别仲昭》有"轩窗积尘寸,一一为我开"句,"尘寸"《花随人圣庵摭忆》作"尘土"。

《诗文集》第288页《水龙吟》上阕末"那时情味,盈眶泪、如泉迸",黄濬《摭忆》第400页(上海古籍书店1983年影印本）作"那得情味盈眶，泪如泉迸"。二处依其体例当补校记。（卷一《七月廿五日夜山中怀箐斋》，《近代诗钞》作《七月二十五日夜山中怀箐斋》，此细微之处本书亦出校记。）

另，陈海瀛《沧趣楼文存跋》末"孟鉥于乡先辈著述爱护甚力"，检1959年福建图书馆卫星印刷厂印本作"孟鈨"，未知孰是。鉥鈵为异体，鈨鉥恐形近而讹。

吕思勉《医籍知津》之《鼠疫》篇载广东罗芝园（汝兰）有《鼠疫约稿》，而前有弢庵先生一序，并略述其内容，今《补遗》无此序。罗氏此稿不知传否。

《积微翁回忆录》"1931年7月27日"条：陈弢庵送为余书楹帖来。句云："能言奇字世已少，屡获新篇喜可涯。"

（原载于《博览群书》2009年第1期）

关于郑孝胥

海藏楼日记时流品题

　　海藏楼日记并不详细，多涉政治，又人名太多，满眼大七、小虎、小猛、五丁，人来人往，不知云谁。（谷林《书边杂写》有《郑孝胥》一文说："整理《郑孝胥日记》之前，曾在北京专程拜访过郑云回先生，她是郑孝胥侄女。见面时云回先生拿出一册《考功词》大字刻本给我看，这是孝胥刻印的其父郑守廉词集。她说：'郑孝胥有诗名，而生平不填词，惟恐夺乃父之席。此人愚忠愚孝。'"见《书边杂写》，辽宁教育出版社，1997年，第113页。可惜未详细记载这些小名属于谁。我曾写信给郑孝胥外孙叶扬先生求教，叶先生回信说："小猛［郑镇恶］、小五［郑统万］均为我表兄，是大舅郑垂之次子、三子。先慈［按即郑文渊］生于光绪壬寅年，故有该小名［按即小虎］。"）往年读而断，断而读，读不出味道。今秋架上取来闲读，于其1934年至1938年日记颇感有味，所涉几个人物虽亦着墨无多，然吞吐之间皆有余味。外间万家灯火，室内夜饭未备。灯下细笔摘出，存其片段，并间录他书，用相发覆。

黄秋岳

读海藏日记,知海藏与梁众异较疏,与黄秋岳较密。不料于秋岳诗偏多贬语。1937年旧历三月廿三日(5月3日)日记云:"上海寄来《晓斋诗稿》及黄秋岳《聆风簃诗》七、八两卷。行谊犹体魄也,文辞犹衣服也,体魄不足观,衣服岂足贵乎?今日之文人多矣,非之无举,刺之无刺,则亦乡愿而已。"似对黄氏为人有不足之语,谓其徒有文辞。又怪人哄起而誉,皆不值钱。

同年四月初九(5月18日)日记云:"过(陈)仁先、(陈)絜先,以胡汉民诗集示之。仁先还秋岳诗稿,云细看不见佳处;又言,近人填词如王幼霞、朱古微、文小坡、况夔笙皆有名,亦未能佳;文小坡或略胜本朝朱竹垞,虽未出色,已无胜之者。余谓词家颇多乡愿,殊可太息。"

陈曾寿《苍虬阁诗集》卷九有《怀人四首》,第三首为朱古微而作,诗云:

> 蕴藉能工绝妙词,最难石帚与同时。枯禅未净残生泪,地变天荒剩自知。

整理者出校谓:"此首巾箱本作:'遗嘱书碑见久要,窃名谁使迹潜消。迟刊家乘删唐蒋,忍负涪翁有范寥。'"(《苍虬阁诗集》,上海古籍出版社,2009年,第255页)读这段日记,则巾箱本似近于心画心声。而信校勘为有益。此诗谓朱祖谋邀陈曾寿日后为自己作墓志,所托不为不重,后者则表示不愿窃名而欲敛迹。从这段海藏楼日记就可以知道,说白了就是有点看不上。承友人沙先一先生相告,龙榆生《近三百年名家词选》(1956年)于晚近词人选朱祖谋词最多,这是因为龙是朱氏传砚之人;陈曾寿第二,有二十首,这则可能是真心认同了。后因有人攻此,1962年版将陈氏删去。

同年七月廿九日(9月3日)日记云:"报言,黄秋岳八月廿六号被杀于南京,以间谍牵及者,凡十八人。《庸报》谓,黄与某方面已下野之某氏或有私交通函,以致受害。"八月朔(9月5日)日记又云:"稚(辛)信言,南京所杀十八人,十人为闽人,秋岳父子俱死。作悼秋岳诗。"认为黄氏父子被祸,不过政治借口。"某氏"不知为谁。《海藏楼诗》只收到1936年(此年仅收六首),无缘收悼秋岳诗。上海古籍版《海藏楼诗集》"佚诗"部分由《同声月刊》辑《哀哲维》一首云:

仓皇被害谁奔救,取祸吾哀弥(按,当作祢)正平。陷□故难全性命,亡身或更助时名。潜吟岂坐辽东累,晓饯空怀卯酒倾。太息石遗方猝逝,不教月旦出新评。

(《海藏楼诗集》第479页)

以祢衡为借刀所杀,故以黄为比。借口所杀故比耶?轻黄故比耶?(谢俊美《从"一纸飞鸿"看张佩纶》录张佩纶致李鸿藻密函云:"状元张謇乃吴提督长庆幕客,与朱铭盘、范当世称通州三怪。朱中乙科,已故。范未售,近在合肥处课读。三怪伎俩不同,其为怪一也。吴小轩辛于军中,张及其弟訾干没饷银七千余两,经其部将黄仕林察出,理谕不听。黄本粗直人,怒而之屋中,欲加刑讯，经袁子久辈调处，始吐实缴出若干、弥补若干完结，一时有黄祖杀正平之嘲。"典中用正平，常谓可杀。）第三联上句"潜吟岂坐辽东累"似即指"下野之某氏"。此诗哀少意深。

郑海藏在黄秋岳死之下记有"望刀眼"一节，文短而诡异，与寄庐丈所记梁鸿志看相（刘衍文，《前因后果，都写在脸上？》，《上海书评》2013年11月24日）相映成趣，并录之。八月初六（9月10日）日记云：

得稚辛初二日信，云或言秋岳之死，曹纕蘅亦预其祸。余自闻秋岳之死，屡念曹纕蘅目光朦胧反映，甚似杨叔峤、袁爽秋、林暾谷，俗谓之"望刀眼"者。今忽闻此说，惊怪不已。纕蘅方在贵州为民政厅厅长，何得来南京？记之以待续闻。（按，李拔可《硕果亭诗续》卷三有《挽曹纕蘅》一首，云："寡言亦与世相妨，真气犹能静一方。忽报文章断绵竹，顿教坛坫废重阳。还京即死宁非命，语旧难闻最可伤。回首上清寺外过，满窗蜀本雨声长。"）谭复生、锺健堂睫毛甚长而目光闪灼，亦皆恶死。

陈石遗

海藏楼诗雍容大雅，喜欢的人很多。但从日记中有时可以看出，他日常话语苛而深，不作浅语，不说无谓的话。他这种谈话风格和我们一般认为的海藏楼诗风格不合，必有另外风格的诗，但从集中删除了，保留下来的都是有"海藏诗"特色的那种。

1937年旧历七月初七（8月12日）日记云："作悼陈石遗诗一，访仁先，以诗示之。仁先谓'太虐'。"此诗今不得见。上海古籍版"佚诗"部分自《同声月刊》辑《石遗卒于福州》二首，不知是否即"悼陈石遗诗"者。其一云：

狂且之狂能几时，历诋名教姑自欺。奄然媚世靡不为，使我不忍与言诗。石遗已矣何所遗，平生好我私以悲。少善老睽将语谁，听水而在其知之。

前三联明白如话，毫不假借。末句"而"字训为"如"，"听水"指陈宝琛。

其二云：

老如待决囚，死期固必至。勇哉子曾子，得正斯可毙。石遗独大言，阎罗方我畏。入川且登华，八十又加二。诸郎虽早逝，晚子还几辈。忽然作长别，盖世信豪气。平生喜说诗，扬抑穷一世。所言或甚隽，所作苦不逮。乃知诗有骨，惟俗为难避。牧斋才非弱，无解骨之秽。（《海藏楼诗集》，上海古籍出版社，2007年，第478页）

牧斋曾受恶评，谓"其秽在骨"，今移评石遗，谓其媚世，俗不可耐，只能说诗而所作未逮。"诸郎虽早逝，晚子还几辈"语，似谓其老而储妾。

《日记》1936年旧历八月廿四日（10月8日）云："奉天《文艺画报》载诋陈石遗诗，其题名曰'隆公'：阳历四月初八日陈石遗在苏庆八十寿。章太炎贺以一联云:'仲弓道广扶衰汉,伯玉诗兴启盛唐。'石遗大喜,悬之中堂。一时贺客见者,咸誉其堂皇而贴切不置。有善谑者独曰:是联用陈姓典虽极工稳,然以赠散原,未为不可。且既有'伯仲',安得无'叔季',吾已得'叔季'一联:'叔宝风流夸六代,季常约法有三章。'(原注:用杂剧'跪池'故事。)不亦同样贴切耶?次日,复谓人曰:有了两联,装头安脚,便成七律一首。辞曰:'四月南风大麦黄,太公八十遇文王。仲弓道广扶衰汉,伯玉诗兴启盛唐。叔宝风流夸六代,季常约法有三章。天增岁月人增寿,一树梨花压海棠。'石遗有幼妾,闻者莫不喷饭。"

《日记》1937年旧历一月十八日(2月28日)云:"陈挺生来,言福建政府与石遗清算志局帐目,故避居苏州。"隐言石遗贪墨。

冒效鲁《光宣杂咏》"陈衍"一首云:"白发江湖兴不殊,阉肰媚世语宁诬。平生师友都轻负,不负萧家颖士奴。"(《叔子诗录》,安徽教育出版社,1997年,第25页)陈衍到底做了什么,至于说"平生师友都轻负"?

其实,并没有做什么,无非语带讥刺,得罪了人(海藏所谓"平生喜说诗,扬抑穷一世")。只有钱锺书为他回护,《石遗先生挽诗》第二首云:"八闽耇旧传,近世故殊伦。蚝荔间三绝,严高后一人。坏梁逢丧乱,撼树出交亲。未敢门墙列,酬知祇怆神。"(《槐聚诗存》,生活·读书·新知三联书店,1995年,第16页。此诗有钱先生原注,不具录)交亲撼树,显是不平语。

又,曾有一"案"我初读不知指谁,今有此基础可断定所指为石遗无疑。黄秋岳《花随人圣庵摭忆》有"闻黄晦闻丧忆交游"条，谓："（晦闻）尝命余写扇，余亦乞之。忆为余书箑上有一诗，特阙一字，此为恒人写扇所不尝觏者，故可掇入笔记。晦闻此诗题云《立秋日园坐得句欲寄赠某君未果，姑存吾诗》。诗云：□君有书未暇读，乃复奔走豪率间。廿年交谊我不道，翌日相求嗟莫还。集林暝雀朝飞失，出谷秋根壁立间。踪迹各殊老俱至，可怜衰草满江山。"（《花随人圣庵摭忆》，中华书局，2008年，第47页。颈联"间"字疑为"闲"字之误。）

黄秋岳为石遗诗弟子。为人题诗而特阙一字，诚为少见，且此诗不宜为人书扇，既然为秋岳书，则秋岳与诗中"某君"必有关涉。第一联"率"即"帅"，嘲其媚世。第二联亦"少善老暌"之意，类绝交书。第三联上句写某君，下句写自己，即"踪迹各殊"之意。此反唇相讥，为石遗而作。

《石遗室诗话》涉黄节有三处，语甚殷勤。然一转身在《石语》中说"此君才薄如纸"。指点月旦，祸从口出。对钱锺书说的话，当然也可能对别人说。为秋岳书扇，正源于此。

另，批评石遗，常落到能说不能做上面来。即讥评论家眼高手低。其实陈诗亦不坏，文才更长而已。海藏文章，似不如陈。都强调诗有别才，文何尝不讲别才，你看诗写得好的，文未必好。比排《民国诗话丛编》读之，仍觉《石遗室诗话》最好，有旧风味也。海藏当日请其作序，即谓石遗所言"甚隽"。

孟 森

陈声聪《兼于阁诗话》"心史史笔"条谓："（孟心史）早年曾佐郑海藏龙州军幕，著有《广西边防旁记》。及海藏出关自陷，遂与之阔绝。海藏尚为其诗集自沈阳来书乞为序，此是最难着笔之文字，记序中有数语云：'所行皆负气之事，所作皆负气之诗，负气之事之果为是非，将付难齐之物论，而诗则当世固已无异词矣。'颇微妙得体。"（《海藏楼诗集》开篇第一首《春归》脍炙人口，其云："正是春归却送归，斜街长日见花飞。茶能破睡人终倦，诗以排愁事已微。三十不官宁有道，一生负气恐全非。昨宵索共红裙醉，酒泪无端欲满衣。"心史数语正从第三联来。"难齐之物论"云云，李拔可吊林旭早云"死去自存天下议，论诗吾亦要斯人"，已有渊源，并非无两之论。李诗见《硕果亭诗》卷下《读晚翠轩遗札有感》。）

孟森作序事，海藏楼日记有及，1937年旧历四月十八日（5月27日）云："得五丁书，寄来孟莼孙所作《海藏楼诗序》及钰甥妇三百元收条。"同年十月初六（11月8日）海藏自关外赴京，吊散原丧，并看莼孙。初七（11月9日）日记云："与稚辛、五丁同访孟莼孙，已入协和医院。"

十三日（11月15日）云："晨，至姚家胡同吊陈伯严之丧，见彦和、彦通，赙二十元；客皆未至。……与稚辛同至协和医院视孟莼孙，赠二百元；莼孙气色甚好，病榻中犹作七言古诗，题曰《有赠》，即赠余也。"两个月后，"孟莼孙于十四日（阴历十二月十四日）卒，殡于法源寺"。孟氏《有赠》诗未见，未知如何形容。赠二百元，明是润笔。由此知兼于阁"阔绝"云云，则未必。

《海藏楼诗》分次刻成，共有顾云、陈石遗、孟心史三序，孟序名为《海藏楼近刻诗序》，即乙丑（1925年）至丙子（1936年）诗，天津及关外所作。红印本1936年刻成，同辈凋零，能序者无多。陈仁先最近，然文不如诗，故舍近求远，无意中成就了所谓"心史史笔"。

孙长叙

孙长叙（1908—1994），字小野，又作晓野。祖籍河北乐亭，生于吉林。其父名先野，任职于吉林女子师范学堂，喜金石篆刻。受其熏染，小野亦酷嗜文字训诂，能书善画，能篆刻。从高阆仙习《说文解字》《广韵》《尔雅》，并读《高邮王氏四种》及《观堂集林》。后钻研甲骨金文，以《金文编》校读《西清古鉴》所摹铭文。三十年代中期，受知罗振玉。1932年始，任吉林省图书馆书报室主任。

《日记》1934年旧历六月初七（7月18日）云："刘爽、孙长叙、何云祥来。"第二天又记："孙长叙来，送以百元，又以二十元托书《海藏楼诗》。"八月廿一日（9月29日）："孙长叙来，又与百四十元。"十三卷本《海藏楼诗》刻成，当与孙长叙有关。

1935年旧历正月人日（2月10日）："孙长叙来。"同年六月廿三日（7月23日）："孙长叙来，示印成《海藏楼诗》卷十一，误字二；与谈女子四德教科书及烹饪教科书。"1936年闰三月二十日（5月10日）："孙小野来，示写刻《海藏楼诗》，十二卷已讫，留校勘；与一百元，使结帐。"四月廿四日（6月13日）："孙小野交来《海藏楼诗》十一、二卷刻板。"八月初四（9月19日）："刻诗至十三卷，以红本来校。"初六（9月21日）："印新刻诗红本三十本，约七日毕。"十二日（9月27日）：

"新印红本十一卷至十三卷诗集，订成三十本，以十本寄北京，十本寄上海，分赠友人。……夜宴仁先、治芗、愈斋、巩庵，各赠诗集一本，请各作诗话数则，将以付刊。"此三十册三卷本诗集无孟森序。

1937年旧历正月廿七日（3月9日）："寄诗六本与（李）拔可。"四月十八日（5月27日）"寄来孟莼孙所作《海藏楼诗序》"。十月十五日（11月17日）："傅增湘来，求书扇；与新刻诗一册。"则前有三序之十三卷《海藏楼诗》刻成于1937年，成于孙氏之手。该年孙长叙三十岁。昔知金毓黻与海藏往还，今知尚有孙长叙。谢正光先生有名文探讨"贰臣"曹溶与遗民门客之往还，其结论为当时情形并非后人所想象之截然划分。今观东北诸才子与海藏往还，真古今同慨。置身事外之责似乎无价值也。

李拔可

李拔可在海藏楼日记中是一个安静的存在，只是不停地给海藏寄书，我起初并不想写他。后来才发现这个安静的存在，后边隐藏着深长的思考与纠结。这种思考和纠结是从海藏去世呈现出来的。

李拔可曾为海藏祝寿送两株桮树，种在南阳路海藏楼，越数年一株枯死，及海藏出关，将另一株奉还，并作一手卷略述颠末。海藏死，墨巢请夏剑丞、沈剑知补图，并作《题还桮手卷，映庵、剑知所画也》二绝句，诗云：

柯叶坚苍胜苔丹，山塘秋色载将还。却惭本性终怀土，未共先生远出关。

笔迹犹堪认大苏，重烦二士补成图。依依不尽江潭感，并入西江腹痛无。（《硕果亭诗》卷下）

虽表面说梏树，恋土不能远移，但读者看得很清楚，所述惭愧不能共先生远出关的不仅只有树。

以后来流行的观点来看，这实在是立场问题，事不在小。但时人皆多墨巢，以为有情。

事不孤有，《硕果亭诗续》卷一有《挽陈子言》一首，谓"昔同哭死泪，今乃为君滴"，上句下有注云："君每谈海藏，呜咽不已。"故引为同调。

陈诗、李拔可皆自以为遗民，视海藏为孤臣，故抒发以上情感。但非常难处理的是，伪满这批人，他们兼具两重身份。带来难题。

李拔可《寄仁先辽东》二首之二云："世改天终在，君存我与存。""天"是什么？许是他们说的天理，即旧道德。新旧世界相代，新旧道德如何？陈寅恪《元白诗笺证稿》探讨新旧时代更迭，在新旧道德缝隙中总有人左右逢源投机取巧唯其势利不讲气节，他所关注的不能不说是从他的"当代"现实出发的。从他的分析里去看，所持的态度也是挺立不动，坚持旧道德。

但是前面讲到这部分人的特殊性，他们有两重身份。李拔可们的态度就是行动上不跟随，情感上有保留。不参加伪满，但也不与辽东诸人断绝，希望将法与情分开，取得平衡。于国，为不叛离；于友，为存忠厚。他在《即事四首》第三首中说："何处青山堪独往，稍留忠厚慰相知。"(《硕果亭诗续》卷三)但新的世界自然不允许旧道德"横行"。

李拔可的这种态度对一位比他小三十多岁的晚辈产生影响，此人就是钱锺书。钱的《沉吟》诗二首，正是这种想法的表现。李拔可《即事》第四首云："遗臭流芳等可哀，救人从井惜诗才。"反用落井下石之典，意思显赫。在萧乾被打成右派回京无人敢理，唯恐牵连时，钱就像什么都不知道，站在街头与其谈一刻钟，这是他对某种旧理念的坚守。

陈寅恪在香港时，面斥拉降的钱稻孙，但也对黄秋岳、汪精卫给予一定同情。抗战结束，傅斯年成为严惩派，不留情面。陈傅二人在这问题上形成了新旧之别。

1964年蒋天枢专程到广州去看老师，陈寅恪将遗作郑重相托，并作《赠蒋秉南序》，做了重要的总结，他说我们陈家，最重要一点，"贬斥势利崇尚气节"。你这时候来看我，这是所谓旧道德。

气节在所谓新道德里简单化，变成民族气节。陈援庵先生，黄永年说他很灵活，他有条底线就是民族气节，决不在这上面出问题。而其他问题都可进退转旋。邵循正挽联"终随革命崇今用"。陈寅恪的诗很明显。邓之诚的话更不堪。

这里呈现出两种气节。《柳如是别传》读不懂，就是因为两种气节分不清，陈的"独立""自由"，无非在别处所讲"贬斥势利崇尚气节"八字而已。

张之洞、沈葆桢

海藏晚年与傅治芗（立村）、陈仁先关系最密。《日记》1936年旧历六月十四日（7月31日）云："过立村，谈张文襄、沈文肃。文襄于余甚厚，惟为后党，意见不合；文肃好杀，慕酷吏，非儒者事也。"

海藏的意见常借仁先发之。陈仁先《苍虬阁诗集》卷八有《书广雅诗集后》二首，第一首云：

> 吾生犹及范希文，画牍忧深每夜分。晚节艰难诗愈好，遗音哀惋世宁闻。长沙久镇人谁替，元祐重来日已曛。辛苦与人家国事，调停事尽欲何云？（《苍虬阁诗集》，上海古籍出版社，2009年，第224页）

"晚节艰难，遗音哀惋"，以八字许广雅，褒贬难辨，然末联明讥其无立场，欲调停作解人，即戊戌六君子事，广雅首鼠变化，身守后党，此正海藏之评。陈仁先第二首更有"老去恩深前席对，梦回愁绝帝京篇"句，"老去恩深"四字谓帝恩深而臣有负，亦指其后党。

《日记》1934年旧历八月廿七日（10月5日）云："昨程明朝来谈，云见张文襄密保折中有云：郑某能谋能断。余未见之，惟闻文襄尝称'苏戡见得透，说得出，做得到'，此语甚可愧。"于诗则每谓"苏戡是一把手"。可谓不薄。

海藏于并世诗人之评论，见其《乘化》四首。其三云：

> 弢庵有佳作，说诗乃未妙。颇求对偶工，场屋习难扫。抱冰气稍横，久官纔（按，当为"才"）转耗。愤忧入九原，吐语或深造。二翁当作者，世士岂易到？石遗与师曾，媚俗徒取闹。（《海藏楼诗集》第479页）

于张之洞、陈宝琛已是高评。此组诗名"乘化"，主要评已捐馆之同辈。第四首及散原，谓"散原游以天，浩浩无所择。世乱名愈高，盗贼亦辟易"，于其诗无所评论。此四首并非"海藏之体"，当然不在集内，仅以"佚诗"存。

于"文肃好杀"一事，海藏专有诗论之。《与立村谈沈文肃事》诗云："沈公治民用武健，杀人数万方自奇。鲁论不熟乃至此，哀矜勿喜岂忘之。""滥刑则不仁，近名则不义。奈何以儒生，而欲为酷吏。"（《海藏楼诗集》第475页，亦在"佚诗"）

陈寅恪、胡适

《日记》1937年旧历八月廿二日（9月26日）云："访仁先，共悼陈伯严，四子唯一子侍疾，即清华教员，其第五子赴广东，七子在沪，其一未知在何处。""未知在何处"者为登恪。这段话容易误解，海藏其时身在关外，悼伯严只是遥悼而已，并未见寅恪。其情形当是"某周君"见寅恪"不开吊，亦不服丧"，写信欲陈仁先等素善散原者作书劝之（见1937年旧历九月初十日《日记》）。

海藏赴旧都在十月初六（11月8日），无缘见寅恪。是否服丧、开吊，周一良先生已辨之。然此非海藏误解，乃周君写信所言。一良先生护师可感，然事已微茫，不能详知。

赴旧都前作《怀伯严诗》，诗云："一世诗名散原老，相哀终古更无缘。京尘苦忆公车梦，新学空传子弟贤。流派西江应再振，死灰建业岂重然？胡沙白发归来者，会有庐峰访旧年。"第二联上句说戊戌事，下句言导新政倡新学，新学之下子弟未能称贤；且在海藏目中，清华教员亦是新学。诗不易解，此解不知然否，此句针对寅恪而发似无可疑。

胡适之才是真的新学。适之见过海藏一面，似乎很兴奋，在日记里留了一笔。海藏虽似澹然，实际亦留下印象。出关后日记中竟留下有关胡适的记载。1937年旧历九月初十（10月13日）："商务印书馆送来《胡适论学近著》二册。"十二日（10月15日）："胡适倾心西化而轻旧学，颇服日本而倡自觉。"

胡适之不知以为如何？

罗振玉私德

《日记》1937年旧历六月初七（7月14日）云："过陈仁先，言于（周）愈斋处取《伏敔堂诗》观之，其诗毫无雕饰，几无其匹。"此集由商务印书馆印成，李拔可自海上寄苏戡。

《海藏楼诗集》"佚诗"有《题伏敔堂诗集》一首，云："孤雁叫空虫咽秋，哀情天与岂人谋。堪嗟此士为虫雁，换得诗名万古愁。"同年九月廿七日（10月31日）云："仁先送还江弢叔集，为灯烧缺，又买一部并送；题一诗还之。"颇雅而朴。

又，《日记》1935年旧历九月十二日（10月9日）云：

"(叶)葱奇言,薛世忠所藏《袁崇焕致摄政王书》,杉村代为求售,以示罗振玉,罗留而不还。"又参《安持人物琐忆》所及罗振玉处,知罗之私德不及陈、郑。

(原载于《中国文化》2014年春季号,总第39期)

苍虬阁诗
——不咏兴亡咏落花

陈曾寿（1878—1949），字仁先，号苍虬，自署耐寂、复志、焦庵，湖北蕲水人。是清民之际著名诗人，同光体诗人中重要角色，汪辟疆作《光宣诗坛点将录》，点为小李广花荣，地位颇不低。

一读动人心曲后

陈曾寿一些诗句，一读之下便能动人心曲。如《偶成》云："曝书忽见故人书，猛觉虚光未扫除。只此心事犹昨昔，居然三十竟何如。惯愁出入公超市，小付生涯范蠡车。白日青春花气午，不多时梦尚蓬蓬。"书底偶然抖落一封旧信，从一个场景，切入到生命之流中去。

这首《偶成》，不经意间，写出时光之流动。之前善写"流光"者，除了南宋蒋捷"流光容易把人抛，红了樱桃，绿了芭蕉"的词句，王国维《人间词话》最推举南唐冯延巳词中"细雨湿流光"一句，有人甚至说《花间集》中"只此五字最好"，好处在于将不能见之流光置于细雨之中而显现出来。陈曾寿《偶成》诗所写的，也像空中撒下什么粉末，在旧函滑落的微尘中，看到了时光的流动，精致而精彩。

唐风宋骨类难寻

唐代诗歌分初、盛、中、晚，我们久而不察，觉得理所当然，其实并非初来就有，从明代高棅才有此分。这种分法是用朝代代体性。后来又有人强分唐宋，陈衍颇责"咸同以来"言诗强分唐宋者（《石遗室诗话》卷一四）。钱锺书《谈艺录》开端第一篇亦讨论这问题，他说："诗分唐宋，唐诗复分初盛中晚，乃谈艺者之常言。而力持异议，颇不乏人。"

众所周知，同光体是主要学宋人、学黄庭坚、学江西派的，但陈曾寿在学江西的同时，融入唐人的风调；其有宋诗的骨骼，却不专作"涩体诗"，形成了自己的风格。同光体领袖陈三立手批陈曾寿《苍虬夜课》时，称"沉哀入骨，而出以深微澹远"，便当是看到了这个特点。汪辟疆《光宣诗坛点将录》在"小李广花荣陈曾寿"条下也说"漫说渊源出二陈，临川深婉李精纯"。汪辟疆已经看出，陈曾寿诗虽有宋诗的特点，但实近于晚唐诗。陈衍《石遗室诗话》卷十云："仁先云：'觉庵一日问李、黄孰胜。'答以'黄殆未如李也'。李谓义山，黄谓山谷。"当宋诗与晚唐诗一起比较时，陈苍虬选择了后者。

虽然作者坦然自承"学诗作黄语"（第7页）、"晚交惟二陈"（第154页），但是从以上所述的特点看，融合唐宋，成为陈曾寿诗歌的主要特征。

他的写作，在同光体内部，既独树一帜，似乎也得到了承认。陈三立《苍虬阁诗序》感叹道："嗟乎！比世有仁先，遂使余与太夷之诗，或皆不免为伧父。"就是说"有了陈曾寿的诗歌创作，使得我和郑孝胥的诗都成了伧父"。他的这些特点，一读之下，使得我们产生了动人心曲甚或乱人心曲的感受。

不咏兴亡咏落花

在同光体的诗人中，不少人身上会闪过韩偓的影子。韩偓似乎是一个被清人重新发现的人物。因其《香奁集》，他曾一直被看作艳体诗人，在宋明之际，抬不起头来。但到了清代，清儒十分推重，《四库总目提要》云："偓为学士时，内预秘谋，外争国是，屡触逆臣之锋。死生患难，百折不渝。晚节亦管、宁之流亚，实为唐末完人。"推崇备至。韩偓迕朱全忠被贬后，携妻带子、间关万里入闽，闻昭宗被害，以歌诗哭唐亡。其《惜花》诗云："皱白离情高处切，腻红愁态静中深。眼随片片沿流去，恨满枝枝被雨淋。总得苔遮犹慰意，若教泥污更伤心。临轩一盏悲春酒，明日池塘是绿阴。"诗谓繁花落尽，只余绿叶存焉，故言"明日池塘是绿阴"。

因身丁末造，易同病相怜。戊戌六君子中的林旭作《送春拟韩致光》即用韩诗原韵，诗云："循例作诗三月尽，眼遭飘落太惊心。折成片片思全盛，缀得疏疏祝久禁。肯记帽檐曾竞戴，无情屐齿便相侵。冬郎漫把伤春酒，早日池塘已绿阴。"谓不必等到明日，繁花早已落尽。凄黯色泽进一步蔓延。在给友人的书信中，林旭认为自己此作已突过冬郎（参《与李拔可书》）。

陈曾寿亦依韵作《绿阴》诗，云："碧树人家往往深，残红满架恨难任。单衣时节寒仍恋，绝世芳菲梦一寻。浩渺流波沉素鲤，氤氲朝夕换鸣禽。不须极目愁烟里，占断江南是绿阴。"绝世芳菲，翩然一梦。"绿阴"一词被赋予的凄黯色泽进一步蔓延，以致"占断江南"。

显然，韩偓对陈曾寿产生一定影响。陈曾寿《偶题冬郎小像二首》其一云："为爱冬郎绝妙词，平生不薄晚唐诗。"其《尤物》诗云："诗中尤物成双绝，惟有冬郎及玉谿。"钦韩李之能工感慨，故隔世而许作知音。

光宣诗人群起而写落花诗（词）成为一种现象，陈宝琛、林旭、文廷式外，陈曾寿就前后有《落花四首》《落花十首》，还有上举《绿阴》诗。个人被卷入时代和家国的无穷变迁中去，绝无力把握自己，从此身与心皆颠沛流离，正如那落花无主飘零。

终古闲情归落照

陈曾寿《悲凉》诗云："不曾萧瑟叹平生，绝世悲凉亦可惊。时至则行原不恪，死而后已竟何成。冬郎解笑东方朔，汉武能知司马卿。漫效实斋书感遇，负恩深处涕先倾。"第三联写与宣统帝溥仪的感遇。因这种感遇，故言"不曾萧瑟叹平生"，但人生途路绝难选择，下句一转，"绝世悲凉亦可惊"。

陈曾寿后随溥仪出走东北，建立伪满洲国。《苍虬阁诗集》的点校前言里于此辨析最多，给以回护；但罗继祖在《庭闻忆略》中却点名直斥。中日干戈，苍虬之子亦身落事中。死后是非只好归之于难齐之物论,而韩冬郎犹能奔驰闽中,还能够"总得苔遮犹慰意",而陈曾寿的命运,恐怕只能是"若教泥污更伤心"了。

钟叔河先生在为周作人辩护的时候,说出一句不太像名言的名言,说"文归文,人归人"。但两者终难决然划分。故此文偏重于诗,最后略言其人。

(原载于《中华读书报》2010年8月11日)

《花随人圣庵摭忆》珍本小记

钱锺书《石语》一开头便记石遗老人的话云："余早岁学为骈体文，不能工也，然已足伤诗古文之格矣，遂抛去不为。凡擅骈文者，其诗古文皆不工。余弟子黄秋岳，骈文集有清一代之大成，而散文不能成语，是其例也。"石遗老人这段话对其弟子黄秋岳似褒实贬。钱先生又记曰："丈言时，指客座壁上所悬秋岳撰七十寿屏云：此尤渠生平第一篇好文字。锺书按：黄文结构，全仿彭甘亭《钱可庐寿序》。"钱先生的按语使得黄氏重量再减一分。然"散文不能成语"之评，黄氏不至于此。即以诗论，秋岳与石遗另一弟子梁众异于石遗早有出蓝之誉。在汪辟疆《光宣诗坛点将录》中二人被点为小温侯吕方和赛仁贵郭胜，吕、郭二人，地位颇不低。但今日《光宣诗坛点将录》通行本中已无黄、梁二人身影，换以他人，留下了时代的印记。

石遗老人谈到的诗、古文、骈文外，黄秋岳有一部书以笔记体记清末民初掌故逸闻，间以评论，此书大大有名，即为《花随人圣庵摭忆》。我前几日在上海古籍出版社资料室找到一本初印本，是为珍本。

面前这部《花随人圣庵摭忆》是我从资料室借来的，借时管理人员说本有两部，一部是上海书店1983年影印本，蒋维崧先生借去了，于是拿给我这部。这书品相不好，厚厚的，封面残缺卷缩，标题大部磨去只约略可识。此书没有版权页，我隐约觉得它有自己的故事。

前有一序，序不长，如前人的八行书，写到底正好写完，刚好一页。而序者似欲抒情，却又不便多说，刚开头便煞了尾。文字雅健，于吞吞吐吐之间有喷蓉之姿。由于不长，又写得好，我录在下面：

> 哲维黄君尝以抽毫之暇撰为《花随人圣庵摭忆》，逐条刊登杂志，阅时既久，积成二巨帙，邮达于余。余乃稍纠其笔误数处，并志所疑于眉端。适友人孔君方居天津，急欲索阅，遂转付焉。哲维既闻余有所订正，驰书促孔君还寄南中。因循月余，军兴而哲维骤被独柳之祸。孔君关河转徙，私窃惊悒，以为秣陵追答，永成虚愿矣。不意孔君耿耿夙诺，闻变仍贻书属所亲于故居中检出此二帙，丐余还付其家。片羽之珍，几失而复得。荏苒数年，世变未艾。其家乃谋印行以永其传，且以余有此一段因缘，畁余雠校且督为序其事。呜呼！哲维瑰才照世，中道殒蹶，非所及料。区区随笔之作，固不足引重，然即此已略窥其怀抱寄托与夫交游踪迹、盛衰离合、议论酬答、性情好尚，而一时政教风俗之轮廓亦显然如绘画之毕呈，所谓明乎得失之际达于事变而怀其旧俗者非欤？求之于古，盖容斋洪氏之伦也。碧血千年，陈根屡易，英英神理，如在目前，不得从容互相赏析，呜呼伤

已！昭阳协洽重三日兑之书于燕都。

这序是瞿兑之先生作的,昭阳协洽是1943年,这书当时只印了百部,用来分赠亲友。蒋维崧先生借去的那部是上海书店影印本,其影印前即是借此本为其底本。前几日,杨扬先生写《记忆中的那些书》,提到周黎庵一部《花随人圣庵》为人持去,怅惘久之。想来黎庵那部也是这百部之一,他的怅惘就可以理解了。杨扬的被学生借去不还的王元化先生签名本,尚不能与之较,版本价值相去悬远。

瞿兑之是中华书局上海编辑所(上海古籍出版社前身)的特约编审,资料室这部很可能是瞿先生所赠。黎庵是瞿之同事,亦当是辗转获赠。由于著者、序者、获赠者,不是被"独柳之祸",就是曾坐于凝碧池头,故所言寥寥,不欲多说。这部书也静静躺在资料室里,任旧事慢慢流淌,以至被人遗忘。

但它不会被遗忘,黄秋岳人固不足论,其书却颇有价值。1947年春,陈寅恪先生有首诗《丁亥春日阅花随人圣庵笔记深赏其游旸台山看杏花诗因题一律》,《寒柳堂记梦未定稿》语曰:"秋岳坐汉奸罪死,世人皆曰可杀。然今日取其书观之,则援引广博,论断精确,近来谈清代掌故诸著作中,实称上品,未可以人废言也。"陈看到即是这个版本。甲午败后,陈三立发电报给张之洞,要他奏斩李鸿章,主战派和主和派以命相搏。此书中黄濬不以清流之言为是,稍偏合肥,但也不全以其为是。他说,条约要签便签去,关键是要泯灭门户之见,"夙夕经营为是"。这当时真是谠论,不知超过多少人。在有涉其父的情形下,陈寅恪都称赞它,可知。如今不少人诋"清流误国"的同时，大赞李鸿章能"任事"，这自是拾梁启超的唾余，昧于识见。黄就责李不能"夙夕经营"而紧守后党以自保，识见是高明的。但作者自己却于1937年被杀了头。读这书，疑惑是有的，但疑惑没有感慨多。

此本借阅者不多。1981年以前不得而知，1981年以来借阅者有杨震方（1981年）、上海书店陆国强（1982年）、徐树仪（1984年）、李剑雄（1984年）几位。潘景郑《寄沤賸稿》中有一篇《〈碑帖叙录〉序》，即是为杨君震方所作。陆国强是上海书店出版社的编审。徐树仪是唐代文学研究者、老编审。李剑雄是老北大、上海古籍出版社编审，我到社时他已退休，每周二、五还来两次。他们当时大概都产生过一些感慨和疑惑。

（原载于《文汇读书周报》2008年11月14日）

补记

钱丈伯城2008年12月12日来信云："足下所述本社资料室'珍本'及瞿周'辗转相赠'事皆不确。此'珍本'实我于五十年代于创建资料室时自当年修文堂老板孙君处购置，上海书店影印本即借自此本。瞿周无'同事'之谊。瞿于'文革'中为门弟所陷，囚于提篮桥监狱，因病保外就医，于'文革'时亡。周则改革开放方自白茅岭劳教归，编制在上海文艺出版社，借调本社。"当日行文，顺着逻辑走，无一句说对。故谓"实事求是"，不言"实逻辑求是"，求而不得也。为文只能考，不能推，一推即错。然临了总想推一下，不如此似不完美，已成积习。慎之，慎之！

关于张宗祥

知无名中自有高人

校书与读书感受不同，校书如对仇敌，读书如对友人，前者太紧张，后者较放松。做编辑已好多年，做过的书一般不会再看，除非遇到问题查查，天长日久，后来竟觉得敌人日多，而友人日少。在春节过后一个下雨的午后，偶尔翻翻做过的书，如故友重逢，是一种不曾多有而思之宛然的感受。

在做《张宗祥文集》时，不曾觉得它多有意思，隔日再看，里面竟然讲了很多故事。比如他讲有个姓郑的朋友，口吃得厉害，但有唱戏的嗜好，他唱老生，唱起来抑扬流畅，无复期期艾艾之病。一天路上遇到一友，急欲告友一事，但支支吾吾更不成语，同行的伙伴就即口作小锣声，曰"呛呛"，继以京胡声，郑脱口唱道："君家现在遭火焚，劝君即速奔家门！"友人飞驰而去。张宗祥接着说，沈钧儒亦有此病，说话先以"嗯"字起头，有嗯至两三分钟者，一场大病后，此病转不复见（《骑狗录·唱戏救口吃》）。说话口吃，唱戏流畅，不能细究其因，但生活经验告诉我们确有此类。从前有个朋友唱歌很好听，但说话沙哑，难听得很，真觉得是两副喉咙，与此略似。这些想来都很有趣。

张宗祥能为人医病，有点科学的精神，对中西医并不偏袒。他讲的中西医治病的故事也很有趣。说当时中医最有名的大夫是陆仲安，这位大夫喜欢用参，什么病都用补剂。胡、梁二巨公皆病肾，梁启超因肾脏炎症入协和医院割之，竟死，胡适就不敢就诊西医，邀陆仲安诊之。仲安无论何病，必以参、芪、地黄为主，最奇怪的是胡适的病适合于陆之药，于是得愈。张宗祥最好的朋友单不厂，在沪患伤寒，陆仲安治之，又用补剂，始诊即用熟地、党参，竟以不起。胡适之以后言医必称陆仲安，张宗祥则以陆死其好友，闻必訾之（《医药浅说》）。胡适与梁启超两位大师皆病肾，各就中西，一死一活。名医医名人，有趣又唏嘘。

张宗祥是海宁硖石镇人，同乡颇有几位名人，蒋百里、宋云彬、徐志摩。最有钱的当然是徐志摩。张宗祥就曾替徐的曾祖徐开锦立传。徐志摩的父亲是徐申如，祖父是徐宗泉，徐宗泉滥赌，家将败尽，好话说尽，屡教不改。某年除夕，无赖子群集其门讨债，儿子就死乞白赖求父亲。父亲本来吝啬，更没好气，但还是说欠债一定要还，只一个条件，即钱在后院宅中，你自己把它搬到前面来。徐斋深邃，大少爷这点活"穷日始毕"，累得要死。老父亲说，给你钱你都累成这样，攒钱如其何难哉。不料大少爷从此变性，经商术过其爹，俭亦过父，这就是徐志摩的祖父徐宗泉。这段传说流传在海宁人口，但几本《徐志摩传》都不敢采，怕是街谈巷议道听途说小说家言，现在我们在张宗祥给徐开锦写的传里看到，可以祛此疑了（《铁如意馆碎录·纪徐翁开锦》）。

徐志摩在1923年曾经带着胡适专门来访张宗祥，张却拿胡适的名字开玩笑,问人家"你乱七八糟要到哪里",胡说:"专来看你,不到哪里。"张说我是把你的姓名翻成白话而已,不是问你到哪里(《骑狗录·译白话》)。明显拿白话文开玩笑。二人没有再走到一起去。胡适很快成为北方以至全国最有影响力的学者,张宗祥却走向边缘。民国学人卷在新旧之间的潮流里,不和潮流走一路的就有可能被埋没。如果历史可以假设,胡适若能得张宗祥之助,以张对文献之熟悉,胡适的研究和影响将会更大。

张宗祥的好友朱宗莱(蓬仙)被学生傅斯年等人赶下讲台,离开北大。张、朱诸人都尊章太炎,明显旧派。今天看来,河东河西三十年,新到一定程度,就成了空和假;老土的东西、拙朴的办法,显示出它的生命力。这一点,不得不说顾颉刚比较早地认识到,想新旧结合。顾与旧派学人联系较多,不像傅斯年铲旧树新无比果断,能比较自觉地融合新旧,惜未成主流,成绩亦有限(见《顾颉刚日记》)。

张宗祥一辈子到底做了什么事?答案竟然是抄书。那时候私人藏书多,公共图书馆哪有现在这么发达,孤本善本稿抄校本多相散落。张宗祥见到即借抄,以存文献。事实上后来很快陷入战乱,毁损无数,因在私人之手,绝不可控,幸以抄存,谁能想到。张宗祥的女儿回忆自己的父亲,一天到晚毛笔小楷不停地抄。我有幸看到影本,仿佛看到时光的流动。有朋友来访,张宗祥口不停说,而手不停抄,借抄借抄,当然要赶。鲁迅和许寿裳叫他"打字机",一开始不知其故,后来才知道就是说他抄得快像打字机。一昼夜工楷一两万字,叹为观止。更有甚者,他女儿说,有时他有点表演,中间写一两个字,四角写一两个字,然后开始往里填,像下棋一样,最后写满,疏密相间,不差一字。我数过他的手稿,不能做到横着看一溜儿,但基本上每行二十四字,总是做到差不多,神乎其技。讲给友人听,他说"神人也"。顾颉刚之后,疑古成性,一定有人不信,认为又是臆造的民国传奇。我相信。那卖油翁的故事,你怎么不怀疑呢?道理一样,唯手熟耳。

他在抄书之时作下笔记,这就是《铁如意馆随笔》和《铁如意馆手钞书目》,我曾经抄了几条给一位迁居加州的老前辈看,他喜欢得不得了。张宗祥在目录书里也像是在讲故事。民国四、五年(1915、1916)间,厂肆有出售《四库》零册的,抄写、装帧很精致,有人怀疑是北方三阁之书已散出。北方原有四阁,文渊、文溯、文津、文源,文源阁在圆明园,与园俱毁。南方三阁,扬州的文汇,镇江的文宗,悉毁于洪杨之役,杭州文澜阁亦毁十之七八,故所剩三阁半。但张宗祥认为民国四、五年间厂肆所售,不是北方三阁散出,而是所谓"小四库",即因四库卷帙太繁,不便常置内廷,所以命选择其中常用者精抄,以备内书房之用。在北三阁中,文渊最精,文溯、文宗脱误至甚,但这"小四库"较文渊更精。乾隆至民国年间的旧事氤氲开来,在灯影下摇曳,徘徊不去,最吸引人。又如他以宋刻《仙源谱系》为例,讲述金攻宋,汴都沦陷,此册为金人载以北去,中间经过元和明,至徐中山平定燕云,复载而南。明成祖北都,又自南徙北,清人入关即成清之"内阁藏书"。缓缓数语,充满历史的烟尘。透进去看,所有目录题跋都是在讲故事,只是这些故事都是嵌进去的,不易读出来,但像张宗祥这样讲故事真是少见。

当然，故事讲得好很大程度上是因为文笔好。在民国人物中，就我所见，两个人的文笔我比较喜欢，一个是邓之诚，一个是张宗祥。皆英挺有趣，且善于形容。后面一点的是傅斯年，但傅之学力稍差。邓、张再比，邓狠了一点，张从容冲淡，机智玄远。苏渊雷欲学佛而忘情，张宗祥寄语曰"人若无情休学佛"，若禅宗语录。文笔优美，却只让人感觉他不过有话直说，不像我们本来可以直说的话表达出来都像是有难言之隐，疙疙瘩瘩不痛快。他的诗"人生多歧路，歧路在书中"，真直截了当。又如徐慕云在《中国戏剧史》中"山西梆子"一节虽叙述周详，用文言写成，亦颇可诵，但读者终不知晋梆为何物。张宗祥写山西梆子，孔子唱道："叫子路，快加鞭，赶到颜回家里吃白面。"山西梆子就出来了。这就是张宗祥的笔墨。

人有两种，一名大于实，一实大于名。校书太苦，但能为后者出力，义不容辞。

（原载于《中华读书报》2014年2月14日）

《铁如意馆随笔》跋后虚语

前人字号同音替代所见已多，其起源不能详考。所见最早者似在晚明，如归庄字玄恭每作悬弓，其人流徙动荡，以异名自隐，此一现象似为一种遗民之遗留。然又不一定。如毛斧季作黼季，黼即斧形之绣，并非斧季亦颠簸流徙必隐其名，虽毛氏亦算遗民。又龚孝升作孝生（龚鼎孳），却为贰臣。后又出现前后鼻音不分的，如洪亮吉作《包文学家传》说包士曾"字省三，又字心三"；王乃徵字聘三，称作聘山；陈宝箴字右铭，《郑孝胥日记》称陈右民；向达字觉明，被称作"觉民"。后来更有变化，如陈中岳字颂洛，又作嵩若；陈道量字器伯，又作企白；劳权字巽卿，又作舜卿；张宗祥字阆声，称作冷僧，几不可辨。

张冷僧先生，我最所钦服。与其同乡宋云彬同，做事最多，享名最少。冷僧先生幼年病久致不能行，至八九岁始下床，家人恐不能自活，聘人授以医，使能坐而谋生。《宋云彬日记》载其为宋夫人开方治病，稿中亦有《医药杂谈》，较吕诚之先生《医籍知津》更重实践（诚之固不能为人开方也），知其博学而多能。稿中行文称宋云彬"姻丈"，张长宋十五岁，疑其以辈分论故尔。冷僧成年后亦不良于行,其《骑狗录》中有《仙鹤蜡台》一条云:"朱蓬仙宗莱,跛左足,予跛右足,县试列第一、二名。唱名接卷,左右跛而前,人目为仙鹤蜡台。"自嘲如此,实慧甚,观与宋云彬五七年以后之境况不同者可知。僧道常残缺,故自称冷僧。冷眼观人,热心处事;量大能饮,随遇而安。性喜抄书,日抄万字,端楷俊秀不苟,横看未必成排,然行二十四字,屡数不爽。抄书本易误,细观其稿本,冷僧先生误处不多。唯梁启超作"起超",向未曾见,二处皆如此,似非笔误,不能解也。

冷僧先生最著之作为《铁如意馆随笔》,实抄校古书旧籍之笔记,"随笔"云云自谦耳。《铁如意馆碎录》为杂著与札记,称随笔反较宜;记其乡海宁硖石镇人最多,医者画者书者弈者,皆在笔端,叙徐申如家事亦详。朋辈痕迹更多,周树人、蒋百里、傅增湘、钱念劬(宋云彬尚不能与列,宋与冷僧同为浙省文史馆副馆长,凭借政治地位,学术上令人不敢轻尚是后事),交友之广,读其书如看旧人开会。又称陈弢庵为座师,与张大千争画,阅历极富。《随笔》常载在某兄处见某书,于旧事中散发氤氲气。《铁如意馆随笔》刊于《中华文史论丛》1984年第一辑,由倪鼎元先生整理,惜未完,第六卷较稿本少"《孟子集说启蒙》"以下十二条;亦无小标题,不便查检引用。

刊稿有冷僧先生跋语,云:"此为四十余年前之旧作,正当辛亥革命之后,袁氏帝制叛国之日。虱处长安,无以为欢,乃与古人日相晤对,随手写录成此六卷。疏漏之处,幸勿哂也。丁酉秋张宗祥记。"

丁酉为1957年，故《论丛》加编者按谓："远在七十来年前，作者就整理了很多古籍。"初疑"辛亥革命之后，袁氏帝制叛国之日"仅是《铁如意馆随笔》著作之起点，后知亦不确。书中"孟子外书四篇"条云："按吴（骞）氏刻本，传者绝少。予于甲辰之秋，因传钞一册，此实为予钞书事业之首。"（此条在卷四）甲辰为1904年，此方为抄书之始。同条又云："自钞此书后，又十年，始日事钞校。至戊辰春，积卷二千。两眼花甚，遂不能影写。"又十年为1914年，正所谓"辛亥革命之后，袁氏帝制叛国之日"，大事抄书，由此时起。然其跋语以起点概全书。戊辰为1928年，即"袁氏当国"后近十年，方积至二千卷。《铁如意馆随笔》原名为《手钞六千卷楼随笔》，尚有泰半未完也，不可谓作于"辛亥革命之后，袁氏帝制叛国之日"者明矣。此条继言之云："己巳之冬，眼又重明。变花为近，天其或者怜予别无嗜好，故复许我钞书耶！"己巳为1929年。停顿两次后，天许抄书，喜不自禁。

三十年代确为抄书最盛之时，书中许多信息与此相应。如卷三"《南阳集》六卷"条谓："此书久佚。戊午在京师钞得此书，与念劬先生相与欣赏，盖念老久觅此书而不得者也。今念老墓有宿草矣！回忆三十年前，予年十九，单君不厂介念老至舍（按钱念劬为单不厂姐夫）。在念老喜订忘年之交，在予屡获师承之益。岂知老成既殂，不厂亦随之以去耶，念之怆然。"卷四"《毛诗名物图说》九卷"条云："予成《注三书异同》，订一书不及一月，不厂叹为神速。（中略）而己巳之冬，不兄竟谢世矣！他日成书，谁更与共话甘苦耶？"

冷僧于1957年丁酉秋作跋，谎称此为四十余年前旧作。

而四十年前为1917年左右，只是此稿开始之时，所作最盛在三十、四十年代。成稿时作者所处批判考证、批判旧学问之时代，故跋中虚语弥缝，今日读来，不啻"忧患之书"也。

清末民初旧体诗人英雄排座次

一

龚定庵诗云："我论诗文恕中晚，略工感慨是名家。"大概在一个朝代结束另一个朝代开始的时候，时代的动荡更容易在诗人的笔下折射出心底的波澜。故不管是晚唐、晚明，还是晚清，都更能吸引普通读者的阅读和专门学者的研究，定公所言"略工感慨"，便是原因所在。

光绪和宣统是清代最后的两个年号，前者有三十四年，后者只有三年，共计三十七年，时间不长。光宣诗坛的这批诗人后来大都入民国，民国时间也不长，但这批诗人数量却不小，其达到的艺术水准也不低。清代有三四百部诗话，但是民国丁福保氏《清诗话》固未及反映此时之情形，郭绍虞之《清诗话续编》亦不能透露出光宣时代一丁点儿的消息。学者在搜集和整理《民国诗话丛编》的过程中"碰触到一个规模和成就都不在宋诗之下的旧体诗人群体"（张寅彭《苍虬阁诗集》点校前言）。但是清民间任何一部诗话，都不能如汪辟疆《光宣诗坛点将录》那样反映出当时诗人之盛。

人尽言汪氏《点将录》是从《东林点将录》和《乾嘉诗坛点将录》而来，但也应看到其他方面的影响。晚明有所谓花案，秦淮河畔征歌选妓，对名妓加以评定，取某花喻某妓，以花之贵贱定妓之妍媸。记述金陵秦淮花案的有《金陵十二钗》《莲台仙会品》等，余怀《板桥杂记》卷下涉此。

汪氏《点将录》出，一时独步，这种体裁与叶昌炽《藏书纪事诗》成为最别致的两种。汪氏将江湖豪客与诗坛射雕手一一相配，摭寻其相似之处，妙语点窜，语已尽而意无穷。光宣时代诗人之盛与这种特殊的诗话体制相配合，可谓两得之。将诗坛人物罗列，某某是某省某籍，一一标出后，本身就像一幅地图，某是湖湘派，某是闽赣派，某是江左派，某是岭南派，显出诗派之分布。汪氏《近代诗派与地域》名文，即由此出，后地域之争亦起。

民国间诗话于谁人为第一，本不主一辞，互有甲乙，自《点将录》出，点陈散原为"及时雨宋江"，俨然定论。海藏楼屈居第二；陈石遗打入地煞；陈弢庵本是散原老师，"收取诗名六十年"，一下变成帅子旗下一员将。时人不乏异见，如杨树达《积微翁回忆录》"一九四八年五月二十六日"条："在罗元一（香林）家见陈弢庵先生《沧趣楼诗集》。诗明白易晓，而韵味绝高，诗品盖出散原先生之上矣。"刘成禺《洪宪纪事诗本事簿注》第二十四首"榕城师傅清流尾"句下注曰："《光宣诗坛点将录》上散原而次弢庵，似疑失置。"然这些意见最终走向了边缘。后人辗转相传，多是"矮人观戏无所见"，只是随汪道短长。但也从侧面反映了汪录对后世之影响。贬石遗闽派的看法也被放大开去。"千古文人侠客梦"，汪辟疆借武人排队来评骘文人，满足了文人某种心理需求，进一步增强了点将录这种体裁的传奇指数。

二

章士钊以论诗绝句的形式谈到汪辟疆此录，说"轻轻一卷蝇头字，却费工夫四十年"，言其有初本、定本之别。又说："多君别具英雄眼，韵事恢张舒铁云。"汪辟疆此录之所以突过舒铁云，是因为汪氏寓贬于褒，运笔开阖，且有肆为讥弹之词，而其中人多又健在，故王前卢后之争起，不曾停歇。

陈石遗以天罡自命，不意被贬作地煞首座（神机军师朱武），大为不满。康南海自认一生做的是哥伦布发现新大陆之事，但以"伤模拟"三字致憾。夏剑丞自负其诗，而不得与于天罡之列，耿耿于怀。而那些座次靠前居于津沪的老辈名流如陈散原、郑孝胥、陈苍虬，大为激赏，资为谈助。行辈略后或不以诗鸣的如袁伯揆、徐凌霄、徐一士等人，置身事外，乐于旁观。满意的、不满意的、旁观的，三种人都谈兴大浓。另外此编流行，实与章士钊所主《甲寅》不无干系。汪氏曾不无得意地说："有赣县王某者，在沪主南海家，任西席。余于丙寅春间，遇之南昌。谓余此书初刊于《甲寅》，因分期连载，沪上诸名流过南海，多预猜某为天罡，某为地煞，某当某头领，日走四马路书坊，询《甲寅》出版日期。比寄沪，争相购致，一时纸贵。及急为翻阅，中者半，不中者半，偶见其比拟确切处，辄推允洽。"四马路即今福州路，可见当日之盛。其间种种，使得这部带有游戏性质的诗话作品具有他书难以比拟的传奇性，这种传奇性又带来了畅销性，前言四马路云云可见。事隔多年，水流云散，人们还能不至淡忘那个曾经红火过的光宣诗坛，多赖此书。

而王培军先生费三年之功为此编作笺证，正是看到这部书与那个时代的相互匹配。前言汪氏此编有初本与定本之别，初本因刊于《甲寅》，故又称甲寅本。四马路上一时纸贵、各方争购者即此本；"中者半，不中者半"者即此本；"比拟确切处，辄推允洽"者亦此本。甲申十一月汪氏在重庆重写此编，称为定本，今日坊间可见之本，皆为定本。定本较初本为繁，然篇幅多出，并未为此编增价。改订之后失当日之真，如今日所见各版本《点将录》皆无梁众异、黄秋岳之身影，然甲寅本"守护中军马军骁将二员"即点梁氏为"地佐星小温侯吕方"，点黄氏为"地佑星赛仁贵郭盛"，地位颇不低。汪氏《光宣诗坛点将录定本跋》言初本时"人多健在，有不可不留日后见面地者，故于校稿时，稍为更易，实乖余本旨"，似乎后来改易的袁伯揆、陈病树是汪氏初心，实则梁、黄二氏当日地位不可摇动，于石遗犹有出蓝之誉。而袁、陈二氏，甲寅本流传之时犹是旁观者，被置身《录》外，因与方湖交善而被增入。《定本跋》之言难以传信，借梁、黄失节事，删去石遗二弟子，增入散原两门人。方湖乃江西人，删闽补赣，遭人诟病。因政治之沉浮变迁而改易诗歌月旦之旨，是其所失。又如，水浒以陆军将帅为主，水军八头领则配以当时词家名手，但定本削去王又点（鲲西祖父），所增陈方恪、乔大壮皆年辈晚者，阑入"光宣"，自乱其体；且削去碧栖又有削闽之嫌疑。故言"定本不定"，不为过分。刘寂潮先生《序》中所责阑入程穆庵（程千帆父)、"论诗有门户气"皆为定本所失,可谓中其肯綮。定本之长,在于补入数人,使更完备。其较初本为繁,虽在体制上看似完善,实已失初本直接之长。故甲寅本所具之传奇性及附带之畅销性,定本并失去之。笺证底本选择定本,自惯例,但初本与定本之间似乎还有商量考虑的余地。然这实是一难题,扪心自问,笔者此处所言,难逃"看人挑担不费力"之讥。

三

此书虽言游戏,其实颇不易读。如点谭嗣同为丧门神鲍旭,言:"汝不曾闻杀人不眨眼将军乎?汝安知有不惧生死和尚耶?震动大千相,盖取诸大壮。"其言不知所云。刘寂潮先生曾劝培军勿为此游戏性质的诗话作笺,而我作为汪辟疆《光宣诗坛点将录》的读者,鉴于其难读,却极希望有人为它作注。

此笺证稿分三部分:一为诗人小传,二为注,三为评。结构上似在仿效钱锺书《宋诗选注》。

第一部分为小传,凡是所涉人物,一一作注,详述其渊源、经历。近代人物反较古代人物为难钩索,那种利用《辞海》就可解决问题的想法过于天真,不仅《续碑传集》《民国碑传集》不足用,就是一一查对别集有时亦不足用,尚需查检家谱墓志行状等等。

与民国老辈交往较多的金毓黻在《静晤室日记》第八册中曾于近代人物字号钩索之难犹有感慨,其云:

《圣遗诗》中所称节庵为梁鼎芬；乙庵、子培、寐叟为沈曾植；伯严、散原为陈三立；病山为王乃徵；（中略）它如身雩、籀园、孝笙、悎仲、仲云、刚侯、韧叟、钝斋、匏庵、啸谷、放庵、贻书、贻重、鹤逸、瑾叔、兰生、芷庵、止相、蒽石、子修、逊翁、旭斋、涛园、艮麓、子戴、泊园、聘三、毅夫、公穆、鲜庵、蘷庵、溪园、景张、兰史、健之、护斋、息存、默存、舁庵、西圃、幻庵、文麓、叔明、幼农、幼琴、黝云、君直、晋安，均不详为何人。韧叟疑为劳乃宣，聘山疑即王病山乃徵，默存当为陈樵岑，余俟向熟于旧都故事者询之。

故此笺证稿小传较详，于读者颇便。

第二部分为注，最见功力，编排罗列，资料繁富，千字注多矣。如樊樊山条有"诗篇极富"四字，似略作说明即可，然作者却征引数家，此注即达千言不止。诸家有说樊山诗"已届万首"的，有说超过万首的，有说两万首的，章士钊《论诗绝句》"郁律蛟蛇四万篇"，似乎认为有四万首，徐凌霄又说诗三万连词四万。众说纷纭，相互舛迕，陆游号称"六十年间万首诗"，四万首匪夷所思。

汪录篇幅不过三万字，而此笺实际字数五十余万，版面字数七十万。昔日王水照先生曾对此笺有八字之忠告，云"应有尽有，应无尽无"，盖嫌其繁。张寅彭先生评此笺为"民国诗学资料之渊薮"，即是看到它广搜资料之特点，能提供线索，开启法门。注书固有繁简二途，简要明了者亦可贵，大体因书而异，亦因人而异。善于意义追寻者宜简，因心得有限，繁则乱说；强于文献考索者宜繁，简则多所漏略，价值减半。

陈寅恪先生提倡注书用"合本子注"之法，陈先生较为器重的晚辈是徐高阮，徐氏《重刊洛阳伽蓝记》，即用合本子注，陈先生为作序。其真义即不厌其"繁"。

第三部分评，全系文言，读来最有味。因醉心梁溪钱默存先生，作者于学术异同、模棱两可之处，有争气之言。如上述樊樊山条，召集了大家来开会，最后自己却没有发言。只援引钱锺书之论以为高，在我看因是持平之论，人所皆有。然评中有极出色者。以《宋诗选注》为典范，踵武有心，典午难继。大体文献考索之力强于意义追寻之功。追赶前贤，还待来日。

四

《点将录》之作，有意思的是比拟与暗合。有的一望即知，如李瑞清配云中龙公孙胜，都是道人；梁鼎芬配美髯公朱仝，都有一把大胡子；林旭配豹子头林冲，都姓林；宝廷配柴进，都是宗室；程颂藩、程颂万配解珍、解宝，是兄弟俩。有的有点难了，沈瑜庆配九纹龙史进，因为沈氏诗被称作诗史，扣合史进之"史"。有的则更需细思，如金和配花和尚鲁智深，看不出相同点，赞语说"赤条条来去无牵挂，是真英雄，是大自在"，亦无帮助。细读之，在"粗率"二字，鲁智深人粗率，金和诗粗率。又如黄遵宪配行者武松，也是看不出任何相似处，赞语"杀人者，打虎武松也"，并无帮助。细读之，在"雄直"二字，武松人雄直，黄遵宪诗雄直。这一类地方，针对赞语的注就应当扼要地说明，以免满纸乱找。这样做，虽然减少了读者细读深思带来的乐趣，但替人读书正是笺证者的天职，更是其价值所在。

金和配鲁智深，已引起章士钊持续不断的不满，李慈铭配扑天雕李应，只因为两个人都姓李。湘绮、越缦素来相对，又互相轻，一个配梁山旧头领晁盖，一个配并无多少英雄事迹的李应，殊不称。这些地方，笺证作者限于体例，不宜多言，读者自当注意。

（原载于《上海书评》2009年9月20日）

关于龙榆生

龙榆生论楚辞今译事

1954年端午前后，龙榆生有数首诗词及《楚辞》，并有"嚼饭喂人，徒增呕哕"语意，殊不解其义，或有本事在焉。

如寄黄孝纾《临江仙甲午端午坐雨上海博物馆最高楼，有怀黄公渚教授孝纾青岛，因用无住词韵倚此寄之》云："却吊灵均谁赋手，都门执别匆匆。榴花映发醉颜红。邀君从起废，高咏庶人风。　嚼饭与人资呕哕，斜吹细雨楼东。骚怀只有故人同。韩豪兼岛瘦，并入四弦中。"即有"却吊灵均谁赋手""骚怀只有故人同"及"嚼饭与人资呕哕"语。

又《端午走笔成三绝句寄周知堂丈北京》第三首云："泽畔无因叩帝阍，灵均哀怨向谁论（原注：丈对时贤改楚辞为今语大不谓然）。峨眉一例从伊妒，漫倚修门拭泪痕。"第二首自注谓"丈年来一意移译欧洲古典文学，自谓平生贡献，或当以此为多"云云，则"峨眉一例从伊妒"语，则或与译事有关。而此首第二句又有注，涉及"改楚辞为今语"，亦是"移译"。至此，事情轮廓已大抵清楚，然何人、何事、细节如何，仍不清晰。

又《甲午端午漫成一绝句寄叔子道兄》云："嚼饭与人资

呕哕，灵均哀怨向谁论。峨眉一例从伊妒，漫倚修门拭泪痕。"一再向人诉苦。其苦何在呢？

前面这几首都是1954年端午当日所作，紧接着一首为《次韵冒叔子景璠兼怀钱槐聚锺书北京》，诗云："花时何遽怨春迟，冷暖由来只自知。待振天声张赤帜，枉思公子从文狸。湘灵赋罢规房杜，水绘园荒杂蕙夷。看化云龙追二子，石渠麟阁是归期。"

这首诗没有出现"端午"字样，但应该和上述问题相关，原因有三。其一，第二联从《楚辞·九歌·山鬼》"乘赤豹兮从文狸，辛夷车兮结桂旗"来，可见此诗不离《楚辞》。其二，第三联"湘灵赋"与"水绘园"对，"赋"字为名词，则"湘灵赋"即《楚辞》，具体点说，可能就指《山鬼》篇。水绘园为冒氏园林。其三，这首诗后面附有钱锺书1954年和作，名为《忍寒先生寄示端午漫成绝句，读之感叹，即追和前年秋夕见怀诗韵奉报，聊解幽忧并酬雅意》，赫然有"端午漫成绝句"云云，则寄钱先生此诗，与上述之事有关，当无疑问。"端午漫成绝句"为写给冒效鲁的，想来抄示槐聚翁，故有此答。

但钱先生不答此绝句，也不答《次韵冒叔子景璠兼怀钱槐聚锺书北京》，而是追和"前年秋夕见怀诗韵"，此诗在《槐聚诗存》中，诗题有小异，为《龙榆生寄示端午漫成绝句，即追和去年秋夕见怀韵》。

于是，我们顺便发现《槐聚诗存》系年上的一个错误，它把钱先生这首答诗系在1959年，显然错了，当在1954年。以前总以为《槐聚诗存》收诗不多，二老都在，其系年当精确无误，看来也还是有一点点问题。（此诗又有作于1950年

213

之说，钱锺书1984年4月19日致富寿荪函云："忽忆一九五〇年龙榆翁寄诗，骚愁满纸。弟和答有'晚晴尽许怜幽草，末契应难托后生'。"为何一个1954年，一会儿误作1950，一会儿又误作1959呢？许全胜先生见告，致友人函中用中文数字，四与〇草写甚近，因而致误认；而《槐聚诗存》编年，可能是作者用阿拉伯数字标年份，4与9又形似，因以致误。以备一说。）

刚才打断了话题，让我们来看钱锺书先生这首和诗。它题目中提到"忍寒先生寄示端午漫成绝句"并且"读之感叹"，但没有和这首绝句，却追和"前年秋夕见怀诗韵"，"聊解幽忧并酬雅意"。诗云："知有伤心写不成，小诗凄切作秋声。晚晴尽许怜幽草，末契应难托后生。且借馀明邻壁凿（谓吸取苏联先进经验也），敢违流俗别蹊行。高歌青眼休相戏，随分齑盐意已平。"

钱先生这首诗的诗题说得很清楚，"龙榆生寄示端午漫成绝句，即追和去年秋夕见怀韵"，就是说这首诗内容是针对龙榆生《端午漫成绝句》来的，而所用韵是追和去年（1953年）龙"秋夕见怀"诗的。但这首"秋夕见怀"诗没有在龙榆生诗词集中找到，其集中系于1953年的有《癸巳中秋风雨有怀钱默存教授锺书北京》，但诗韵不合。

龙榆生推崇冒、钱二位，所寄诗中有"看化云龙追二子"句，按冒效鲁《马赛归舟与钱默存论诗次其见赠韵赋柬两首》有"云龙偶相从"句可证。"末契应难托后生"是钱先生对龙先生所谈"现状"之归纳总结，而"敢违流俗别蹊行"，"敢"字当为"不敢"讲，即"我岂敢违背流俗别蹊行"。龙榆生诗里说"待振天声张赤帜，枉思公子从文貍"，钱先生就说"高歌青眼休相戏,随分齑盐意已平",别再开玩笑,我有咸菜和盐吃就可以了。《茶馆》里问:"粮店有棒子面儿卖吗?""有啊。""那不得了,有棒子面儿卖就成。"经历了1951年到1952年的思想改造运动,钱先生的谨慎心理是完全可以理解的。龙先生前事不忘,未成后事之师,热中与直率推着他向前,像个未经世事的青年。也正因如此,读他的文字,更令人起惜才之思。以钱之性格,笑骂当胜过龙,此刻缄口不言,不知龙先生能知其意否。这或是不直接答这首绝句的原因。另外,"吸取苏联先进经验"云云,也证明此诗在1954年,而非1959年。《槐聚诗存》无此自注。

本来以为本事难寻,读到这个程度也就过得去了,没想到找到了原原本本的"本事"。顷编辑《龙榆生全集》,在论文集一卷中有一篇未刊稿,题为《介绍文学遗产的方式问题》,末署"一九五四年五月二十日夜半,写毕于上海巨鹿路三九三弄五号"。这篇文章有两万四千多字,主要内容如下:1953年9月召开中国文学艺术工作者第二次代表大会,会上周扬、茅盾等领导同志号召大家研究"怎样整理民族文学遗产"这个问题,龙榆生对当时的一些整理和研究方式有意见,他举出了实例,并提出了自己的看法。简单来说,就是榆公爱古调,今人多不弹。他举出的实例恰恰是对《楚辞·九歌》中《山鬼》一篇的今译。为了说明问题,我们只好把屈原原文和几种译文列在下面,才好体会龙先生当日心情,看是不是"嚼饭与人资呕哕"。

（一）屈原原作：

若有人兮山之阿，被薜荔兮带女罗。既含睇兮又宜笑，子慕予兮善窈窕。乘赤豹兮从文狸，辛夷车兮结桂旗。被石兰兮带杜衡，折芳馨兮遗所思。余处幽篁兮终不见天，路险难兮独后来。表独立兮山之上，云容容兮而在下。杳冥冥兮羌昼晦，东风飘兮神灵雨。留灵修兮憺忘归，岁既晏兮孰华予？采三秀兮于山间，石磊磊兮葛蔓蔓。怨公子兮怅忘归，君思我兮不得闲。山中人兮芳杜若，饮石泉兮荫松柏。君思我兮然疑作。雷填填兮雨冥冥，猿啾啾兮狖夜鸣。风飒飒兮木萧萧，思公子兮徒离忧。

（二）文廷式《云起轩词钞》中《沁园春》（檃栝《楚辞·山鬼》篇意以招隐士）：

若有人兮，在彼山阿，澹然忘归。想云端独立，带萝披荔；松阴含睇，乘豹从狸。孰挽灵修，徒怀公子，薄暮飘风偃桂旗。山间路，向千寻采葛，山秀搴芝。最怜雨晦风凄。更猿狖宵鸣声正悲。怅幽篁久处，天高难问；芳蘅空折，岁晏谁贻？子岂慕予？君宁思我？欲问旁人转自疑。归来好，有华庭广筵，慰尔离思。

（三）郭沫若《屈原赋今译》：

有个女子在山崖，薜荔衫子菟丝带。眼含秋波露微笑，性情温柔真可爱。赤豹拉，文狸推，木兰车子桂旗飞。石兰做车盖，杜衡做飘带。手折香花送所爱。"竹林深处不见天，既不知早晚，道路又艰难。恨我来太迟，爱人已不见。孤独立山巅，浮云脚下连绵。白日昏蒙蒙，东风吹来雨点。等待着爱人不想回，年华已迟暮，谁能使我再美？巫山采灵芝，吃了使人不易老。无奈山石太崎岖，葛藤满山无鸟道。怨恨你啊，好哥哥，你怕依然在想我，只是没空闲，不是把我躲？我是不想再回家，回到家去做什么？"山里的娘子歌声好凄凉，手里的香花依然吐放幽香。眼泪连连，让它流到嘴边上，背后的松树、柏树莽莽苍苍。为了相思弄得神魂迷惘。雷声轰轰雨蒙蒙，猿声凄凄夜空中，风声飒飒树摇动，思念情哥心头痛。

（四）文怀沙《屈原九歌今译》：

是有一个女子在那深山里，披着薜荔的衣裳，系着菟丝的带子。她的秋波含情，而又嫣然浅笑；她的性情慈和，姿容又那么苗条。她驾着赤豹，文狸在后面追随，她把辛夷作车乘，桂枝来作旌旗。车上罩着石兰，杜衡的流苏下垂，她折取香花打算送给她所思念的人儿。（请听！她在歌唱，她的歌声是那样凄厉！）"我住在竹林深处，老是看不见天日的光辉，而路途是这般险阻，所以来得太迟。我孤独地站立在这高山上——我的脚下吐着浮云千丈。眼前是那么深暗，白天见不着阳光，忽然一阵东风,飘着沙沙的雨点在响。我为你留在这里,徒然地忘了归去,年华已经迟暮,谁能使我再美?我打算采撷巫山的秀芝,磊磊的山石畸岖,绵绵的野葛迷离。我怨恨你啊,怅然地忘了归去,我想你是在思念我的,或许没有闲时。"山上女子就像杜若的芳枝,啜饮着石泉,站在松柏的树底——为了相思,弄得有点怀疑。听啊!雷声在响,昏暗的苦雨在飘,天色已经黑下来了,猨猴又在啾啾地叫。飒飒的风声,夹杂着草木的萧萧;为了相思,她无望地忧伤颠倒。

龙榆生文章评论道:"我们就把这上面所列的原作、改作和译作比对着朗诵起来,那味儿变得怎样?我想是舌头还在的人们,自然都会直接感觉得到而加以深切体味的。"又说:"因了文廷式对词的语言和技法的熟练,虽然把作者的原意有了很大的搬动,而且多是采用原有的词汇,然而它的颜色是调和的,声音是谐婉的。""至于郭、文两先生的译作,也各有他们自己苦心孤诣,一面想要传出原作的精神和风格,一面又想构成译者个人的韵律和格调,我想两位聪明绝顶的诗人在这凝神下笔的时候,恐怕也要免不了为了'顾此失彼'而烦恼吧?"

钱先生和诗中"且借馀明邻壁凿"一句本有自注,云"谓吸取苏联先进经验也",现在也大抵知其意了。新中国成立之初大肆学苏联模式,此楚辞今译亦用普希金体,大失原有的神韵,钱先生以"先进经验"嘲之。1952年的院系调整,实质是以苏联模式代替欧美模式(参吴中杰《复旦往事》),钱先生是传统教育和欧美教育相结合的产物,院系调整又影响到他的工作，对此项大变化必然敏感，借此发之，但很婉转。

龙榆生在1954年论楚辞今译事，至此叙述完毕。有意思的可能有两点。第一，几首旧诗、一篇没有发表的文章，这只是发生在1954年的一件小事，没有产生大的影响，1954年总体上说也算是风平浪静的一年，但从这件小事可以看出龙榆生、钱锺书二公不同的性格特点，钱先生敏锐，龙先生单纯率直。第二，直译和意译是长期争论的一个问题，以前直译占优势地位，近一两年来，意译派似有所抬头。我们注意到龙榆生抬出的文廷式今译，正是意译，非常的好。

龙榆生的这篇文章没有发表，不知是什么原因。不然可能小事变大。《邓之诚文史札记》1954年1月25日云："刘适忽来，云将往武汉大学任教。予与之言学术界空虚，言《戊戌变法》多误字破句，言王之均，皆非宜也，以后切戒之。予老矣，饱食足睡，尽有世界，既可颐老，亦堪避俗，如尚多言，不啻自毁，默尔自息，庶享长年，老来作计，莫善于斯！"邓之诚居京，较多感受到空气变紧张，决定默默而存，不再惹人。因为他知道宽松的局面里，惹人是私案，最多不过到争吵；空气变紧张，惹人的话，则可能翻私案为公案，借局势整人，那颇不一般。与邓相较，龙先生就太多主人翁心态了。

龙榆生集子里，从写给钱锺书的诗跳过四首，有《寄郭鼎堂先生三绝句》，诗云："御风原不为求仙，老爱宗邦志益坚。恰异灵均临睨意，星旗扬过碧云天。""旧邦文献苦难征，物论纷厖待纠绳。赖有石渠收放佚，同奔异轨看云蒸。""出新谁合与推陈，众口悠悠那识真。凭仗鉴裁抛耳食，先生原是过来人。"说明龙榆生后来给郭沫若去信指出，郭亦接受。所赋三绝句颇多酬应之辞，而"同奔异轨""先生原是过来人"云云，只有看过上述几首诗和一篇文章的人，才能会心一笑。同年又有《沁园春喜获郭鼎堂复书，辄用后村梦孚若韵赋此代简》一首，有"情殷吊屈，九辩招来。果得传神，无妨走样，章句儒诚何有哉（三句骤栝来书中语）"的句子，可以证明龙先生确实去信谈此，并赋三绝句，郭亦复书，龙得书而喜。

1954年过去了，没有激起大的波浪，但后面更严峻的日子就要到来了，谙霓裳旧曲、为旧文化所化，内心又藏一腔热情的龙先生将会如何？

（原载于《上海书评》2015年3月25日）

末世说新语
——陈巨来的传记书写

一

传教士罗明坚和利玛窦都留下记录,说中国话很难学,其中最主要的一条就是口头和书面是两套系统,有联系却又不同,什么时候用哪一套而不搅混,令外国人很挠头。中国人看到这些,会心一笑。但口头和书面两套系统,还有另一层面的问题,其实我们也很亲切而熟悉,说白了就是"说一套,做一套"。说的东西,大多不肯写下来。嘴里说说可以,写下来可不行。你一定要他写下来的话,他干脆不说了。曾经多么鲜活的历史,却鲜有鲜活的记述,一旦过去,就会陷入沉默,中国的历史,亦是"沉默的大多数"。

谈到传记、回忆录,王鼎钧先生认为,周弃子的两句诗"我论时贤无美刺,直将本事入诗篇",可以作为标准。这个标准蛮好,但其实困境已经来了。口头说的东西,你都敢写下来吗?不能落笔的"本事"难道还少吗?那要是碰到贤,碰到尊,碰到亲,是避也不避?"直将"两个字,谈何容易!

我们现今看到的名人传记,走一个极端,就是使劲吹,尽量美化。这倾向，自传尤甚。我一位老师有首诗就叫《读名人传记有感》，诗是这么写的："尽夸治国与齐家，入史宜无一点瑕。寄语诸公休自得，宛陵新著碧云骃。"末句用典，就是一位贤人梅尧臣，写了本书叫《碧云骃》，说了另一位贤人范仲淹的一些"本事"。接下来，后人很少去辨别这"本事"是实是伪，是真是假，却干脆众口一词说《碧云骃》非宛陵所作，是小人魏泰作伪。这件公案，从宋代一直绵延到清代，都是魏泰顶黑锅，《四库提要》至少有七次强调《碧云骃》是魏泰伪作，一提再提，几成定论不可反驳，但从近代起，学者提出质疑，理据皆具，宛陵终作《碧云骃》。

历史证明，"直将"的态度将会面临无穷的挑战和无穷的手段。只能说，中国人未必以理服人，确是以礼行事，初衷虽好，结果却坏。所以，"直将"的态度有更隐形的障碍。有话直说，不必邹忌讽齐王纳谏，言者真的无罪，闻者真的足戒，较长一段时间以内，也还是我们追求不到的目标。

二

不仅如此，主流的传记根本就缺乏本事（即细节），外国人也对此不满，崔瑞德说："中国帝制时期的官方历史传记，内容大多千篇一律，只记传主的家世、仕途及社会名声而已，至于其他个人生活，则付阙如。"

官方传记通过对人物之臧否，对事件之评价，实际上重构了社会记忆。缺乏细节，则使后人无从判断。历史便成了人云亦云、随风扬土，"小姑娘任人打扮"之说即从此起。细节的缺失，完不成历史场景的重建，隔代之人徒唤奈何。我们需要传记书写来呈现"个人生活"。

专门表现"个人生活"的东西终于出现了，这就是刻印老人陈巨来身经历次运动之后写下的《安持人物琐忆》。最特别的就是他这种书写方式，又端庄，又诙谐，又流利，又猥亵，可谓一洗万古凡马空，成为真正的"碧云骤"。亲尊不讳的书写，晦暗的末世图景，尤其他这方式似乎与整个传统作对，不知这位匠人，是不是要从这些方面也取得不朽？

陈巨来（1905—1984），原名斝，浙江平湖人，篆刻家，师从赵叔孺大师，是赵氏最赏识的一个弟子。书斋名为安持精舍。"安持"两个字，出自《老子》第六十四章，云："其安易持，其未兆易谋，其脆易泮，其微易散，为之于未有，治之于未乱。"这一章是教人谨慎的。安者易持，本意不错，但以他的性格，恐怕要南辕北辙。但从另一方面来看，这个人自有他安而且持的本事，翻开这本书看看目录，便知其阅历之丰富，交游之广泛，可见很会和人周旋。

《安持人物琐忆》所记人物大抵在两个时代，一个是民国期间，一个在新中国成立以后，主要是"反右"到"文革"期间。当然有的人物会跨越两个阶段，但以主体算，划分还是较为清楚的。前面一个阶段，写了吴昌硕、袁寒云、况周颐、赵叔孺、张大千、吴湖帆、陈病树、杨云史、周梅泉、蒋谷孙、杨虎、程潜、李烈钧以及造假三奇人等。这部分占《琐忆》的主体，民国风味浓重，末世气息浓重，最典型的两篇是《记袁寒云》和《记蒋密韵后人》。如他记自己的老丈人况周颐，一上来就说况公是"本好男风者"（第117页）。还是记他这位"名外舅",他对待自己的两个学生陈蒙安和赵叔雍毕恭毕敬,每次分手,都"亲送至大门外,深深作一揖而回";而对朱古微、吴昌硕、冯君木等,"至多送至楼梯口"。陈一日笑问其因,况公说:"我生平只有二学生,一为缪艺风之子(子彬),盖艺风老友也,故认之;二为林铁尊(翔),词尚可观,故认之。这两个人,叔雍立无立相,坐无坐相,片刻不停,太'飞扬浮躁'了;蒙安,面目可憎,市侩形态,都不配做吾学生的。吾因穷极了,看在每年一千五百元面上,硬是在忍悲含笑。吾与他们谈话时,只当与钞票在谈;看二人面孔时,当作两块袁头也。"(第118页)令人可见《蕙风词话》之外况公面目,这也是任何文学史所不曾提供的。及记这两个纨绔门人,后居然不负师门,颇富人生况味,有不曾想到的真切。

这部分记了无数狂人:数位老狂人和十大小狂人。原因在思想方面,时代是清末民初,武昌首义,长久的帝制中国走向完结,旧的占统治地位的思想被打倒,新的远未建立,出现空档与乱局。反映到社会生活中去,就出现这样的面貌。这部书为思想领域里深沉的变动提供了表征,长时间远距离地观察成为必要。总之这部分写出独特的风味,描摹出我们不熟悉的世态人生。

后面一个阶段,写了丰子恺、陆小曼、周炼霞、陈小翠、几个老友等。篇幅较前者小得多,而且陆小曼、周炼霞、陈小翠三女传中都大量涉及民国期间事,只不过以新中国成立后事情为主。最出色的是《记螺川事》。

看得出,这阶段作者不欲多说,但忍不住说,吞吐反复,反有奇效。如果说前一阶段是"乱",思想上乱、社会上乱、私生活更乱，那后一阶段则是"压"，读者感觉到无形的压力和痛感。前一阶段还有名士风流，后一阶段既没了名士，也没了风流。有沉重的写实感。沧海桑田，找不着北。

《记陆小曼》中，陆小曼揭发陈那一段话，其实不痛不痒，"我听了很生气"，转而揭发，却很严重。我们相信以陈巨来的聪慧绝顶和善于处世，他在《琐忆》当中删去自己太多了。可见这部亲尊不讳的书，还是讳了自己。这里面还是那个时代的气息。

三

一部书被人看作揭人隐私的八卦书，其真实性被人质疑是命中注定的。它不同于《世说新语》或是《花随人圣庵摭忆》，一个多写士人风流，一个比较关注政治、学术，它于男女间的私事写得最多，几成特色。而这些事情很难证实，当然也难证伪。

真实分两种，一种是客观真实，一种是主观真实。周弃子和王鼎钧说的"直将本事入诗篇"是后一种。不夹杂任何感情任何倾向，又排除一切误传误听的客观真实，其实是很难做到的。

作为经手人，安迪对这本书投入很多，出版之后，他写了《关于〈琐忆〉的琐忆》三篇，谈到三个问题。这三个问题是：手稿的流转问题；这部书是陈巨来什么时候写成的；其真实性问题。这三个问题是实质性的问题，其他的问题都是后续，这三个问题得以解答，才可能讨论其他问题。

只是书稿的流转,报章上就出现多种说法,转转相传,讹之甚远,《关于〈琐忆〉的琐忆》(一)对此给以澄清。就这么点小事,离得这么近,就出现诸多说法,可见客观真实之不易。

第二个问题是写作的时间,安迪根据《几个老友·放翁后人》一篇"去年六月,老人(指陆澹安)八十生日……"推出这篇写于1975年。据《记弹词艺人黄异庵》一篇"此人(指黄异庵)为一绝顶聪明之人,忆去年天安门事件发生之时,他适来申闲谈",推定此篇写于1977年。大致可以说这部书稿写于1975年至1977年之间(其实创作时间很可能再延续一两年)。也就是安持老人71岁至73岁之间。在历经繁华和苦难之后,在其他知识分子默不作声夹着尾巴做人安享晚年算了的时候,他劣性不改,写出这部"出格"之作,以1977年算,安持在世间的岁月还有七年。

第三个问题就是真实性问题,与上一个问题有联,暮年动笔,再撒谎骗人意思不大。从书中可以看出,他的亲戚关系和交游情况异常复杂,而一些事情编都编不出来,七几年写这些也不是完全没风险,他之所以写下来,无非是写给友人看(《记螺川事》一篇留下线索)和留给后人看。我觉得他在主观真实方面站得住。至于书中说"据小曼云:梁夫人自志摩死后,只一二年亦以肺病逝世了",而林徽因后徐志摩死实24年。又说叶德辉是"蒋匪"所杀,但叶明明是被农民运动镇压的。不过这些都属于客观真实的范畴。安迪说:"大凡作者亲历之事,或亲眼所见、亲耳所闻,真实的成分高;而转述的事情,颇多靠不住的内容。"又说:"我访问了不少与陈巨来有过来往的友人或学生……其实我也很想看到有人指出书中种种错误之处。那么，没有指出的就可姑且认为是真实的。"

但怀疑者很多，小宝《新年读安持》说"读到徐志摩飞机失事背后深藏胡适夺妻的阴谋……明知多属不经之谈……"（《上海书评》2011年2月13日）但这件事周劭却比较相信，他在《陈巨来与浙东篆刻家》一文中说："这个故事虽然有人评为荒唐无稽，实则还比较可靠。因为他和陆小曼、翁瑞午有同癖，而且陆寓福煦路四明村，与巨来的家古拔路仅转个弯儿便可到达，故能不时到小曼家里去拜访。"

《安持人物琐忆》里有一篇《记张鲁庵》，所记较详，好话歹话都有。张鲁庵是谁呢？正是周劭的"嫡亲舅父"，周长期住在他家。周劭在前面所举那篇《陈巨来与浙东篆刻家》中说安持"非礼法之徒"，"行止放荡不检，作为怪癖出格"，对鲁庵有所回护，但也不能就那些"歹话"就事论事做出回击。所以，"没有指出的就可姑且认为是真实的"了。

从这稿子写成，到了施北山手里，到了周黎庵手里，再到安迪手里，《万象》登出，最后到出版社，周游一圈竟然用了近四十年的时间，可谓艰难。而四十年间，或者再过四十年，是否能有同类的书稿出现，都是未知数。"宛陵新著碧云骃"不知是实有，还是说说。

夏允彝曾作《幸存录》，责阉党亦责东林，黄宗羲以东林后人，颇愤愤，在书名前加一"不"字，成"不幸存录"。笔者在《世说新语》之前加一"末"字，成"末世说新语"，指此书为民国时代与运动期间的末世传奇。

四

读这部书,有时候有意外的收获。比如以前看《围城》,里面写苏文纨和董斜川初次见面,两个人握手,说:"斜川一拉手后,正眼不瞧她,因为他承受老派名士对女人的态度:或者谑浪玩弄,这是对妓女的风流;或者眼观鼻,鼻观心,不敢平视,这是对朋友内眷的礼貌。"两个"或者",我们以为董斜川只占了一个。陈巨来《记十大狂人事》"冒效鲁"条,记冒效鲁"艳闻逸史,层出不穷",但"效鲁虽好色,于朋友之妻以及女学生从不作一非礼之事"(第178页)。我们才明白钱锺书写冒效鲁是两个"或者"都占的。

另外,语言上确有特点。往往很简短,在不期然间,逢着它的妙处。如《记陆小曼》说"小曼一生男友,一一数之,可成一点将录",一语笑人,紧跟着"最著者为胡适",又一语骇人。虽屡言记性不好,实善记他人之言,如记印局同事形容梁鸿志、王克敏这南北两大汉奸,因梁肥胖而王干枯,谓"北有行尸,南有走肉"(第114页)。写吴昌硕暮年宠爱一妾,这妾跑了,吴说:"吾情深,她一往。"(第9页)语言大抵如此,简洁明白,却令人忍俊不禁。

最后附带一句。安迪在《关于〈琐忆〉的琐忆》(一)里说:"我只是经手整理的编辑,能保证的是:对原稿负责,绝对没有添加任何文字。"我于是去信问他有没有删去文字呢,他回信说《吴湖帆轶事》那篇,《万象》刊发时"删掉了一处数百字,就是吴湖帆的太太是怎么死的,因为所有公开材料都没他说的具体,所以还是删去保险"。这次结集出版,此处依然阙如，颇不连贯，希望在合适的地方，单独补出，以飨读者。

（原载于《书城》2011年第10期）

徘徊应是念前贤

一

近年来,题为年谱长编或编年事辑者渐多,名为年谱者略少,以上二种不过年谱之变体,其间关系请略作疏分。

年谱长编之名当仿自通鉴长编,但年谱与年谱长编、通鉴与通鉴长编,其间关系颇有异同。长编为通鉴之草稿,匆遽之间,力不能剪裁,心吝于删减,故以草稿存,不定之意。故先有长编,再有通鉴。而年谱长编乃因已有年谱,新材料陆续发见,在旧年谱基础上编年而入,比排而成,篇幅往往溢出原年谱数倍,不仅年谱,几成日谱,故称长编。(亦有前无年谱,一"出生"即是长编者,以其资料繁复,不似年谱,如《梁任公先生年谱长编》者,则与通鉴长编同。)

编年事辑则正相反。乃原无年谱,又觉收罗疏略,仅大事具,而小事缺,或竟大事亦缺,不足称年谱,故称编年事辑。以待异日再集,先成轮廓耳。故若以繁简论,由简至繁,其次序当为编年事辑、年谱、年谱长编。虽由资料该备讲是此顺序,然曰长编胜于年谱,年谱又胜于编年事辑,则未必然。

西洋传记有极佳者，我国廿四史虽皆纪传体，然自《史记》灵光一闪以后，尊亲贤三讳使作者畏首畏尾，便少佳作。且就《史记》言，亦各篇之间相互勾连，在某人一传之内，绝不能尽述其人，尽知其事。能与西洋传记相媲美者，大约为年谱。年谱之佳者，述一人之品德事功与学术，家世交游与行踪，又能在其间表时代之变动与世风之升降。其在史学，并非在文学。其体能提供画面叙述其人一生遭际，又不必费词分析议论其功过得失，较之西洋传记，无声胜于有声，精练敌过繁冗。

以此标准，则知不能徒以名称定优劣。蒋秉南《陈寅恪先生编年事辑》虽短，刻画生平不尽详，描摹风范却最著，踵其后者竟不能超越。究其因，著者充斥感情，又反映时代，浩然之气每入笔端，吁天之叹常在肺腑。虽在史学，又似文学。近年佳作，长编中如许全胜《沈曾植年谱长编》，体例最严，材料最多，一丝不苟，然作佳传读，恐一气不能读完。年谱中如张晖《龙榆生先生年谱》，正文勾画传主大概，若某日某人致函传主，则在注脚将此函录出，谱文清清浅浅画出肖像，小注繁繁密密提供资料，难怪少年便惊长者。二书虽体例不尽相同，然皆能令读者掩卷而思，其人如在目前。

概言之，事辑、年谱、长编三者虽有不同，大抵应抵传记读。若要抵传记读，取材与剪裁最难，文笔亦要求凝重简练，勿复而重，重而复，絮絮叨叨，旁生枝蔓。文笔之中，首要者是用文言或浅近文言，未闻用白话作年谱者。谱文太白，终落小样。此体有其长处，故盛而不衰；亦有其要求，故得体不易。若不得其体，则为破体。如穿错衣，戴错帽，周身不适，左右别扭。

近刊曹旅宁先生《黄永年先生编年事辑》（中华书局，2013年），不能得体，编纂亦乱，或材料不注出处（陆扬一段），或前言不搭后语（第16页，第13行），或名字倒错（第113页），或一个书名两套书名号（第52页末），或诗词格式不合（第19页），或不识集句诗以为自作（第35页）。体例不精，用语太白。同时新刊沈建中先生《施蛰存先生编年事录》，篇幅甚大，都一百二十五万言。究其源，"事录"不过"事辑"之变体，不能谓新创一体。虽然有人喜其资料丰富，但不事剪裁，读之茫然无从，只能看作年谱之草稿。二书皆不能称精心之作。不意提前刊出，鸳鸯未绣出，先请旁人看，乐亦在其中矣。

二

《黄永年先生编年事辑》一书颇好读，非因编纂甚佳，实因传主有趣。黄永年先生月旦人物，口无遮拦，于来新夏、胡厚宣、郭沫若、王永兴、谢国桢、范祥雍诸名人，皆有不足之语，讥岑仲勉为高级资料员。《事辑》作者亦有春秋笔法，如"一九八四年四月"条："史念海在西安主持召开了《中国通史》隋唐史卷的具体编纂研讨会。总主编白寿彝亲来主持，分卷主编史念海与陈光崇及部分编写人员参加了会议。先生因故未参加编写工作。"在页下作注云："周勋初说：'上海人民出版社陆续出版了全二十二册的《中国通史》。这部分大概是目前篇幅分量最大的中国历史著作。因编纂人员太多，又分散编写，体例较难统一，水平参差不齐。主编白寿彝也是顾颉刚的学生。因系回族，少数民族学者不多，身份较突出。与国内同行专家相比，他的研究成果不能算是最高的。'"（第145页）读后令人莞尔，黄永年先生"未参加编写"之原因不言而言之。

20世纪80年代中华书局请黄先生点校《类编长安志》，又请徐苹芳先生审读，徐致函中华书局，谓"《点校后记》上次已给作者提了意见，除漏用平冈武夫的资料这一点他接受外，其他各点，概不接受"。徐说"我没什么意见"，明显很有意见，讲了"此致敬礼"之后，又写道："说桑原骘藏和那波利贞时，给戴上了'他们的东洋史专家'的帽子，太刻薄了点。"又嘱"前言"说明来历即可，要短（第133—134页）。桑原被"最憎恨支那的支那研究者"之恶名，批又何妨。

1985年11月，黄永年致函中华书局云："年近来精力渐衰，疏略之处（包括几处点了破句之处）多承纠正，免得贻误读者，实功德无量。年所写前言，数年前贵局谓'长了决不能用'，但近拜读《大唐西域记》新校注本之季公序文，其长何止拙撰数倍。惟贵局现有成见，不用自可！年尝谓是否可改为附录，迄未蒙见答。拟另送呈后来写定之本，乞审阅。如附录亦不能用，赐还可也。至正式前言则请贵局代劳，不必由年过目，只要让读者得出不出点校者之手即可，以免掠美之嫌。"（第165—166页）

20世纪80年代出书不易，黄先生并非只会背后骂人，面对面亦行直道。文人骂人，一贯被看作名士习气，冠以文人无行，以鼻嗤之。到宋明，更猛批误将习气作性情，称"认贼作子"。总之，是性情还是习气，不易区分。刘九生先生说："臧否学人，口无遮拦，或引起非议，其实只要了解他这个人就可以原谅了。他没有吾人之世故，循古人'隔靴搔痒赞何益，入木三分骂亦精'之训,眼高手高,视学术为至高。"(第92页)用今天的话说是"批评不毒舌,奖借没分量"。黄先生性情与学术合一,形成有性情的学术。

黄永年为学生改文章,删掉开头两段,不忘说"当然,这只是我个人的看法,最后定稿,当然由您自己酌定"(第316页),又挺客气。但"世不世故",是人总是有一点。刘先生一句话,又不能把事情说死。黄永年感谢史念海,对史筱苏先生的态度就很微妙。又,当初龙榆生在狱,张寿平与黄为最喜欢的学生,一个去看,一个没去(龙家所告,故厦材待张特厚)。夏承焘出死力救龙,黄反谓夏人品不佳(第38页)。不得其详。

三

黄先生学有所成,以下就其师承及其学术源流略说几句。黄先生自谓无家学,先是在地摊买到吕思勉《经史解题》走上文史之路,然后在高中听了吕思勉四门课,提前"上了个大学"。吕思勉是典型的文本细读,讲究从单词只义悟入,就是随着兴趣一点一点进入,往往能在某个领域找到问题,而绝不会在这个领域死扎下去,而是有许多个兴趣点同时跳动。经年努力后,很多点能连成片,由此完成博和精的变奏。这些特点,在后来的黄永年身上表现得很突出,在柳存仁身上也是,在童书业身上同样;杨宽似乎稍窄而专。

1946年由童书业介绍登门拜访顾颉刚,11月在复旦只听了顾颉刚的"一回两次四节课"(第24页),要是按黄侃的标准肯定不算入门,按"野翰林"的思路,只好称作"野学生"。

但顾提携后辈,关系一直不错。黄填表,在社会关系一栏即填顾。黄永年身上透露出的特点是"横通",这种"横通"和顾颉刚最相接近。

受顾影响还是读他的书,读什么?当然是一套《古史辨》。而《古史辨》是什么?它是一套杂志,它不是顾个人的一套书,它是一批作者写出来的。顾颉刚自谓辛树帜最了解他(后来辛去世,顾谓"此实为我当头霹雳"),辛树帜就说:"《古史辨》和《禹贡半月刊》为近代两部大杂志。"(《顾颉刚日记》卷十一,第507页)所以,黄永年所受影响与其说直接来自顾,不如说来自这一批作者。这些人有一个共同点,发现问题,疑的态度,还有处理问题的手法。二人相较,顾比较散,黄比较精密,路子不一样。顾在古史,黄在中间。

在唐史领域引黄入门的是陈寅恪先生。我们一般认为黄专与陈立异,陈谓"不树新义,未负如来",黄便给书房起名树新义室。然事实并不如此。黄云:"原先我上高中时已看了《通鉴纪事本末》,是当章回小说看热闹的;(1946年)读了寅恪先生的《唐代政治史述论稿》,才知道如何读史书、如何做研究的门道。"(第22页)到1948年写了《读陈寅恪先生〈狐臭与胡臭〉兼论狐与胡之关系》,剪寄陈寅恪,陈先生嘱夫人代笔作复并赠《长恨歌笺证》抽印本(第27页)。于此足见源流。

学问源自某人,不一定终生佩服。黄陈二位情况如何呢?刘九生回忆:"寅恪先生文集没有行世之前,他发愿自己要编陈先生文集。"(第92页)到了1980年,学生郭绍林回忆:"他见到陈寅恪先生的《寒柳堂集》正在发行,就为我们代购人手一册,亲自送到我们宿舍来,说还有几种即将出版,注意购置，要认真学习寅恪先生治学方法。"（第103页）后来课堂上又说："陈先生不管正误如何，总能看出问题，但他的考证也有不少问题。"（第176页）终生服膺，又不盲从。此态度至正，人有短长，正不必是者金科玉律，非者不值一钱。

跟陈学到了什么？除了用常用书看出问题以外，还有一点在黄先生文字里时时闪现，即"分析入微"。我们看《唐史史料学》自序："这（指史料学）和史学史不一样，史学史只要是史学著作都得讲，不管这部著作有没有提供不见于其他文献的史料，史料学则不论是否史学著作，只要有史料价值就要讲到。例如北宋时范祖禹的《唐鉴》，只是一部对人君说教的史书，并无史料价值，史学史可以讲，但唐史史料学就不必提出。又如《文苑英华》，是诗文总集，而不是史学著作，史学史里不能讲，但唐史史料学却必须讲，因为它保存了大量的第一手唐史史料。"（第207页）与叩盘扪烛者迥异。

三位名师再加上岳父，黄先生可谓"得天独厚"，但其实从以上分析看得很清楚：以自学为主。现在有不少人借着名校名师招摇，不过靠着师门借光增重，去掉人家，自己什么都不是。对于这种人，钱锺书也有现成的话，叫作"门户虽高脚色低"（《槐聚诗存》）。可见自学才是基本。

四

关于黄永年和顾颉刚的关系，还需要补充一点。《事辑》"一九七三年"条："先生将童书业遗稿《春秋左传札记》修改完毕，寄北京顾颉刚处。"又"一九八〇年"条："十一月，童书业遗著《春秋左传札记》由上海人民出版社出版。先生代顾颉刚撰写了序言。""十二月五日，顾颉刚因脑溢血病逝，先生因为要为研究生上三门课，不便请假，只好略寄赙金，以志哀悼。"检《顾颉刚日记》卷十一，"一九七七年七月廿九号"条云："童书业遗著《春秋左传史札记》一稿，三年前由其三女教英寄来，嘱为校订。此事固予所愿为，因其稿纸过狭，不便加墨，因倩李希沁夫人以大张纸重抄一过。不幸前年受'四人帮'之干扰，各学术机关接踵来询'儒法斗争'史，及《管子》等书意义，应接不暇，无暇为此工作，去年又终岁在病中，身在医院，更不能为，然此事未敢一日忘也。前旬接教英来书，即答以俟秋凉动笔。乃彼不待我之复书，又去函历史所，嘱组织上索取此稿，恍若吾将吞没之者，使予大怒，心疾又作。因嘱湲儿作复，且将原稿寄还。此真吴谚所云'狗咬吕洞宾，不识好人心'也。"这是《事辑》所不应漏略的。

黄永年这种学术风格，是很有精神的，所以即使不在很中心的城市，也很能影响学生。很有名的学生辛德勇，其实硕士也不是黄的，博士也不是黄的，但最终却是黄的。话说回来，北大、清华入学门槛高，英才多；其他地方，老师不一定差，学生一般来讲是差一点。但现在我们往往发现，他们进去时候厉害，出来时候不行。真的要问个为什么。黄永年先生曾有感于分配不公，曾说过"北大一条狗出来也比我们强"的话。仿《现代学林点将录》所附赞诗之例，戏作一首云：徘徊应是念前贤，只怪先生地太偏。若在金台居上序，或教文史换新篇。

（原载于《上海书评》2014 年 5 月 11 日）

一声何满子

何满子先生去世已经月余，我因为入社晚，与先生不相识，虽有同仁之名，实无同事之谊。他近年卧病瑞金医院，虽仅一街之隔，但因无特别缘由，又思先生老来颓唐，支离卧病，未必愿意见生人，故失晋谒之机。5月17日先生的追悼会我也没有参加，按小丁的话说：骨灰撒马桶，一冲，三鞠躬，了事。没什么本质区别。但我很想读读那些挽联，那种十几个字写出来的东西，较我于此写个千把字，要高级得多。

幸本社离退休支部所办、聂世美前辈所主《夕阳满天红》小报，撮录数副。赵昌平总编撰有二副，其一云："严光墓道，得先生为伴，亮节高风称往昔；且介门墙，有后劲增辉，投枪匕首到于今。"其二云："桐庐一片月，吾越自来多达士，今去矣，观沧海；椿寿千钟酒，夜台孰个劝长庚？何为尔？思悲翁。"史良昭先生撰联云："风器翩然，忆斗酒百篇，尽沥孤襟期醒世；老成谢矣，馀一声双泪，欲咨前事恐无人。""鬼才"魏明伦先生撰联云："胸中存鲁迅，评文学前途，果真似锦否？泉下会胡风，叹人生往事，并不如烟哉。"上题"悼大杂文家"，下署"小杂文家"。著名书画家谢春彦先生撰联云：

"天下滔滔,一声何满子;滔滔天下,双泪落襟前。"前三副哀情难禁,后两副却读来令人神旺。

昌平先生言"且介门墙",谓满子先生私传迅翁之衣钵,承遗风而成嫡派。之所以说"私传",是因为我们号召"学习鲁迅精神",从未号召学写鲁迅杂文,其一生困顿,屡成"分子",全出"且介门墙"四字。

我于先生所知不多,只读过他一篇文章,翻过一本小书,见过一个招牌(书法),看过一个标题,听过几则逸闻而已。

以前教书,早读课就那几篇课文,没意思,就另印几篇给大家读。其中有一篇《勿打鲁迅牌》,是先生所作。学生读得神情慷慨,比谁声音大,最后声嘶力竭。后来还翻过他的一本书,叫作《忌讳及其他谈片》,那时和他已是名义上的同事。他写文章,如一个人推门进来,腾腾说完,转身就走。相较于黄裳,读黄,似藕香零拾;读何,如榴花照眼。以前去昆剧团食堂吃饭,绍兴路48号有块招牌上书"上海朱大林口腔诊所",下署"何满子题",字体硬气,一如其为人。每天路过都要去看。还读过他的一个标题,叫《一对狗男女:张爱玲与胡兰成》,文章没有读,看题目就够了。坐地铁,两排座位,前面各站一排,面朝窗户,人多了,中间还可以站一排。但如果一个人不面朝窗户,他横着站,就是面朝车头或车尾,那别人就怎么站都不舒服,这就叫"横站"。近代的创始人是鲁迅,满子先生又私传衣钵;人家堂堂皇皇一个"张爱玲国际讨论会",一个题目就冲了。

听人说满子先生诗思敏捷,有人请题诗,他一手持香烟,一手拿笔,香烟吃完,蘸墨就写,刷刷刷,五言八句。又听人说，他与钱伯城先生一个办公室，钱先生有一段喜欢听邓丽君，说不错，何先生说"靡靡之音"。相对于汪晖的所谓"新左派"，老头儿真是"旧左派"。"旧左派"又被打成了"右派"，乱贴标签，造化弄人，谁搞得清？所幸先生一生固执，认准一个样儿走，不然一会儿这样，一会儿那样，早没了形，就是享伏生之年，也立不起来。

清儒说："君子固穷。不能固穷，多因妻子念重。"（《夏峰先生集补遗》卷上）说得一点不错，后面半句就是说我。满子先生则是君子，妻子孩子跟着他，没个好，不必详述。我今年而立之年过五，早就下过决心，不跟他这种人学，钻进我的故纸堆，不问国是。妞妞两岁，转眼尚不能成人，天生善啖，看着她的吃样，我想我要做个"好爸爸"。鲁迅写过《我们怎样做父亲》，说说而已，不能学。

所幸满子先生的女儿何列丽女士，并无父风，嘻嘻哈哈，笑声爽朗，走路有力（《曾国藩家书》教育他儿子"走路要重"），早已退休，却是个"老天真"。她们都叫她"黎黎"（音），她一进门，戴个大套袖，学动画片里的人物打招呼。"黎黎"端庄富态，可能像母亲，听说何太太是个美女，此可谓满子先生一生之所得。何太太吴仲华女士挽联云："相偕一世共甘苦，情犹未了；忽自独行留孤燕，哀最难平。"

至于今，怀念满子先生的文章，只见到两篇，他与金性尧先生一"左"一"右"，但身后寂寞却是"异曲而同工"。但看到这些挽联，倒也真够了。我们要怎么做自己，倒也真是个问题。

蔡爱娟女士告诉我，满子先生的讣文是渠所拟，中有"不幸逝世，享年91岁"云云，钱伯城先生打电话来，说："满子兄今日去世，又享大年，'不幸'二字似可删去矣。"于是删去。满子先生不幸而生当日之中国，幸而逝于今日之中国，似乎可为《困亨录》又增一例。但终究觉得凄惨。窗外江南春尽，水流花落，"幸"与"不幸"，都随之去罢。

不知满子先生有无日记或者数量较多、规模较大的私人信札。既是瓣香鲁迅，相信这些东西里会像迅翁一样，透露出"灵台无计逃神矢"即"心在矢前，无计逃避"的心灵困境和苦痛挣扎，刊印出来，当有可观。

（原载于《中华读书报》2009年7月23日）

藕香零拾读黄裳

一

我三十二岁的时候才读到黄裳，实在算是很晚了。以前也不知什么原因就错过了，看到有人说到他的题跋，也没动过心。丙戌年末，在书店里偶尔翻到安徽教育出版社不久前出的黄裳的一套书，起先是因为那装帧实在漂亮，白色的书底上闲闲地嵌了半幅水墨画，很有感觉。记不得最先拿起的是哪一本书了，或许是《银鱼集》或《榆下说书》，本来只打算翻翻，一下看到谈陈寅恪先生《陈垣明季滇黔佛教考序》那一篇，便放不下手了。

黄裳先生写得真好，闲闲落墨，别无渲染。此文写于1979年，他录了这篇序，并对于抄书显得很不好意思，但实际上读者更喜欢读读平常所不易读到的材料，对于此序我们一般的读者对"三岁中，天下之变无穷，先生讲学著书于东北风尘之际，寅恪入城乞食于西南天地之间，南北相望，幸俱未树新意，以负如来"的话半懂不懂，黄先生也不解释，只是说："此序写于1940年7月，今天读来则不但陈援庵1957年不抽去此序为不可及；1940年初刊时竟登此序也是需要很大勇气的。"用很长的句子表达了很委婉曲折的意思，但却雅而清晰，态度其实坚决。

二

以前爱看《读书》，是为了那上面的文章不是新书试读，就是旧书重读，里里外外围绕的是书，像是一幅读书的地图；后来不再这样了，慢慢地也就不看了。黄裳的集子我看倒是有这个特点，里里外外说的全是书。

黄先生生于1919年，三十岁前后，正是甲乙之际，许多旧家藏书大量散出，他开始了收书的历程。早年《读书》上的还只是读书，这位是买书，要刺激多了。可黄先生先从失书说起："从小就喜欢书，也从很小就开始买书。对于书的兴趣多少年来一直不曾衰退过。可是六年前一天，身边的书一下子失了踪，终于弄到荡然无存的地步了。当时的心情今天回想起来也是很有趣的。好像一个极大极沉重的包袱，突然从身上卸了下来，空虚时感到有些空虚的，不过像从前某藏书家卖掉宋板书后那种有如李后主'挥泪对宫娥'的感情倒也并未发生过。我想自己远不如古人的淳朴，那自然不必说；就连自己是否真的喜欢书，似乎也大可怀疑了。"最后那几句还有失书后"当时的心情回想起来也是很有趣的"这些句子，调调颇为通达，是我不宜多说却暗地里喜欢的原因。他写施蛰存先生的一篇里说到施先生的通脱，举了个例子我不易忘记，说他去北山书斋里访问，兴起索书，那书施先生手头只有一本了，而且是准备送给别人的已经题了签的,但施先生顺手取过,用一个白条把字贴住,再写了黄裳的大名,就这样送给他了。施先生的"通脱"是魏晋名士风度,黄裳失书后的"通脱"更近世道人情。这通脱便多了一分可爱一分心理的活动,也贴近我们但我们又做不到。

失去的书后来又回来了,他又写道:"最近,这些失了踪的书开始一本本又陆续回到我的手中,同时还发给我一本厚厚的材料,是当年抄去的书的部分草目。要我写出几份清单来,然后才能一本本的找出、发还。可这是个很艰巨的任务。面对厚厚的一本残乱、错讹的草目,灯下独坐,慢慢翻阅,真是感慨万千。每一本书的名目,都会引起我的一些回忆,述说一个故事。他们是在什么时候,什么地方,经历了怎样的周折才到了我的手中。自己曾经从中得到过怎样的知识,据以写过什么文字,获得过怎样的悦乐……这样的故事,如果一一回忆,写下,那将是一本厚厚的有趣的书。"反正总是"有趣",这又何尝不是"通脱"。看到这里总是会随他微笑的。

隔了好多篇文章或者甚至隔了一个集子,他在另一处写收书的苦经历。"一九四八年顷,我偶尔在上海一家旧书店里看到一本郑西谛手写的《纫秋山馆行箧书目》……书店的人告诉我郑先生托他们卖掉这批书,价钱并不太贵,已经有一位四川经商的客人想要了。……这批书中有一大批明刻本,虽然并非孤本秘籍,但治学的人被迫卖掉藏书,总是使人难过的事。不久前为了给吴梅村的《鸳湖曲》写笺证,我向他借得张天如的《七录斋集》、陈子龙的《几社壬申合稿》,刚刚用毕还掉,不料也见于这本目录中间。这就使我很不舒服,总想设法为他保存下这批书才好。取得西谛的同意后就东奔西走，凑借书款。最后凑齐的那天下午，因为其中有一部分是银元，还跑到河南路的马路市场上去向摊贩换成纸币。等我提了一袋金圆券赶到书店，已经上灯了。店主人笑嘻嘻地对我说，币值猛跌，原来议定的价钱不算数了。这真使我一下子陷入了进退维谷的尴尬境地，如果提了钞票去换回银元，那就连一半也捞不回来，同时也实在失去了奔波的兴趣，在不得已中下了决心，用这笔已经不算钱的钞票选购了十来种旧书，嘉业堂寄存在店里的旧书。这笔书债直到十年以后才最后还清。"这一段文字把聚书之难、散书之易、收书之苦都写出来了。也还看见了过去上海之一角。

这类关于旧书的文章很多，看来，都如在灯影下听故事。如《书的故事》《古书的作伪》《西泠访书记》《谈"善本"》《谈"题跋"》《谈"集部"》《谈禁书》等都是。又如《姑苏访书集》《西南访书记》《西南访书续记》，光看名目就又操劳又有趣，那时他是一定有"奔波的兴趣"的。

三

除了旧书，黄裳对晚明人物最感兴趣，张宗子被他称为绝代的散文家，余澹心、吴梅村都是他最爱写的人物，《〈鸳湖曲〉笺证》考吴昌时事迹特详。他自己说："读读晚明野史，也正是一件十分有趣的事，看看那种腐败的政治，文人的丑态，社会的大变动，一件件都新鲜得很。"和前一部分文章比起来，这部分文章主要是识见。让你看见看旧书的都是些认真的人。

《〈鸳湖曲〉笺证》里说:"陈田在《明诗纪事》注说'鸳湖主人,嘉兴吴昌时也。昌时名在复社,颇为东林效奔走,官吏部郎。通厂卫,赃私狼藉,电发不斥其名,梅村《鸳湖曲》亦多哀愍之词,盖诗人忠厚之遗也。'"但马上开始发议论:"我很怀疑这所谓'诗人的忠厚',中国的文人有时候是颇不忠厚的,尤其是在发生了'门户之见'的时候,要'忠厚',也还是为了门户之见。"接下来这位漫谈旧书的作者为我们深入分析了"东林党魁"张溥、"东山再召"的周延儒以及那位吴昌时之间的关系,让我们看到处于晚明变局中的知识分子们不为人知的一面。黄裳笔下的吴昌时是个能人,他是张溥布在京城的一着棋,黄裳为其做官的"伎俩"总结了三点,一是通内,一是通珰,一是通厂卫。于是说:"东林党人一向是以正人君子的面目出现的,后来怎么会和特务勾结起来了呢?自然这是政治上的'权宜措施',为了政争,手段是可以不顾的。"这文章有种种内幕,自然吸引我们,但也有很多不大懂的地方,如上面那段引文里的"电发不斥其名"就没意识到"电发"是人名,当然也不大会去查《明诗纪事》,但由于喜欢他的行文,就一直喜欢下去了。他的行文,例如下面这句:"周延儒更把一切买官卖官的生意托他(董心葵)经理,赃银也寄放在他那里,成为道地的'官僚资本'。"再看这句:"董心葵这时已经成为道地的半官半商的'社会贤达'了。"用今词写旧事,是其通脱的延续。"我不反对做学问,但于此,不能无个人的爱憎"是明白的夫子自道。这和"读书体"是大不一样的。

说《读书》像是一幅地图是说在读它的时候就可以告诉自己下一步读什么书，它起到一个指导阅读的作用，黄裳的杂文散文量很大，读得多了也能起到这个作用。举例来说，以往我对陈垣先生的著作是敬而远之的，但现在就对《明季滇黔佛教考》《史讳举例》和《旧五代史辑本发覆》很感兴趣。黄裳在《避讳的故事》里说："雍正十一年四月上谕：'朕览本朝人刊写书籍，凡遇胡虏夷狄等字，每作空白，或改易形声，如以夷为彝，以虏为卤，殊不可解。揣起意盖为本朝忌讳，避之以明其敬慎。不知此固背理犯义，不敬之甚也。'宣称以后如不加改正，就要'照大不敬律治罪'。乾隆四十二年也有过同样意思的谕旨，这本来是清醒的实事求是的态度，但聪明的馆臣是不敢相信的，还是照样做手脚。"说黄先生是继承了鲁迅"批判国民性"的态度与工作是一点也没有夸大的。又如他在《陈寅恪》一文中说抗日战争中陈援庵作《明季滇黔佛教考》是"含有深痛的民族意识与家国之感"，也是非常有见地的。

四

《柳如是别传》三大册是我大约在八年前抱回家读的，但由于考据过细、线索太多终于也没有读完就又抱走了，后来当听到旁人说寅恪先生文笔不好时，每连连点头响应。看到黄先生录出《佛教考》的那篇序和冯著《中国哲学史》的"审查报告"两段文字，并评曰"文情俱佳"，现在的自己是非常认同的，转而深悔个人的没有见识与人云亦云。黄先生又指出这部五十万字的《别传》是在先生脚膑目盲之后写成的，我才幡然醒悟，自己也算是做过一点与考证有关的文章，真是想象不出这种文章在目盲之后由别人襄助怎么来作！不能透过这一层去看，而责其文理不畅实在是太草率了，不是读书人所为。据说朱东润先生对陈先生晚年举十年之功而为一个妓女立传很不理解，言语间有不重之意，在座的陈氏弟子、朱先生的复旦同事蒋天枢先生拍案而起，挥袖而去，世人多赞蒋氏能守尊师之义，其实是朱氏不能识著书之由。而这位记者出身的黄裳，在1978年与1979年之间写下的《关于柳如是》《陈寅恪》《寒柳堂的消息》诸文中，盛赞《柳如是别传》为"空谷足音"，而"跫然以喜"，"有卓越的史识"，称其书末之诗"笔端沉痛，声韵凄楚，写尽了时代声音和家国之感"。

我读黄先生也晚，已错过了我自己那个"寻求意义的年代"，而黄先生也已八十八岁高龄矣。我以为在他的书里虽满眼说的是旧书，但回荡多姿却无空疏之病，网罗遗事不离世代风云，是值得三十岁以前的人暂时放下《读书》或者《万象》来读的。毕竟先生还在，感觉不同。

丙戌年末沪上

（原载于《文汇读书周报》2007年7月10日）

读杨绛

杨绛先生一直怕鬼,"三反""五反"前后忽然不怕了。为什么不怕了?晚年又怕了。这是怎么回事?这篇文章就写这件事。

约 2014、2015 年间,我借单位资料室的《顾颉刚日记》翻看,意外被他太太吸引。顾太太张静秋像一列火车一样在后面推着顾先生不断向前,开会、表态、发言,停不下来。顾先生有时停下来赖着不走,顾太太发动全家批斗他,《日记》中甚至有顾太太"批其面"的记载,还不止一次。顾太太永远生活在紧张中,至忘了自己的生日,顾先生还混沌搞不清状况。由此我分析说,在政治方面潜在危险到来时,女人倒比男人敏感。

写完顾太太,一时停不下来,惯性地去看其他人的太太,看她们是不是也能以"变态"的形式救她们的先生。甚至选定了下一个目标,而且顾颉刚日记中也提供了一些线索(顾日记多记友朋结婚、离婚事)。有个朋友冲口说:好啊!你会成为研究这些太太的专家!

"谁要做这个!"我于是止住一切好奇心,不再关心人家的太太。

后来才发觉,对着顾太太说的那些话,不是很耳熟吗?"女人原是天生的政治动物,虚虚实实,以退为进,这些政治手腕,女人生下来全有。女人学政治,那真是以后天发展先天,锦上添花了。"对,钱先生的《围城》!

那!钱先生的太太呢?好奇心像离离原上草又生长起来。

说实话,我对钱太太杨绛先生有点偏见。她在《记钱锺书与〈围城〉》中只说钱先生"痴",好像要包括了一切。笨笨的应该有,体育不太好也是事实,但钱先生洞达人情,EQ很高,觉得杨先生未免藏了实话。宋淇在写给张爱玲的信中,提到钱先生1979年访美情况,说:"钱抢尽镜头……出口成章,咬音正确,把洋人都吓坏了。大家无不对他佩服得五体投地……所以志清、水晶都各写长文大捧。我起先有点担心,怕为钱惹祸,但钱如此出风头,即使有人怀恨,也不敢对他如何,何况钱表面上词锋犀利,内心颇工算计,颇知自保之道。"(《宋家客厅:从钱锺书到张爱玲》,花城出版社,2015年,第121页)对嘛,这才是我们读者透过《围城》认识的那个钱锺书。"他对人类行为抱有一种心理研究的态度","他知道得很清楚,愚昧和自私在任何情况下都会存在","未为意识形态的顾虑所害,仍是目前最博学而敏感的批评家"(夏志清:《中国现代小说史》,香港中文大学出版社,2015年,第333、338、330页)。能看透世界,才能做小说家,张爱玲如此,钱锺书也是如此。能写出看透人心、揭开假面的那些句子的人,怎么可能痴痴傻傻?他们虽不生活在最底层,却一定和那些最底层的情感见面认识过。钱先生一定习惯于研究人的心理,有时仔细得令人害怕,如《纪念》里,曼倩偷情后,为"没有换过里面的衬衣就出去"了,"反比方才的事(指与天健偷情)更使她惭愤"。冷血吗?小说家就应该这样,捕捉到这些真实的存在。一个大小说家当以人类的全部心理活动为研究对象。勿止于浅,要进于深。

偏见既然产生,便自然产生了它的效果,就是不肯读杨先生的作品了,认为不真。

直到杨先生以期颐又五之年鹤归,大家写纪念文章,我才觉得这个女人好坚强啊!也慢慢读点家里已有的杨先生的作品,后来也补购了一两册,总之还是不多。但在这不多的阅读里,已使我足够震惊了。

惊着我的是啥?是杨先生写的"怕鬼"和"不怕鬼"。

"怕鬼"还挺多的。从小就怕,《走到人生边上》回忆:"我早年怕鬼,全家数我最怕鬼,却又爱面子不肯流露。爸爸看透我,笑称我'活鬼'——即胆小鬼。"(《走到人生边上》,商务印书馆,2013年,第21页)《我们仨》里也说:"我是最怕鬼的,锺书从小不懂得怕鬼。"(《我们仨》,生活·读书·新知三联书店,2014年,第117页)收在《杂忆与杂写》中的《遇"仙"记》其实是"遇鬼记",是已上了大学的事。有此亲身经历,恐是更怕了。新中国成立后杨先生回到清华,"杨必特地通知保康姐,请她把清华几处众人说鬼的地方瞒着我,免我害怕。我既已迁居城里,杨必就一一告诉我了。我知道了非常惊奇。因为凡是我感到害怕的地方,就是传说有鬼的地方"(《走到人生边上》,第22页)。来回映衬,信而弥坚。

"不怕鬼"来得突然。《干校六记》中第四篇"'小趋'记情"中说:"小趋陪我巡夜(按"小趋"小狗名),每使我记起'三反'时每晚接我回家的小猫'花花儿'。我本来是个胆小鬼;不问有鬼没鬼,反正就是怕鬼。晚上别说黑地里,便是灯光雪亮的地方,忽然间也会胆怯,不敢从东屋走到西屋。可是'三反'中整个人彻底变了,忽然不再怕什么鬼。系里每晚开会到十一二点,我独自一人从清华的东北角走回西南角的宿舍。路上有几处我向来特别害怕,白天一人走过,或黄昏时分有人做伴,心上都寒凛凛的。'三反'时我一点不怕了。那时候默存借调在城里工作,阿圆在城里上学,住宿在校,家里的女佣早已入睡,只花花儿每晚在半路的树丛里等着我回去。"(《干校六记》,生活·读书·新知三联书店,2010年,第46页)

《我们仨》比《干校六记》出版得晚,说得更详细些,里面说:"'三反'是旧知识分子第一次受到的改造运动,对我们是'触及灵魂的'。我们闭塞顽固,以为'江山好改,本色难移',人不能改造。可是我们惊愕地发现,'发动起来的群众',就像通了电的机器人,都随着按钮统一行动,都不是个人了。人都变了。就连'旧社会过来的知识分子'也有不同程度的变:有的是变不透,有的要变又变不过来,也许还有一部分是偷偷儿不变。我有一个明显的变,我从此不怕鬼了。不过我的变,一点不合规格。"(《我们仨》,第128页)

世间鬼来了,阴间鬼避让!

《围城》末尾,方遯翁送来的那座老掉牙的挂钟全无心肝地敲响,面对诸种人生困局的鸿渐以及同样面对诸种人生困局的读者,都觉得这原本空洞无意味的钟声竟然深于人间的一切啼笑。这个末尾曾打动了无数读者。对于《围城》来说,这混沌的钟声，所包含的还只是婚姻、家庭、事业里的一切鸡毛蒜皮，虽均有可能引发人生困局，然终是小事。钱太太在1951年前后，由怕鬼到不怕鬼的转变，才是面对人间恶鬼展开的力量悬殊而生死攸关的恶斗。此处不宜再用是不是深于人间啼笑来做比，因为所描写的分明已不再是人间。

阴间鬼不仅威力不及，即其是否实有也成问题。杨先生身边的杨必、保康姐倒不怕鬼，在我看来，她们根本斗不过世间鬼，惨败！怕鬼的杨绛不是从此不怕阴间鬼，改怕世间鬼，而是要动用一切的谨慎和小心，抖擞起一切精神，她要和世间鬼斗，她知道只有这样，才能救自己，救锺书，救圆圆。这是这女子了不起的地方，真伟大。

杨先生曾经说钱先生随便上什么馆子，他总能点到好菜。这真的是一种本事，你想想看。"选择是一项特殊的本领，一眼看到全部，又从中选出最好的。"（《我们仨》，第139页）杨先生耳濡目染，一定也很会选；前面说过，在政治形势下，说不定比钱先生更懂得怎样选。譬如对鬼，她是真怕，又不是假怕。但她又可以马上不怕了，她可以选择。当然需要勇气。

《丙午丁未年纪事》里，淡定从容，我相信，这一定有个过程。从1951年的"三反"算起，已经十五年了；就是算到1957年，也有六年了。从笔墨中，是能找到点线索，在逐渐地转变、应对，但画不出完整的"线路图"。

杨先生自己说："我平常看书，看到可笑处并不笑，看到可悲处也不哭。锺书看到书上可笑处，就痴笑个不了，可是我没见到他看书流泪。圆圆看书痛哭，该是像爸爸，不过她还是个软心肠的小孩子呢。"（《我们仨》，第108页）"圆圆看书痛哭，该是像爸爸",可是钱先生是不哭的呀!我们这些"成人",又哭又笑,恐怕只能像圆圆。放进历史的风尘中,只是"年纪"这一点可称成熟。请把你自己放进去,你怕哪个鬼,你斗得过哪个鬼,还是不幸自己会变成鬼?

佳作早成,读者晚到。多少有点扫兴,但我有时庆幸自己是一个晚到的读者。如果来得太早,可能会倏然掠过,不能如现在,这静夜里,一年最冷的几天,读得这样感动,这样惊心。

杨先生晚年,"走到人生边儿上",又开始信鬼、怕鬼,她说:"有人不信鬼(我爸爸就不信鬼),有人不怕鬼(锺书和钱瑗从来不怕鬼)。但是谁也不能证实人世间没有鬼。我本人只是怕鬼,并不敢断言自己害怕的是否实在,也许我只是迷信。"(《走到人生边上》,第8、9、22页)但愿一切回到自然,怕鬼的能怕鬼。

补记

有一个问题总挥之不去,您不觉得杨先生当初抖擞精神,要与世间鬼斗时,表现得很自信吗?我们还得再回去想想。当钱、杨一家下馆子的时候,钱先生总能点到好菜,钱先生点了菜,菜还没上来的时候,他们做什么?他们观察周围,猜度另一桌儿所坐两位如何,第三桌儿一家几口如何。这其实是一种心理分析,钱、杨二先生以此为乐。《我们仨》中所记较详。关于心理学,钱先生的大学同学饶余威写过一篇《清华的回忆》,说钱锺书"中英文造诣很深,又精于哲学和心理学"(《将饮茶》,生活·读书·新知三联书店,2013年,第124—125页引)。更别忘了,钱先生1946年出版的短篇小说集就叫《人·兽·鬼》。当"默存借调在城里工作,阿圆在城里上学,住宿在校"时,杨先生十一二点开完会,往回走,"家里的女佣早已入睡,只花花儿每晚在半路的树丛里等着我回去"。那位女佣是郭妈,《走到人生边上》里有篇《镜中人》,是她的"传"。里面说:"我曾用过一个最丑的老妈,姓郭。钱锺书曾说,对丑人多看一眼是对那丑人的残酷。我却认为对郭妈多看一眼是对自己的残酷。"文中记述了东家和女佣之间"和平的战斗"。故当世间鬼到来时,杨先生多少做过一点"练习题"。她知道,无论时代如何,人类的愚昧和自私始终如一。面对被人摁了按钮的"机器人"变了鬼,其心思无外乎那些。早分析过了,也实战过了。夏志清说钱锺书"对人类有一种理智的鄙视"(《中国现代小说史》,第313页),眼光够狠,这种鄙视无疑杨先生也有。惟其如此,面对人鬼转变的恐怖,才保持了冷静,没乱分寸。她当然不想斗,被逼到这一步,只好打起精神来。年轻的父母,生活在好的时代,还在逼着小孩子上奥数,背古诗文吗?不如接触点有趣的心理分析,养成一种思维习惯,也许有一天能帮助他们度过劫波,谁说得准呢!

(原载于《澎湃新闻·上海书评》2018年3月14日,刊出时题为《杨绛的"怕鬼"和"不怕鬼"》)

也谈小李杜之不相得
——为董乃斌先生文献一证

《上海大学学报》（哲社版）2005年第一期发表董乃斌先生大文《李商隐与杜牧之比较——从李商隐赠杜牧的两首诗说起》。董先生在自述此文的写作动机时说："李商隐有两首诗赠给杜牧，但杜牧没有回应，这里固然有种种偶然性，但在万千偶然因素外，也应考虑杜牧有意不予回应的可能。"文首又说："杜牧对李商隐是否存在友谊，还是个问题。杜牧集中何以没有与李商隐相关的作品？对于李商隐的热情赠诗，何以没有回应？这里有多种可能和偶然性。一种最不可能的可能是杜牧当初实际上并未看到李诗；另一种可能是其时曾有过回应，但后来杜牧之作佚失了；但还有一种可能则是，当初就只有李赠而并无杜答。杜之不答，原因可以各色各样，并不一定表示他无视李商隐的友情。不过，在千百种可能性之外，也不能不想到：是否存在一种可能，即杜牧的未作回应并非偶然，而与他对李商隐的看法有关，至少他并不像李商隐那样看重这份友谊？"董先生提出一系列的假设与疑问，引人深思，笔者就读书所见，略陈鄙见。

一、两首赠诗

杜牧的侄子裴延翰在《樊川文集序》中说：杜牧于大中六年得病时"尽搜文章阅百纸掷焚之，才属留者十二三"。可见杜牧对本集里的作品甚为留意，删削不吝。删掉的东西有些在编集之前已经传了出去，故后人拾掇其作，编为《外集》《别集》，但检别不严、为后人诟病。但是连《别集》里都找不到杜牧对李商隐回赠唱和的痕迹。所以如果杜牧真的有所回应，与其说是"佚失"了，倒不如说临终前烧掉了。那它们也大抵属于不可珍之列。

笔者其实更同意董先生另一种猜测，就是"只有李赠而无杜答"。原因就出在那两首诗身上。《赠司勋杜十三员外》："杜牧司勋字牧之，清秋一首《杜秋诗》。前身应是梁江总，名总还曾字总持。心铁已从干镆利，鬓丝休叹雪霜垂。汉江远吊西江水，羊祜韦丹尽有碑。（原注：时杜奉诏撰韦碑。）"何义门《义门读书记·李义山诗集》说："牧之以气节自负，故有第五。落句以朝廷著述，推渠手笔，比之于己，未为不遇也。"他说得非常好，"以气节自负"正是杜牧的性格；"比之于己，未为不遇也"正是李商隐的心情。杜牧当时奉诏撰写《韦丹遗爱碑》，商隐致艳羡之意。这种致意，有人读作热情，而赠诗之中充满自伤之情，杜牧怎会无感呢？

把人比作江总在可与不可之间，被喻者的回应也是责与不责两可。杜牧年长李商隐九岁，且又是初次交往，这样做略失于谨重。（陈寅恪《元白诗笺证稿》第四章与《唐代政治史述论稿》[中篇]皆引孙棨《北里志》为证，坚持"唐代新兴之进士词科阶级异于山东之礼法旧门者，尤在其放浪不羁之风气，故唐之进士一科与娼妓文学有密切关系"。李戡、杜牧与元、白之公案亦是缘起于此。白晚年极其器重商隐，曾言来生"投身作义山子"，商隐也老实不客气地给儿子取小名为白老，白老钝，遭温庭筠之取笑。联系此种种，杜牧对商隐此比有所不受。杜牧又确有绮冶诗歌，故颇怕人错攀知己。）江总身跨梁、陈、隋三代。陈后主时，官至尚书令，终日与陈喧、孔范等陪侍陈后主，游宴后宫，吟作艳诗，荒唐无度，"由是国政日颓，纲纪不立"。隋灭陈，江总又入隋为上开府。王涣《惆怅诗》之九说："狎客沦亡丽华死，他年江令独来时。"用"陈代亡灭"与"江令独来"作对比，夹枪带棒深致嘲讽。

江总是亡国宰相，后宫"狎客"，宫体艳诗的代表。杜牧身上有狂狷任侠之气，是王维《少年行》中"相逢义气为君饮"一类人物，把他比作"狎客"，确有不类，亦触其讳，难获杜牧之许。

另一首《杜司勋》，末句云："刻意伤春复伤别，人间惟有杜司勋。"李商隐颇有谬托知己之嫌。在商隐这一方面，伤春伤别，竭力为之。而杜牧那方面，曾明确表示喜欢探讨"治乱兴亡之迹，财赋甲兵之事，地形之险易远近，古人之长短得失"（《上李中丞书》,《樊川文集》，上海古籍出版社，1978年，第185页），他又说，"某苦心为诗，本求高绝，不务奇丽，不涉习俗，不今不古，处于中间"（《献诗启》,《樊川文集》，第212页），写有一系列政论文，并注有《孙子》十三篇。本出将相之门，自视甚高。《阿房宫赋》洋洋洒洒，风骨凛然。比德龙麟，而怀才不遇，故偶借惜春之际伤别之时以发。他的伤春伤别之作，多数寄郁忿于自嘲，醇酒妇人，自我消解，自我放逐。何来"刻意"之言！

二、杜牧与刘蕡

据上文所述，略加总结，似乎可以得出这样的结论：小李杜的不相谐，主要是李商隐不能识杜牧，再加以他的两首赠诗不甚成功造成的。

果真是这样吗？上面所析恐怕还是流于表面。

闻一多先生曾经说过，我们应该敲三通锣打三通鼓来祝贺李白和杜甫两个人的会面。在晚唐，当得起这个排场的，自然是小李杜。但是锣声未响，场面旋消，那是因为有一个人横站在李杜之间，成为两人情感上难以逾越的障碍。李商隐有过逾越的努力，但归于失败。那个人就是刘蕡。杜牧、刘蕡、李商隐，三人交谊，颇耐寻味，似尚未见论者比排三人而论列，今简论之。

刘蕡，字去华，昌平人。敬宗宝历二年（826）进士擢第。文宗大和二年（828）应制贤良方正能言极谏科。著名的"刘蕡落第"事件就发生在应制举时。藩镇割据与宦官专权是晚唐问题之两端，刘蕡撇开藩镇，专言宦官。在对策中猛烈抨击宦官专权，并请求皇帝消灭他们，其对策云："臣以为陛下宜先忧者：宫闱将变，社稷将危，天下将倾，海内将乱。"又云："国之权柄，专在左右（指宦官），贪臣聚敛以固宠，奸吏因缘而弄法。冤痛之声，上达于九天，下流于九泉。"（《旧唐书》，中华书局，1975年，第5071页）最后他说："今臣非不知言发而祸至，计行而身戮，盖所痛社稷之危，哀人生之困，岂忍姑息时忌，窃陛下一命之宠哉？"（《旧唐书》，第5072页）不肯"窃一命之宠"，敢以"国亡"告皇帝，言人所不敢言。考场上的言说，关系到自己的前程，刘蕡却撕裂了身躯、袒出赤心来给帝王看。壮士赴死，悲歌淋漓。《旧唐书·文苑传》载："时对策者百余人，所对止循常务，唯蕡切论黄门太横，将危宗社。"（《旧唐书》，第5065页）

"士志于道"乃是士人之侠。但却被视作"风人之病"。宦官对他横加迫害。同时，刘蕡的策论也激起了举子们的正义之心，"登科人李郃谓人曰：'刘蕡不第，我辈登科，实厚颜矣！'请以所授官让蕡。事虽不行，人士多之。"（《旧唐书》，第5077页）登第者欲让位于落第者，整个科举史上亦属罕见。

唐朝进士科取的人数很少，每年三十个左右；制科更少些，以刘蕡这一年为例，仅取二十二人。那么这二十二人为谁？《旧唐书·文苑传》未曾罗列。《通鉴》卷二百四十三《唐纪》五十九有载曰："大和二年闰三月甲午，贤良方正裴休、李郃、李甘、杜牧、马植、崔玙、王式、崔慎由二十二人中第，皆除官。"杜牧赫然其中，名列第四。

杜牧集中于"刘蕡落第"这样的事件却未曾有涉，津津于登第之后的南山寺游。

查缪钺《杜牧年谱》大和二年谱所载其事甚详：杜牧制策登科，名振京邑，至南山文公寺，见一老僧拥褐独坐，与之语，竟不知杜牧姓字，杜叹讶，因题诗曰："家在城南杜曲傍，两枝仙桂一时芳。禅师都未知名姓，始觉空门意味长。"

杜牧"两枝仙桂一时芳"，两战连捷，颇流露出得意之情。

视李郃未知孰为高下？刘蕡后来入令狐楚、牛僧孺幕，是否与杜牧尚有往还，并未考得。但二人关系颇值寻味，《樊川文集》卷十二有《与人论谏书》一篇，文曰："每见君臣治乱之间，兴亡谏诤之道，邈想其人，舐笔和墨，则冀人君一悟而至于治平，不悟则烹身灭族……"（《樊川文集》，第184页）其中消息可以窥见。

在论列二人关系接近尾声的时候，不妨将二人策论加以比较。杜牧做的是《战论》《守论》，论藩镇割据，言辞劲直。然其所论藩镇远在河朔，刘蕡所论黄门近在目前，难易可判。

学者论及杜牧、李商隐的咏史诗者颇多，观刘蕡与杜牧的策论之眼，正可移来以观杜牧与李商隐咏史诗之不同。而刘蕡对李商隐的影响亦可从中窥见端倪，这种影响在言说方式上体现在李商隐的咏史诗里：言辞太切，立脚自危。兹不详述。

三、刘蕡与李商隐

现在我们看刘、李二人之交谊。刘蕡是杜牧"准同年"，后又与令狐楚、牛僧孺师友相待，当略长于杜牧，杜牧又长商隐九岁，则刘、李二人齿年之差可大略推知。在令狐楚幕时，刘蕡和后辈李商隐相识、订交。刘蕡这样的人物，李商隐与之交往，不受影响是不可能的，那么李商隐在这个阶段向刘蕡学了什么？

《哭刘蕡》中"平生风义兼师友"，"风义"二字不可轻轻放过，当指道义、气节，可见刘蕡对李商隐的影响主要在"士志于道"这方面。李商隐无根无底，向刘蕡学"风义"对于本身就如浮云无所依傍的李商隐来说，是福是祸？（李商隐《寄令狐郎中》中有句云"嵩云秦树久离居"，我李商隐是嵩云，你令狐绹是秦树，你似大树扎根于都城，而我如浮云飘泊于河洛。）

二人此后虽分离，但赠诗往还，交往不断。即在会昌元年春天，二人还在湖南黄陵会面。第二年，即会昌二年（842）刘蕡去世，这一年杜牧四十岁，李商隐三十一岁。刘蕡死后，李商隐竟有四首诗哭刘蕡（杜牧无诗）。二人交谊于《哭刘蕡》诗中可以寻见。诗云："上帝深宫闭九阍，巫咸不下问衔冤。黄陵别后春涛隔，湓浦书来秋雨翻。只有安仁能作诔，何曾宋玉解招魂？平生风义兼师友，不敢同君哭寝门。"第三联"只有安仁能作诔，何曾宋玉解招魂"，据说《招魂》是宋玉作以悼其师屈原的，李商隐师事刘蕡已显然矣。第四联虽说"平生风义兼师友"，但又说"不敢同君哭寝门"，《礼记·檀弓》云："孔子曰：'师吾哭诸寝，朋友吾哭诸寝门之外。'"说明"师事"无疑。正值人生观、价值观还可塑造时的李商隐遇到了刘蕡这样的人生导师，这是我们分析李商隐的重要线索。

诗中说"黄陵别后春涛隔"，好友会面之时，湘江之滨正涨春涛，分别以后，竟然难以重见，像是被春涛阻隔了，同时也被生死阻隔了。"湓浦书来秋雨翻"，湓浦讣文至，正值秋雨猛下，得知大和二年如巨星般闪耀的那个刘蕡死掉了，李商隐泪下滂沱。在佳构众多的李商隐诗中这也是杰作中的杰作。此诗第一联"上帝深宫闭九阍，巫咸不下问衔冤"，正是活用了刘蕡制策中"冤痛之声，上达于九天，下流于九泉"和"君门万里而不得告诉"的话，这与赠杜牧的两首诗比较起来，那区别不是显而易见的吗？

要之，杜牧与李商隐的不相得，固然由于杜牧对这段友谊未作及时的回应，而李商隐对杜牧可能也心有保留。他试图超越内心里那层障碍，但终告失败。情感上的疏离可能从大和二年"刘蕡落第"事件发生时就已产生，那时的李商隐已经十七岁，绵延多年，虽可能日渐淡薄，但根蒂犹在，难以消磨尽净。李商隐《樊南乙集序》中说："是岁葬牛太尉，天下设祭者百数，他日，尹言：吾太尉之薨，有杜司勋之志与子之奠文，二事为不朽。"（《樊南文集》，上海古籍出版社，1988年，第429页）虽心结难解，对杜牧文章仍深致钦慕。并且以为随着牛僧孺的去世，党争会告一段落，再次显示了商隐理想派的天真。

刘蕡事件揭示了小李杜二人不相谐的深层原因。表面看是人事关系上的纷扰造成的，深进去看，是"以道御人"的理想一派与"以势立足"的实干一派之间的似乎是与生俱来命中注定的不相认同。被刘熙载称作"雄姿英发"的杜牧和"深情绵邈"的李商隐却基于各种缘由的干扰，只能英雄对面不相逢了。

四、结语

我们为不相交往的两位诗人作了一篇交往考，有人也许怀疑这样做的意义。但这种不相交往倒包容了更多的文化内涵，在一定程度上呈现出杜牧与李商隐的心灵世界，勾勒出二人的挣扎与奋起、落寞与飘零，表现了特定时代里不同类型的知识分子的思想状态和情感波动……

昔日读小李杜集，于二人交谊，颇有怀疑。但学殖浅薄，生性犹疑，怕自己鲁莽灭裂，顷见董先生大文，从四方面条分缕析，探讨小李杜的交往，颇为信服。叹纸上相知，故为此小文，于二诗略作陈说，并补刘蕡一证；在肯定杜牧对李商隐有看法的同时，揭示李商隐对杜牧也有看法。

（原载于《上海大学学报》2007年9月，第14卷第5期）

遗憾的是，碰到最简单一个抄本

钱仲联先生于上世纪八十年代整理的《牧斋初学集》贡献很大，影响至今。但新材料的发现促使上海古籍出版社决定在三十年后的今天重新出版《初学集》。

2011年春节前后，卿朝晖先生发给我一篇文章，说在苏州图书馆发现何焯藏钱曾《初学集诗注》抄本，稍作比对之后发现比钱先生整理本多出很多条注解。于是上海古籍出版社遂起意重做《初学集》。

刻本之情形

要讲清楚这个事情，必须先讲清楚牧斋作品的版本情况，虽然讲版本最易把人说睡着，但《初学集》版本情况简单，刻本情况更简单，只前后有两个木刻本。

钱谦益（1582—1664），享年八十三岁。通籍后文名甚盛，主盟文坛前后五十年。他的《初学集》刻于生前，明崇祯十六年癸未（1643）冬，门人瞿式耜为刻《牧斋初学集》。此年牧斋六十二岁，生活安定，新娶柳如是，刚卖了宋本前后《汉书》,财力颇富,禁网未开,不存在违碍挖改之情况。此本可视作诗之定本。

第二个刻本为注本,情况稍复杂。牧斋无缘见到此本,这就是凌凤翔和朱梅所刻、钱曾所著《初学有学集诗注》。此本刻于康熙四十四年(1705),牧斋捐馆已四十一年,钱曾于四年前亦登鬼簿。钱曾(1629—1701),字遵王。牧斋族曾孙,少牧斋四十七岁。二十岁从牧斋学,顺治十七年庚子(1660)夏,开始为《牧斋初学集》作注。这年他三十二,牧斋七十九岁。三年之后,即康熙二年癸卯(1663),诗注初稿完成,请牧斋过目。钱曾《判春词二十五首》之十八自注:"《初学有学诗集笺注》始于庚子夏,星纪一周,粗得告藏,癸卯七夕后一日,以《笺注》稿本就正牧翁,报章云:'居恒妄想,愿得一明眼人,为我代下注脚,发皇心曲,以俟百世,今不意近得之于足下。'"牧斋给予很高评价。其所引牧斋"报章",亦收入《有学集》卷三八《复遵王书》。遵王虽初学、有学连称,但牧斋所首肯者为《初学集注》,《有学集》或有零星篇什,正本则为临终前所托(钱曾《判春集》小序谓"易箦前数日,手持《有学集》稿,郑重嘱咐")。

牧斋的表扬,更多的是鼓励。试想短短三年,"代下注脚,发皇心曲",谈何容易?事实上是,钱曾注解牧斋的"事业"刚刚开始。康熙十四年(1675)寒食夜,钱曾梦见牧斋以诗笺疑句相询,大为悲恸(见钱曾《判春集·寒食行》自注)。为了不再有疑,当然需要更多的付出与努力(作注真是件叫人发疯的事)。就这样不停地修订,直至康熙三十二年(1693),钱曾还在为《有学集》中《觉浪和尚挽词》作补注,这时牧斋已经去世二十九年,墓木已拱。离他开始作注也已三十三年了,遵王老矣(六十五岁),他在世的时间还有八年。虽然没有直接证据,但相信他在剩下的岁月里,依然会时有增补,因为这件事实在是个没底的窟窿。现在,我们终于可以这样说:《初学有学诗集笺注》,是钱曾一生的心血。

奇怪的是,他这一生的心血,没有刊刻出版(他活了七十三岁,不算短暂)。也许对他来说就没有"完成",因为总不满意;或者干脆没钱;或者惧祸。由当时情形看,无资付刻当是主要原因(参《归庄集》所述刻归有光全集之始末)。总是遗憾,没有刊刻,很大程度上来说,就是白干了。

从初稿完成(1663)到康熙四十年(1701),这三十八年中,不同的阶段,不同的朋友,流出不同的抄本。(所谓"不同的朋友",最有可能的是藏书家,常熟藏书楼林立,周围亦此风颇盛。江南藏书楼风气不同北方,往往一棹而来,互通有无,无则抄之,故遵王此注抄本流出易与藏书家发生联系。)这些抄本都在等待着一位有胆识的"出版家"的到来,这就是凌凤翔。康熙四十四年(1705),苕南凌凤翔在"五羊官舍"邂逅东海朱梅(字素培),得到一个抄本。最不幸的事发生了,后来证明这是诸多抄本中最简略的一个。这就是钱曾《诗注》的木刻本,即钱仲联整理本所说"清刻笺注本"、周法高影印本所说"木刻本钱曾所撰《牧斋初学集诗注》二十卷及《牧斋有学集诗注》十四卷"。(前谓"出版家"是戏言,实际上对这个人知之甚少,这个本子刻于何时,钱仲联只说清初,连康熙还是雍正朝亦不能确定,刻于何地亦所不知。今朝晖君于此有详考,写入汇校本前言,兹用其"康熙四十四年"之结论。)

钱曾去世后六十年，乾隆皇帝看到沈德潜编选的《国朝诗别裁集》，拉开了禁毁钱谦益著作的序幕。

故《初学集》版本情况至简，一个系统是无注之瞿本，为明刻，后《四部丛刊》即影印此本。另一个系统为笺注本，即凌凤翔刻本，稍后有翻刻，紧接着便禁断。直至清末，才有宣统二年（1910）邃汉斋铅印本（钱仲联整理本，诗用瞿本为底本，笺注即以此本为底本）、宣统三年（1911）上海国学扶轮社石印本等版本面世。

瞿本与笺注本比，就诗而言，文字有差异，次序也不同。文字上无疑是瞿本可靠，因为凌凤翔为避时忌，有挖改现象，并删去诗中原注，更直接删去两首诗。（卷一《临淮田舍题壁》、卷十五《羽林老僧》。钱仲联整理本恢复了这两首诗，但前一首末句仍不全，为"生取□□□□归"，即"生取努尔哈赤归"。）次序不同主要在卷一最前面几首，凌凤翔为了不引起注意，把卷首《神宗显皇帝挽词》四首、《泰昌皇帝挽词》四首、《嫁女词》四首都移到了后面，让《寄陆大参》打头，打乱了原有顺序。（《嫁女词》无违碍者，它位置的移动，未得其解。）

抄本之情形

刻本就说完了。但事情并没有完，因为还有抄本。这注定是抄本比刻本重要的一个案例。

钱谦益著作被禁后，书版被毁，很长一段时间无人刊刻，但是仍有抄本流传。邓之诚在《清诗纪事初编》中就说："（钱）曾注未尽刻，今尚有原稿流传也。"（卷三甲编上"钱谦益"条)原稿迄今未见,然劫灰之后,幸有抄本流传。

上世纪七十年代,台湾周法高先生于傅斯年图书馆搜得一抄校本,每卷下附"原注补抄",所补数量之大,令周先生狂喜,于是将其影印出版,名之为《足本牧斋诗注》。其具体数目,后来在文章《读〈柳如是别传〉》(1982年)中进一步补充:"足本藏傅斯年图书馆。《初学集诗注》每卷后附墨笔《原注补抄》,共446页,3036条;《有学集诗注》每卷后附墨笔《原注补抄》,共202页,895条;合计648页,3931条。通行本《牧斋初学集诗注》2620条、《有学集诗注》4260条、《投笔集笺注》521条,共7401条。与《原注补抄》合计,共2766页,11332条,《原注补抄》占总数三分之一强,其分量不可谓少。"(参周氏《钱牧斋吴梅村研究论文集》,台北编译馆,1995年)

钱仲联先生为上海古籍出版社整理的《牧斋初学集》是1983年出版的,按说已经可以吸收周法高"足本"之优了,但由于两岸长期暌隔,信息不通,只能再次留下遗憾。

2010年初,苏州图书馆古籍部卿朝晖先生偶然发现钱曾《牧斋初学集诗注》的何焯抄本,虽佚去六卷(全本为二十卷),而所注多出刻本及钱仲联整理本四千三百余条,比周法高"足本"也多出一千三百余条。又检得国图、上图及中山大学图书馆也藏有《初学集诗注》旧抄本,条目多寡不一。就前十四卷来说,何焯藏本最全。(此最全亦是相对,间有此无彼有者。如卷一《嫁女词》第四首,"丑妇憎明镜"一句何焯藏本不注,此句亦似无须注,由他本辑得一注:"刘梦得《昏镜词引》说:镜之工列十镜于贾奁。发奁而视,其一皎如,其九雾如。问之工,曰:'来市者,必历鉴周睐，求与己宜。彼皎者不能隐芒杪之瑕，非美容不合。是用什一其数也。'"令读者读之一笑。)

这个抄本有"何焯之印""屺瞻"朱文印记。钱曾与何焯有师生关系，在何焯文集中有《初学集诗注》的消息："前岁侍言世丈先生，命搜五芳井事实，《定兴县志》即范君所修，惜其寡识，无佳文记述，止有漳浦一篇，别纸节抄附上，或可补载《诗注》。"(《义门先生集》卷六《与钱楚珩书》)世丈即钱曾，《初学集》卷十二有《五芳井歌》。可见何焯还在一定程度上参与了资料的收集，那么他所藏抄本之意义就不容忽视了。但是这个残卷没有其他名家递藏的印记，也无著录，流传情况不明。

最初，以为刻本简率，是因时忌而删削过当。但后来经过比对，发现刻本所少的并非时事，明末清初的事记了不少（也缺了不少）。少的是古典，有些典故是逐渐注出的。遗憾的是，凌凤翔碰到最简单的一个。

这次整理，诗用瞿本，注用何焯抄本作底本。词头与诗中用字不同者，一般从瞿本，不出校勘记。特殊者，保存异样，不强求统一。后六卷佚去，故用上图藏抄本作底本补齐。用凌凤翔本、钱仲联整理本、周法高本、国图藏抄本、中山大学图书馆藏抄本参校。

谈谈多出的诗注

内容方面很复杂，只能就三个本子的比对，略谈三种情况。

第一，从凌凤翔本到周法高本，再到何焯抄本，层递地补出多条诗注。卷六《寿房海客十四韵》是牧斋佳作，事在下狱之后，此诗名句甚多，前半段谓"同病同心不共谈，天涯只在禁城南。钧天梦断魂犹悸，画地罗成议不堪。去国味如初下第，挂冠情比旧遗簪。希文敢拟贤称四，展禽何妨黜有三？排格引绳良已甚，拔茅连茹亦奚惭？尾狐善幻人争讶，首鼠相蒙世所谙。车马骈阗怀旧雨，沙堤寂寞笑新参。羁栖仍是巢枝鸟，雌伏真成抱茧蚕"。全诗十四韵二十八句，凌凤翔本只有六注，周法高影印本补七注，何焯抄本又补八注，合计补出十五注，几句句有注矣。

牧斋才大，卷七《左耳病戏作十二韵》是一首排律，写自己耳朵有点聋，句句用耳朵聋的典，有的还就是左耳聋。凌凤翔刻本仅六注，周法高本补十注，何焯抄本再补五注。此诗二十四句，二十一注，基本上算句句有注了。（但还有"憎老懒令娇女刷，怯狂畏与醉翁持"一句失注。）

第二，虽凌凤翔本有此注，然抄本补出更多内容。如卷二《驿壁代书》注一在"杨慎曰"前面多出一段："《焦氏说楛》：唐谓仪部郎为大仪，员外为中仪，主事为小仪。郑谷诗：仙部迟迟整羽衣，小仪澄淡转中仪。"这段独何焯抄本有。

卷五《雪里桃花》"雪里蕉"注文中，在"俗人论也"之后还有一段："朱翌《猗觉寮杂记》：王维画雪中芭蕉，惠洪云：雪里芭蕉失寒暑。皆以芭蕉非雪中物。岭外如曲江，冬大雪，芭蕉自若，红蕉方开花，知前辈虽画，史亦不苟。洪作诗时未到岭外，存中亦未知也。"此为凌、高二本所无。

卷六《十一月初六日召对文华殿》注"旋奉严旨革职待罪

感恩述事",此为今典,凌凤翔本已有一千一百字,周本与何焯抄本又增九千二百字,述钱千秋事甚详。

第三,因为缺注,影响到正确理解和标点。如卷三《寇白》"风怀约略比春涛",似不必注,春涛则春日之波涛也。钱曾注:"《唐诗纪事》:元稹闻薛涛有辞辩,及为监察使蜀,严司空潜知其意,每遣薛往。洎登翰林,以诗寄之。后廉浙东,乃有刘采春,容华莫比,元赠之诗。"方知春、涛为二人,当在二字下分别加专名线。

卷七《饮酒》第三首"此言当杜举",钱仲联先生在"杜举"二字下连标,是无注而造成错误理解。补出的条目,遵王作注:"《礼·檀弓》:杜蒉洗而扬觯。"扬者,举也。"举"字不标。

第四首"刁贾主人名",因此处无注,钱仲联先生在"刁""贾"二字下分别标专名线,其实钱曾在另处注出:"柴世宗破河中李守正,得匠人至汴造酒,宋内库循用其法。京师御酒,掌之内局,法不传于外。燕市酒人,独称南和刁酒为佳,盖因贾人之姓而得名也。"(卷一《佟宰饷刁酒戏题示家纯中秀才》注)"贾"字不标(或连标)。

卷七《酬督师袁公二首》其二"景钟铁索雁行书",不知指景公钟而"景"字失标专名线。今补出,则可避免同类错误。

还有两点需要说明。一是在多出的几千条里面,有些出处易寻,不排除当时就被抄家略去之可能,今许子而不惮烦给以补齐,于专家作用不大。二是在这些多出的诗注中,存在重复的现象,如"沙堤""绨几""软红""寒温"等屡注,虽都算进多出的条目当中，实算不得新，俾便我们普通读者而已。而像卷三《赠星士》"宿醒已过一千日"与卷四《以顶骨饮器劝酒次秀才韵》"中山醉死真堪羡"，都用刘玄石醉死中山酒千日以后复醒转来事，这样的重复注出是完全必要的。以上两类"新而不新"者虽是少数，例当作说明。

对钱曾注的评价

前面说了那么多，这里应该略谈对钱曾注的评价。在陈寅恪以前，即使是对比较简略的凌凤翔刻本，也少有公开的批评。《（乾隆）苏州府志·文艺传》卷六十三"钱曾"条谓："其注《初学》《有学》集诗，探索群书，发皇幽渺，海内诗人多称之。"在邓之诚《清诗纪事初编》里也还都是好话。（邓谓："曾为谦益从孙[按，实为族曾孙]，尝从之受学，故于诗中典故，皆能得其出处，与叩盘扪烛者有异。相传注中时事，为谦益自注，不然局外人决难详其委曲若此。倘录之成帙，可作别史观。"）陈寅恪在《柳传》中用了不少钱曾注，是者是之，非者非之，态度很平正。但他有这么一句："今观遵王之注，则殊有负牧斋矣！"人们一看，确实很多地方没有笺出，人皆病其简率。

那么现在发现并补出四千三百多条注解，能不能为遵王洗冤呢？我们要看看陈寅恪先生比较完整的那段话。抄在下面："遵王与牧斋关系密切，虽抵触时禁，宜有所讳。……盖遵王生当明季，外则建州，内则张李，两事最为关心，涉及清室者，因有讳忌，不敢多所诠释。……今观遵王之注，则殊有负牧斋矣！"

"两事最为关心"说得最对,陈氏不满的仍然是对今典的解释。所谓笺,就是要将字句之间的隐意表而出之。钱曾笺注中很多人和事没有笺出来。比如《初学集》末附《甲申元日》一首(刻集在癸未冬,所附甲申之作,是刻成之后,附补于后者),陈寅恪就解释第四句"倖子魂销槃水前"、第六句"台阶两两见星联"乃谓政敌周延儒已死,代其位者,舍我其谁?谢安石东山再起,正在此时。故十八、十九、二十卷谓"东山集";而柳氏之理想乃作河东裴柔之。句句深入。甚至隐言牧斋降清觊觎清相,亦是完成柳氏成裴之愿。钱注则无,"发皇心曲"云乎哉?

周法高有个影印本序,里面说钱曾笺注不下于施注东坡。这个评价怎么样呢?

正好钱曾注中也引用过陆游为施注所作的序,其谓:"某顷与范公至能会于蜀,因相与论东坡诗,慨然谓予:足下当作一书,发明东坡之意,以遗学者,予谢不能。他日,又言之。因举二三事以质之曰:'五亩渐成终老计,九重新扫旧巢痕。遥知叔孙子,已致鲁诸生。当若为解?'至能曰:'东坡窜黄州,自度不复收用,故曰新扫旧巢痕。建中初,复召元祐诸人,故曰已致鲁诸生,恐不过如此耳。'某曰:'昔祖宗以三馆养士,储将相材。及官制行,罢三馆。而东坡盖尝直史馆,然自谪为散官,削去史馆之职。至是史馆亦废,故云新扫旧巢痕,其用字之严如此。而凤巢西隔九重门,则又李义山诗也。建中初,韩、曾二相得政,尽收用元祐人,其不召者亦补大藩,惟东坡兄弟犹领宫祠。此句盖寓所以不能致者二人,意深语缓,尤未易窥测。'"(《施司谏注东坡诗序》)

陆游简直是在表达不满,而他的评论几近找事儿,如此高的标准,连他自己也只能稍作示范,而终于敛手不作,又跑来此地吹风。注者难矣!寒柳堂主人,必是放翁同路。《柳如是别传》中对一些诗句的解读,确实精彩高妙,但亦不过是"稍作示范";全本如此,量其不能。(但还是大声呼唤"示范者",他们是挑战极限的大师。)他不满的是今典,这一点抓得很准,钱曾注牧斋、施宿注东坡都没有达到陆游画出的那条道儿,但在古典的注释方面都已经做出丰厚的贡献。施注不必我多言,已是公论;钱注多年湮没,今幸而重光,我们不必抬之过高,亦不能贬之过低。涉及的很多人应该笺出,此点遵王有负牧斋;一生不辍努力,作出此笺注,诚不负牧斋。(牧斋一生所负者多,负牧斋者亦多,死后无人作墓志,痛哉!)以上愚见,请读者验之。夏七月秒。

(原载于《上海书评》2013 年 2 月 4 日)

钱曾与严熊
——《柳如是别传》钱氏家难章补论

陈寅恪先生撰《柳如是别传》(以下简称《柳传》)，条件所限，搜讨材料极见艰辛，仍有不能弥缝之处，故推论多有，而"俟考"数见。此稿杀青刊布，至今三十年，赞誉及批评皆多，而以新材料考其俟考，补其未及者，并不多见。今人眼福大胜前人，三十年间新材料层出不穷，然终究事与愿违，其间因缘又是如何呢？

陈先生当日撰《柳传》，遗阙很多材料，此为事实。以"钱氏家难"为例，其间几个关键人物，如主犯钱朝鼎，从犯钱曾，替钱家诉讼之严熊，他们皆有诗集，然条件所限，陈先生都没能看到。《柳传》所采皆"间接人物"之别集，如归庄，如顾苓，一在昆山，一在苏州，非"钱氏家难"之当事人，未亲与其事；至于龚鼎孳、宋琬诸人，更隔而远矣。故推论、俟考丛集，如果有问题，就可能出在这里。

这三个人的集子，钱朝鼎的尚未现身。钱曾的集子一直隐匿人间，直至上世纪八十年代现身美国，才知道是盛宣怀旧藏，由谢正光先生详加笺释，让我们更多地了解遵王生平。而严熊的《严白云诗集》传了下来，由邓之诚文如先生收藏，但可惜没有派上大用场，直到后来北京《四库未收书辑刊》(第七辑)、上海《续修四库全书》及《清代诗文集汇编》出，我们在影印本的卷首看到邓先生的印章，才知道此为邓氏旧藏。邓先生《清诗纪事初编》于严熊只寥寥数语，其云："严熊，字武伯，常熟诸生。入清后，以告隐终。撰《严白云诗集》二十七卷。自丁未（康熙六年）以前，为《雪鸿集》三卷，戊申（康熙七年）以后，岁为一集，至辛未（康熙三十年）止。熊年十九，明亡。至是当年六十有五。尝受诗法于钱谦益。以香山、放翁为宗。其诗自抒胸臆，颇喜纪事，集中年月首尾不阙，最足以考见当时之事。"（邓之诚：《清诗纪事初编》卷一，上海古籍出版社，2012年，第75页）在选诗部分，实在没有选出其"纪事"的那部分。我们知道，清初别集最难得，邓先生藏清初别集达七百种，材料虽夥，一时未顾得用；陈先生避居岭南，又没得用，故严熊的集子不啻虽存而实亡。有意思的是，《柳传》最后一条材料，用的是邓氏《骨董琐记》，更退一步讲，陈邓二位互通有无，陈先生得《严白云诗集》而用之，《柳传》中"钱氏家难"便逼近真实一分吗？恐不一定。因为事情往往是这样，一个材料必得另一材料两相激发，才产生出新的问题，引你追逐向前，若得不到激发，则此材料必在沉睡中，无用也。严熊的集子为陈先生所用，也许会偏得更远，因为这个材料必得钱曾的七个集子相激发，才能射出火光，而钱曾的集子陈先生是无论如何用不到的。

《邓之诚文史札记》录下钱曾五集的名字，它们是《怀园》《莺花》《交芦》《判春》《奚囊》，算是略存梗概。但他是从《海虞诗苑》看到的，邓先生自己并没有收到钱曾的集子。（邓

之诚：《邓之诚文史札记》，凤凰出版社，2012年，第668页）

钱曾共有七集，只有《今吾集》是刻本，其他皆为抄本。《今吾集》刻本亦少见；抄本更尠流传，不知如何到了盛宣怀手上，亦不知如何流到国外，入藏堪萨斯市博物馆中国馆馆长何惠鉴先生响山堂，谢正光机缘巧合于何先生处见到这《虞山钱遵王诗稿》抄本，含六集，分别为《怀园小集》《交芦言怨集》《莺花集》《夙兴草堂集》《判春集》和《奚囊集》（谢正光：《钱遵王诗集笺校》增订版，"中央研究院"中国文哲研究所，2007年，前言第15页）。

谢正光钱曾七集的公布，解决不了钱曾与严熊的关系问题，但可以解决钱曾与牧斋的关系问题，已是巨大的收获。

一、牧斋与遵王

《邓之诚文史札记》1952年旧历五月二十六日记阅《有学集》，认为牧斋丁亥被逮北京，《江上孤忠录》谓费三十万金，未必如此之多，第二次戊子之秋被黄毓祺所牵入金陵狱，亦大有所费，牧斋《与徐仲光书》力述贫窘，大约皆耗于此两狱矣。文如先生又说：

> 绛云烬后，以馀书归述古，未言得价，疑牧斋所取于遵王者，平时已多，必有啧言，乃以书偿之，书犹不足，故遵王勾结钱朝鼎，破其家于身后也。牧斋干没朝鼎之资，必与柳如是有关，故不索之孙爱，而索之柳。柳殁，遵王论徒，严熊仗义入都，求伸公论。《杜诗笺

注》之刻，或遵王以之自赎耶？此两事，世人多不悉究竟，故为著之。(《邓之诚文史札记》，第65页)

所言两事，一为"以书偿之，书犹不足"事，一为遵王自赎事。皆关涉晚年牧斋与遵王之关系，今依次论之。

（一）"以书偿之，书犹不足"事

钱曾《读书敏求记》卷二地理舆图类"统舆图二卷"条云："吾家藏《统舆图》，南北直隶及各省郡县，以至边防海道，河图运漕，外国属夷，靡不考核详载焉。图如蚊睫，字若蝇头，缮写三年而后成。彼柏翳所图，章亥所步，不出户庭而列万里职方于几案间，岂非大快事欤？宝护此书，便可压倒海内藏书家，非予之伪言也。"（钱曾：《读书敏求记》，丁喻点校，书目文献出版社，1984年，第60页）又"郦道元注水经四十卷"条云："昔者陆孟凫先生有影钞宋刻《水经注》，与吾家藏本相同，后多宋版题跋一叶，不著名氏，余因录之。"（《读书敏求记》，第55页）又史类"资治通鉴二百九十四卷"条谓："吾家《通鉴》有大字宋本，复有宋人手披者半部。刻镂精工，乌丝外标题周遭殆遍，尚是宋时装潢。"可窥见其藏书情况之一斑。则遵王父裔肃藏书本不贫，非得绛云残烬始富。章钰《钱遵王读书敏求记校正补辑·类记》云："惟是述古藏书，有名至今，实嗣其宗老牧斋绛云楼而起。"其言太笼统，不甚确。

卷二史类"王偁东都事略一百三十卷"条云："《东都事略》宋刻仅见此本，先君最所宝爱。荣木堂牙签万轴，独阙此书，牧翁屡求不获，心颇嗛焉。先君家道中落，要索频烦，始终不忍捐弃。吾子孙其慎守之勿失。"(《读书敏求记》,第29页)知裔肃与牧斋因藏书发生纠纷。

《初学集》卷七十六有《文林郎湖广道监察御史钱府君墓表》为钱曾曾祖钱岱而作,文首述钱氏谱系,谓"千一公玄孙始渡江居常熟"为始迁祖,"又四世曰镛,其小宗曰珍,公与余自是始分。公讳岱,字汝瞻,镛之第八世孙也"(钱谦益:《牧斋初学集》,钱仲联标校,上海古籍出版社,2009年,第1657页)。牧斋与钱岱同辈,则为珍之第八世孙。牧斋弟子冯舒作《虞山妖乱志》,记"尚书素不乐侍御史,口语亦藉藉",当有其事。钱岱,字汝瞻,号秀峰,为明隆庆五年(1571)进士,官至湖广监察御史。其长子时俊,万历甲辰进士,官湖广按察司副使。时俊子裔肃,字嗣美,号澹屿,万历四十七年(1619)举人,好聚书,牧斋《有学集》卷三十一有《族孙嗣美墓志铭》。嗣美子即钱曾,字遵王,其名字之义即希望效曾祖王父,数祖典,遵圣谟,考德问业。《虞山妖乱志》又略云:"嗣美奸祖妾,族人告发,尚书缓颊,出三千两贿尚书,事竟不成,遂成怨。"故家难中有"立索三千金"语,旧隙也,此《柳传》已论之。嗣美卒后,遵王转从牧斋学,其时方弱冠,与牧斋由族曾孙转而为师弟。

顺治七年(1650)冬,牧斋与柳夫人之女正处孩提,剪纸引烛嬉戏,引起大火,绛云楼付于灰烬。牧斋心灰意懒,将烬余之书,尽付遵王。然此"尽付"是举数赠与还是低价转让?若是相赠,是否有附加条件?牧斋与遵王之父前有嫌隙,后与遵王极融洽,再后则遵王参与家难逼死柳如是,其间二人关系到底如何?遵王诚小人欤?请列钱曾七集相关内容及《读书敏求记》若干条目，于以上诸问题试做探讨。

曹溶《绛云楼书目题辞》谓牧斋藏书"好自矜啬，傲他氏以所不及，片楮不肯借出"。牧斋晚年窘迫，残余之中又不乏善本，牧斋遵王向有书籍买卖（参《读书敏求记》卷三子部"高诱注战国策三十三卷"条"予初购此书于绛云楼"之语。第80页），似以折阅相售、半送半卖为合理。然此仅为逻辑上之合理，算不得数。

钱曾《判春集》有《寒食行》一首，有句云："绛云脉望收余烬，缃帙缥囊喜充牣。尽说传书与仲宣，只记将军呼子慎。"句下自注："绛云一烬之后，所存书籍，大半皆赵玄度脉望馆校藏旧本，公悉举以相赠。"仲宣谓王粲。

《读书敏求记》卷二地理舆图类"杨衒之洛阳伽蓝记五卷"条云：

> 予尝论牧翁绛云楼，读书者之藏书也；赵清常脉望馆，藏书者之藏书也。清常殁，武康山中白昼鬼哭，嗜书之精爽若是。……然绛云一烬之后，凡清常手校秘抄书，都未为六丁取去，牧翁悉作蔡邕之赠。天殆留此以欲助予之《诗注》耶？何其幸哉，又何其幸哉！（《读书敏求记》，第57页）

按：此条标举牧斋为"读书者之藏书也"，则遵王自己无理由只作清常一流。"蔡邕之赠"，蔡邕以书赠王粲也。《诗注》指《初学有学集诗笺注》。

又卷三子部"邵子皇极经世观物篇解六十二卷"条云：

忆己丑春杪，侍牧翁于燕誉堂。适见检阅此册，余从旁窥视，动心骇目，叹为奇绝。绛云一烬后，牧翁悉举所存书相赠，此本亦随之来。今岁侨居也是园，检点缥囊缃帙，藏弄快然堂，偶翻及此书，追理前尘，杳如宿劫，日月易迈，屈指已三十七年矣。栖迟衡泌，为草茅贱士，有负公书斯文嘱累之意。（《读书敏求记》，第73页）

又卷四诗集类"高常侍集十卷"条云：

静言思之，吾家典籍，异日不知传于何人？惜世无王仲宣，聊作郑余庆舐掌之藏可耳。（《读书敏求记》，第132页）

按：诸条皆谓赠与，则非折价相售。几条贯读，玩其语义，牧翁作蔡邕之赠之原因大约有二：一为知己之感，中郎找到了王粲；二为赠书助遵王完成初学有学集诗注，即相赠亦有条件。"有负公书斯文嘱累之意"一语言之甚明。"斯文嘱累"指牧翁以初学有学集诗郑重相托，请遵王作注。"有负公书"则诗注尚未完成，负公赠书之盛意。又以述古堂藏书无传人为虑，若是售予，正不必如此。

《读书敏求记》卷二地理舆图类"黄山图经一卷"条云：

黄山旧名黟山，轩辕黄帝栖真之地，当宣歙二郡。唐天宝六年六月七日，敕改为黄山，今名《图经》，遵此书也。予注牧翁《游黄山诗》，大半取此，披览全图，真

神游于三十六峰之间矣。(《读书敏求记》,第64页)

按：此正牧斋赠书助遵王作注之旁证。著书难，作注亦难，非得证以群书不可。遵王谓牧斋为"读书者之藏书"，即藏书为读。牧斋储群书而读，融化所见，随手入诗。遵王若要一一注出，非走老路，重读这些书不可。残余相赠，聊胜于无。

至此，赠书抑或售书之疑业已解决，而牧斋遵王之间关系亦渐明了。遵王七集中及牧翁者多，情意皆真切。不意牧斋捐馆，遵王卷入家难，不理于众人之口。遵王于此始终不辩。那么突遭变故，替牧斋作注之诺言是否继续遵守？理董牧翁遗著能否得到救赎，获取其他同门之原谅？这些问题便涉及邓文如先生所言第二事。

(二)"遵王自赎"事

书癖略同钱癖，牧斋"片楮不肯出借"前已引及，钱曾想亦略同。然《读书敏求记》卷二豢养类"蟋蟀经二卷"条云：

> 《蟋蟀经》相传贾秋壑所辑。其于相辨喂养调治之法咸备，文辞颇雅训。牧翁诗中"更筹帷幄，选将登场"句，采其语也。予昔藏徽藩芸窗道人五采绘画本，为季沧苇豪夺去。兹则绛云楼旧抄本也。(《读书敏求记》,第46页)

按：此云为季振宜"豪夺"去，似恨季。其实非也，此不过藏书家之间故事而已。遵王《判春集》有《寄怀季沧苇一百韵》,闻沧苇卧病,狂书千字,以诗代函问询,急切之情溢于言表。季振宜助遵王刻《钱注杜诗》,此处五彩绘画本让与季,自己只留旧抄本,原委在此。

不仅如此,《读书敏求记》卷四集部"陶渊明文集十卷"条云:

> 娄江顾伊人藏弆宋椠本《渊明集》,颜其读书处曰《陶庐》,而请牧翁为之记。伊人交予最厚,真所谓兄弟也,但各姓耳。见予苦爱《陶集》,遂举以相赠。丙午丁未之交,予售书季沧苇,是集亦随之而去。每为念及,不能舍然。此则购名手从宋刻影摹者,笔墨飞动,行间字有不可遏之势,视宋刻殆若过之。沧苇殁,书籍散入《云烟过眼录》矣。伊人前年渡江,念《陶集》流落不偶,访求得之,持归示予……予畀以牧翁《陶庐记》手稿,俾揭之简端。(《读书敏求记》,第120、121页)

按:丙午丁未为康熙五、六年(1666、1667)。牧斋卒于康熙三年(1664),卒后遵王谋刻牧翁《钱注杜诗》于季沧苇,折阅售书与季,许多宋本随之去,述古堂仅留复印件。此在藏书家中,必是特例。其行为之目的在于注书,已一目了然。《钱注杜诗》成,平允论,已算不甚负牧斋。又,牧翁手稿多在遵王处,则牧斋晚年与遵王极亲近可知,此详后。

《钱注杜诗》在牧斋卒后三年刻成,季振宜作序。季氏序详述颠末,记遵王当时语最多,其序记遵王语谓"牧斋阅世者于今三年,门生故旧无有过而问其书者",已算明说遵王不负牧斋，隐言其他弟子护师如干城，而于牧翁遗著不闻不问。

邓文如先生亦以《钱注杜诗》之刊刻为遵王之自赎，可见古今同情。然从现有文献看，此举并未获得同门原谅。陆贻典《觌庵诗钞》有《乙卯人日风雪，同黼季山中早行，送东涧先生葬，兼示遵王》诗，诗云：

肠断梅花发故丛，空山赴哭及瞳眬。百年身世悲风里，千古文章白云中。留谒不辞来孺子，起坟多愧葬扬雄。何人为琢寒山石，有道碑裁第二通。（时未有志文。）（陆贻典《觌庵诗钞》卷五"渐于集二"，清雍正元年刻本。转引自谢正光《钱遵王诗集笺校》增订本，第261页。又王应奎《海虞诗苑》卷五"陆文学贻典"条引，"瞳眬"作"瞳眬"，《海虞诗苑·海虞诗苑续编》，上海古籍出版社，2013年，第95页）

按：牧斋于康熙三年（1664）五月二十四日卒，卒后未葬。后十一年，康熙十四年（1675）端月八日，即乙卯人日，灵柩下葬。遵王似未参加，是不愿参加，或不许参加，不得而知。陆贻典作诗以告遵王。黼季，即毛扆，字斧季，又作黼季，毛晋幼子。据叶昌炽《藏书纪事诗》"陆贻典"条，称陆为"汲古季子之妇翁"，知陆贻典为毛斧季之泰山翁。毛晋前卒，故只得毛扆送牧翁。时值隆冬，红梅花发，又逢大雪，更感空山寂寥。由陆诗看，送葬规模不大，皆里人。末句"何人为琢寒山石，有道碑裁第二通"，注谓牧翁死十一年而无人作墓志，牧斋后人转求多人作志文未果。陆氏以此诗示遵王，则他人未必谅遵王而陆氏谅之。《海虞诗苑》"陆文学贻典"条谓"钱曾笺注东涧诗,僻事奥句,君搜访佽助为多"(王应奎《海虞诗苑》卷五"陆文学贻典"小传。《海虞诗苑·海虞诗苑续编》,第93页)。遵王注牧斋诗,同门陆敕先襄助不遗余力,故能设其身而处其地于遵王给与同情之理解。

然此句尚有深意。何为"有道碑"?即郭有道碑。东汉郭泰人品气节最为人所重,蔡邕在从逆前曾为写墓志并书碑,曰郭有道碑,于郭有道深致敬重。此文为蔡邕得意之作,亦入选《昭明文选》。后董卓篡汉,蔡邕不能舍死以争,妻子之念太重而从逆,碑便为人毁去。清初傅青主重书,青主为遗民,大节凛然,犹不以蔡中郎心口不一而弃去其文,而是重书此碑。陆敕先此诗预感到牧斋身后之评将遭反复,而能为牧斋作郭有道碑第二通者将是遵王及自己,其原因在于《牧斋初学有学集诗注》能"发皇心曲,为作注脚",牧斋赖此而重活。

牧斋下葬是在一月,三个月后是寒食。该年寒食,遵王中酒。中酒之后,夜梦牧斋,牧翁以诗注事相询,问他做得怎么样了,醒来大哭,参《判春集》中《寒食行》小引。其诗云:

> 凄凉情绪逢寒食,当午盲风妒晴色。望望江南寂寞春,垂杨罩遍莺花国。秣陵草碧路迢遥,卖酒楼前旦暮潮。麦饭一盂无泣所,杜鹃新恨几时消。砚北老生但痴坐,灯残自剔琉璃火。铜辇孤衾梦未成,抱影将愁泪潸堕。甲帐尘埋表奏年,汉宫遗事散轻烟。抚今追昔心悲怆,只合蒙腾中酒眠。山城漏点严更柝,谁信藏舟趋夜壑。一缕营魂何处飞,含凄又到胎仙阁。更端布席才函

丈，絮语雄谈仍抵掌。空留疑义落人间，独持异本归天上。（梦中以诗笺疑句相询，公所引书皆非余所知者。绛云秘籍，久为六丁下取，归之天上矣。）寂历闲房黯淡灯，前尘分别总无凭。梦回肠断嗷然哭，忽漫披衣戒夙兴。忆昔华堂屡开宴，光风却月欢愉遍。银筝偏殢白头翁，清醥盈觞照颜面。……嗟公仙去十年余，阐茸无成转惜予。海内知交半凋谢，一室徒烦事扫除。绛云脉望收余烬，缃帙缥囊喜充牣。尽说传书与仲宣，只记将军呼子慎。（绛云一烬之后，所存书籍，大半皆赵玄度脉望馆校藏旧本，公悉举以相赠。）此日真过一百六，悲啼直欲枯湘竹。泪点繁花杂乱飘，洒向江天红簌簌。斜行小字丛残纸，笺注虫鱼愧诗史。未及侯芭为起坟，不负宫门庑在此。（乙卯端月八日，藁葬公于山庄，故发侯芭之叹。）（《钱遵王诗集笺校》增订本，第260页）

按：此诗有三处自注，皆重要。第二处前已论明，不赘。第一注云"梦中以诗笺疑句相询，公所引书皆非余所知者。绛云秘籍，久为六丁下取，归之天上矣"。牧斋卒后十一年，遵王仍在为《有学集》诗作注，疑问不能解，而形之梦寐，中酒而哭，惊愧而醒，遵王亦苦人。诗末言"斜行小字丛残纸，笺注虫鱼愧诗史。未及侯芭为起坟，不负宫门庑在此"，注云："乙卯端月八日，藁葬公于山庄，故发侯芭之叹。"侯芭起坟，用《汉书》典，须略及之，不然不能尽知其义。《汉书·扬雄传》云："巨鹿侯芭常从雄居，受其《太玄》《法言》焉。刘歆亦尝观之，谓雄曰：'空自苦！今学者有禄利，然尚不能明

《易》，又如《玄》何？吾恐后人用覆酱瓿也。'雄笑而不应。年七十一，天凤五年卒，侯芭为起坟。"扬雄侯芭典有二义，一为传玄，一为起坟。牧斋弟子常用此典，然义有不同，当具体分析。陆贻典前诗"起坟多愧葬扬雄"，即用起坟义。此处遵王谓"斜行小字丛残纸，笺注虫鱼愧诗史。未及侯芭为起坟，不负宫门庶在此"，用传玄义，谓自己不负牧翁，在此不在彼。不负牧翁，在于为《初有学集》诗作注，不在"起坟"也。"未及侯芭为起坟"亦是牧斋下葬，遵王不预之旁证。故邓文如先生所猜测之"遵王自赎"，不仅在《钱注杜诗》，更在《牧斋诗注》。则总体上讲，遵王不负牧斋当可成立。

（三）遵王注钱事

遵王《怀园小集》由牧斋作序，云"族孙遵王侍陆丈孟凫过余水亭啜茗，出其所著《怀园小集》求是正焉"。（《怀园小集》又称《笔云集》，牧斋序在《有学集》卷十九，目录题作《遵王笔云集序》，正文作《族孙遵王诗序》，见《牧斋有学集》，上海古籍出版社，1996年，第827页）谢正光先生《钱遵王诗集笺校》有考，云："序首所谓陆丈孟凫，陆铣（1581—1654）也。《有学集》卷三十一有《陆孟凫墓志铭》，记陆氏以'甲午八月二十二日卒于虞山里'，甲午为清顺治十一年（1654）。可推见牧斋此序至迟应作于顺治十年（1653）。时遵王二十五岁。"（《钱遵王诗集笺校》，第4页）则此诗集作于遵王廿五岁之前。中有《早春闲居十首效天随体》，其三云：

坐爱松窗日影斜，风岚烟蕙叶交加。苔荒断岸鸡头

竹，泉护寒庭鸭脚花。小品新疑空记浩，太玄旧义独传芭。到头心事终难定，拟向长堤理钓车。(《钱遵王诗集笺校》，第8页）

按：此时牧斋尚在，如何"太玄旧义独传芭"？而"到头心事终难定"，不知是何事；"拟向长堤理钓车"，不知有何决定？此诗当指牧斋将著作托与遵王事，而遵王有所迟疑，即"到头心事终难定"。牧斋诗中事，多将延祸，作注事与出处之关系，一而二，二而一，不能截然而分，故遵王有所迟疑。钱曾《判春词二十五首意之所之，笔亦及之，都无伦次》之十八自注："《初学有学诗集笺注》始于庚子夏，星纪一周，粗得告蒇，癸卯七夕后一日，以《笺注》稿本就正牧翁，报章云：'居恒妄想，愿得一明眼人，为我代下注脚，发皇心曲，以俟百世，今不意近得之于足下。'今牧翁仙去数年，而诗笺挂一漏万，殊不足副公之意，未知后人视之，虎狗鸡凤，置之于何等耳。"(《钱遵王诗集笺校》，第235页）庚子为顺治十七年（1660），该年夏，遵王开始为《初学集》诗作注，渠三十二岁，牧斋七十九。三年之后，即康熙二年癸卯（1663），诗注初稿完成，请牧斋过目，得《有学集》卷三十九《复遵王书》"居恒妄想"云云。

遵王生于崇祯二年（1629），入清时十六岁。以一般原则，遵王在明朝未登仕版，不必为明守节。年岁相近参加科考出来做官，如钱朝鼎者，不可胜数，亦不一定遭严责。遵王追随牧斋作遗民，又为牧斋诗作注，其时有"到头心事终难定"之慨。几年之后，已选定了路，表现得很坚定。遵王《交芦言怨集》有《悲秋二十首》，其九云：

> 圆盖无梯那可登，钧天梦觉又何曾。罢头欲掩栖瓶雀，摇翅难飞穴纸蝇。秋水暗凝金狄泪，暮云清澈玉壶冰。颠毛种种西风里，总被时人唤不应。

其十五云：

> 卷然双鬓感秋蓬，十四年来昔梦中。放鹤亭南寻处士，操蛇山北笑愚公。新愁汴酒烟花绿，旧恨樊楼灯火红。苦爱青州从事好，醉乡端合老无功。（《钱遵王诗集笺校》，第56、57页）

按：入清十四年，遵王正三十岁。时人唤他，总不应也，岁月流逝，仍活在过去。又，樊楼，《读书敏求记》卷二地理舆图类"梦华录十卷"条云："幽兰居士孟元老，追叙东京旧游，编次成集。缅想曩昔，如同华胥梦觉，因名《梦华录》。书成于绍兴丁卯，去靖康丙午之明年，又二十一年矣。南渡君臣，其犹有故都之思，如元老者乎。刘屏山《汴京绝句》'忆得少年多乐事，夜深灯火上樊楼'。盖同一痛叹也。"（《读书敏求记》，第57页）"旧恨樊楼灯火红"即"追叙东京，华胥梦觉"之义，家国感、遗民味是很足的。遵王诗得牧斋一体，极写家国之感，善能造哀，幸而久失传，不然必延祸。失传而后重现，惜义宁老不曾见也。

牧斋卒时，遵王三十六。牧翁卒后，遵王憔悴，然不忘夙诺,继续笺注钱诗,不负乃师在此。邓文如先生治史言事皆如老吏,然文如能谅遵王,如何其同门不能谅之耶?其关节点在哪里?

二、严熊及其家世

钱氏家难发生,因牧斋子孙爱懦弱,由牧斋弟子严熊出面诉讼。这是个有一定传奇色彩的人物,严熊入清后不仕,是遗民,集中有延祸之句,故《严白云诗集》流传不广。邓之诚先生与陈寅恪先生,一有缘见之而未注意,一无缘见之,故《清诗纪事初编》及《柳传》于此人皆着墨不多。请先述其家世。

(一)严熊家世

严氏为虞山名门,并四代与牧斋交,此《柳传》已及之而未详叙,或因陈先生以此未为重要而省之,其实严熊之为人豪壮与其家世不无关系;其外家亦与牧斋有关,此《柳传》言之更少。今略补苴之,当非画蛇添足,或可知人论世。

曾祖严讷,字敏卿,嘉靖辛丑(1541年)进士,官拜吏部尚书、武英殿大学士。以文学名,称"青词宰相",谓政绩不多。嘉靖四十四年(1565)以疾乞归,里居廿年,卒年七十四,谥文靖,《明史》卷一九三有传。著《春秋国华》十七卷,《四库》著录。

严讷与子严澍、严泽等皆善书,列名《御定佩文斋书画谱》卷四十三中。严熊祖严泽,字道溥,仕中书舍人,神宗爱其书。严熊《严白云诗集》卷二《和归玄恭养疾诗十二首》

其十一"字"云:"拍案高低拟问天(予与玄恭较字,各不相下,往往拍案大呼),何妨张米并称颠。看碑妙诀三朝悟,悬肘神灯四代传。(予家自先相国文靖公后皆称能书,其法必主悬肘。)微处试参戈法进,兴来常得笔锋圆。诚悬讽谏成佳话,不独书裙可换钱。"(严熊《严白云诗集》卷二,《清代诗文集汇编》100,上海古籍出版社影印,2010年,第21页下)不独以书是吾家事傲人,更以气节与豪气自显。

父严栻,字子张,崇祯七年甲戌(1634)科进士。为信阳知州,自制火器败流寇,有政绩,官至兵部职方司员外郎。为姚希孟门人。举人与阎尔梅同年,进士与吴昌时、龚鼎孳同榜。当有举兵反清之行为,严熊、顾苓皆言之不详。后隐居不出。《初学集》卷三十六《赠文文起宫相六十序》即严栻所求(《牧斋初学集》,第1005页)。

严熊外祖父为文震孟,字文起,吴县人,文徵明曾孙。十赴会试不售,至天启二年(1622)殿试第一,授修撰。上疏斥魏忠贤,廷杖八十,贬秩调外,不赴调而归。后又用,特擢礼部左侍郎兼东阁大学士,入阁预政。与温体仁沮,不尽其用归,归半岁卒,极有正声。福王追谥文肃,《明史》卷二五一有传。另汪琬有《文文肃公传》,《东林点将录》点为地文星圣手书生萧让。

严家自乌衣门第,然不甚以忠孝节义显,武伯父严栻似有起兵抗清事,武伯集中于此不著一言,岂畏祸而隐晦耶?然于其舅氏文乘死难事,何大书而特书?顾苓《塔影园集》有《文公子传》,论文乘亦及严栻,吞吐不详,似严栻确有起兵事,捕文乘以招严栻,文乘不就范,死。严栻亦至官府解释,归。

武伯有难言之隐。武伯外祖父文震孟及震孟仲子文乘,于忠孝节义最显,武伯屡言之。

文震孟二子秉、乘。长子秉,字孙符,明亡后杜门著书,今其所著书流传者,有《烈皇小识》《先拨志始》等。

仲子乘,字应符,《明史》文震孟本传谓"遭国变死于难",语焉不详。黄宗羲《周子佩先生墓志铭》云:"文相国子乘,子佩之妹婿也。牵连吴日生事被杀,子佩迎妹于家,抚其孤成立。"吴日生,即吴易。子佩,周顺昌子。子佩妹妻文乘。文乘姊妻严栻,文乘为严熊母舅。严熊《严白云诗集》卷一有《重过药圃外王父相国文肃文公故宅》诗云:"历历池台触处惊,此来疑是梦中行。竹穿败砌苔空绿,柳拂危桥水自清。两月去留天下事(文肃入相两月而罢,尝图其石曰"两月平章"),十年兴废一家情。伤心剩有梁间燕,犹泥愁人故故鸣。"卷二又有《感旧四首》分咏文震孟、文秉、文乘,不具录。柴德赓《明季留都妨乱诸人事迹考上》第十六"因事累为清室所获殉义者(七人)"考文乘其人,引《南疆逸史》卷十一云:"文(秉)〔乘〕,字应符,文肃仲子。隐山中,有诬其与吴江易通者,逮至官,(秉)〔乘〕不辩,徐曰:不敢辱吾父,愿就死!临刑赋诗曰:'三百年前旧姓文,一心报国许谁闻。忠魂今夜归何处,明日滩头吊白云。'妻□氏,亦殉其旁。"又引《苏州府志》八七云:"妻周氏,即顺昌之女,亦殉其旁。"并辩所殉者恐是他妾,并非周氏。顾云美《文公子传》末亦云文乘没后,周氏携子避云美家,可见周氏未死。

周顺昌,《东林点将录》点为地满星玉幡竿孟康。张溥名文《五人墓碑记》云因顺昌事处死苏州义士五人,断头城上,有贤士大夫出资治葬，"贤士大夫者，冏卿因之吴公、太史文起文公、孟长姚公也"。太史文起文公，即文震孟；孟长姚公，即姚希孟，字孟长，吴县人。孟长生十月而孤，母文氏抚养长大，稍长与母舅震孟同学，少震孟五岁，并负时名。举万历四十七年（1568）进士，改庶吉士。天启初，震孟亦取上第入翰林，甥舅并持清议，名亦重。遭党祸，崇祯九年（1636）卒，谥文毅。震孟长恸，亦卒。尚在甲申之前。《明史》卷二一六有传，《东林点将录》点为地阔星摩云金翅欧鹏。牧斋《初学记》卷二十有《冯二丈犹龙七十寿诗》自注云："冯为同社长兄，文阁学、姚宫詹皆社中人也。"（《牧斋初学集》，第713页）知牧斋所交不仅严氏四代，与武伯外家关系尤密。至此关系始明，方知严武伯诗"十年兴废一家情"所蕴之义。

严熊母舅文乘，武伯《严白云诗集》卷一《拜文烈士应符母舅旅殡》云："悠悠渭水去无期，犹忆追随最小时。静远斋东探柳色，石经堂北嗅梅枝。乌衣作伴他生事，白首难同后死悲。七尺形骸千岁计，白云明月是心知（舅临刑有'忠魂今夜归何处，明月滩头卧白云'之句）。"按：文应符绝命诗有异文，自以武伯所记为确，《南疆逸史》传写致讹。

武伯父辈谱字用水旁，武伯同辈谱字用火旁，族兄弟行中另有严炜，字伯玉，诸生，与牧斋关系亦密。谢正光先生名文《清初贰臣曹溶及其"遗民门客"》考伯玉与曹溶、牧斋，甚而金堡等人关系较详。伯玉有《沧浪集》，《千顷堂书目》著录。

因文乘居间，严熊与牧斋另一重要弟子顾苓，在家世上亦有联系。顾苓《塔影园集》卷一《先处士府君行状》及周顺昌事，云："吴江周忠毅公为先太仆公外孙，以忤阉魏忠贤被逮，先一日，文文肃公来密语府君，府君告忠毅，因为出入经营，几被株累，不惜也。"

又同卷《文公子传》记文乘事，云："崇祯丙子，将试应天，而文肃公薨，既免丧，颇托迹声伎，阴结客，故人问遗，随手散尽。思文皇帝继位福建，改元隆武，遣吴江孙某，密诏前总督漕运都御史路振飞于太湖中，主吴趋赵生家。赵生素善公子，出孙某所赍登极、亲征二诏，出示公子。公子慨然曰：'吾有君矣！'赵生随孙某如福京，公子具表，自陈世受国恩，将纠结草泽应援之师状，上相国黄道周、陈洪谧书，趣王师西征。封以蜡丸，珍重投赵生。赵生许诺。既出门，毁弃之。及抵福京，以父官礼部得官，逾年，以谩语报，公子信之，遂集故所结客，治兵太湖中。湖中义士亦公推公子。丙戌六月，部署将发。土国宝伺湖中事，刺得状，急发卒捕，公子被获，连所亲数人。公子语国宝曰：'吾一人事，事不成，死耳。彼皆不得与闻。'国宝悉遣所亲，而令公子招余众以赎死。公子骂曰：'吾有死，不为若用。'先是，公子姊丈兵部主事严栻于乙酉六月起兵常熟，不克，弃去。国宝疑两人共事，招主事书曰：'君来任公子则生之。'主事至，国宝与言所以任公子者，辞不与闻，公子亦坚请死，遂以是月二十六日被杀，年二十九。死之先一夕，赋诗曰：'阀阅名家旧姓文，一身许国死谁闻。忠魂今夜归何处，明月滩头卧白云。'死之日，过其甥顾苓家，与妻子诀，饮食如平时。悬首阊门，越一日犹视。国宝从城外来，望见，恶之，函送主事以敛。死之日，流星坠所陈尸寺中。"则严熊与顾苓皆自称文乘甥。然亲疏不同，据顾苓《先处士府君行状》云"外祖，故文待诏公孙婿，相国文肃公姊夫"，盖顾苓之外祖父为文震孟之姊夫，震孟仲子文乘为顾苓舅辈。

武伯本能自树立，威武豪壮，诗酒纵横，如燕赵豪杰，兼忠贞之后，又增慷慨。其诗效乐天、放翁，一泻千里。

（二）严熊其人

严熊，字武伯，生于明天启六年（1626），诸生。明亡时十九岁，钱曾与牧斋子孙爱同岁，武伯长钱曾、孙爱三岁。入清不仕，喜山水游，诗酒纵横。钱氏家难发生后，出面严讨钱曾，有《负心杀命钱曾公案》，天下多之，《柳传》已引及。与牧斋其他门人归庄、顾苓等皆善，顾苓前已言之，归庄与严熊则可能性格接近，相交最深，《严白云诗集》中唱酬最多即是玄恭，不一一录。

武伯守遗民之节不堕，《祝陈太丘七十》后半云："无何又世变，真主起辽燕。宇宙再开辟，投簪返林泉。两人又相从，相从百忧煎。久要殊未忘，微节守能坚。从此谢世事，息心究玄禅。痛定温昨梦，堪贺实堪怜。"（《严白云诗集》卷二十三，第147页）

与遗民往还不绝，互通声气。又贞不绝俗，往往与当朝巨公游，与龚鼎孳、徐乾学兄弟皆有往来。《岁暮杂诗十首次湘灵韵》之九有"安贫掉臂能辞贿，守拙摇头不要官"句，下有小注云："戊午岁，徐健庵、曹我眉诸公欲以予应博学宏词之荐，予力辞之。"（《严白云诗集》卷十八，第122页）卷二十七又有《洞庭即事呈徐尚书健庵》《次和健庵山居三首》等（《严白云诗集》卷二十七，第161页）。

武伯后来又从钱陆灿与修《常熟县志》《江南通志》。《严白云诗集》卷十九《漫兴二十六首次钱遵王韵》第十七首云："三钱鸡笔绍春秋，谁卧元龙百尺楼。宋氏繁芜唐史谬，纷纷未数万毛牛。（去夏同湘灵修《常熟县志》，秋冬之交，与修《江南通志》，今皆告成，因慨《明史》久未竣局。）"（《严白云诗集》卷十九，第126页）

《柳传》云："牧斋与严氏一家四代均有交谊，前已言及。晚岁与武伯尤为笃挚。观上列材料并有学集三柒《严宜人文氏哀辞并序》（此序前已引）、同书肆捌《题严武伯诗卷》及《再与严子论诗语》等篇，可知武伯之'为虞山先生义愤'固非偶然。但武伯之'纵横跌荡'，'眉宇轩轩，燕赵间侠客壮士'，自是别具风格之人，故其与钱曾辈受恩于牧斋者同，而所以报之者迥异也。"然"与钱曾辈受恩于牧斋者同"与"所以报之者迥异"二者，皆当分析。侯芭之争已起，便会有余波产生。

阎古古曾访牧斋，与论不合，赖武伯斡旋方解，详下。以性情论，阎、严较合，武伯于牧斋，四代相交，尊之者多，性情实有别。及遵王半路从牧斋，王前卢后，易起纠纷。《牧斋杂著》卷二十三有《与遵王》，即所谓"杜诗八札"，遵王得牧斋垂青起于注杜，往还讨论，渐亦相得。《有学集》卷二十六《述古堂记》以"好古敏以求之"相勖，即看出遵王性情特点，钱曾述古堂、读书敏求记之名，皆从此出，牧斋谓"以余之老耄，犹将羹墙仰止，朝夕陈拜，而况子少壮努力者乎"，殷殷相嘱。（《牧斋有学集》，第993页）

《有学集》卷三十九收《复遵王书》《与遵王书》二函，皆论注《初学集》诗事，有"居恒妄想，愿得一明眼人为我代下注脚，发皇心曲，以俟百世。今不意近得知之于足下"数语，知从注杜而相知，又进而开始注钱。而于遵王所注未尽满意，随笔指出，又约抵掌再谈，具见此二函中。及绛云楼烬，举烬余归遵王，此时已易蛾眉人妒。遵王《判春集序》云："（牧翁）易箦前数日，手持《有学集》稿郑重嘱付。"（《钱遵王诗集笺校》，第203页）又邹式金《牧斋有学集序》云："易箦时，乃以手订《有学集》授遵王，余子漪为及门，故得见而知之。"（《牧斋杂著》，上海古籍出版社，2007年，第953页）明为传衣钵，遵王意中，自绛云传綮起，已自认侯芭，传玄自任。则陈寅老"晚岁与武伯尤为笃挚"之判断未为全中。而武伯意中，未必以为然，《严白云诗集》卷十三《春朝拜钱宗伯墓》云："夙兴斋沐到山中，拜罢先茔便拜公。谈笑明明如昨日，池台处处想流风。乔松抱雪寒犹在，线柳含春气旋融。悬刺书香望郎主（唐人呼座主之子为郎主，此句勉文孙镜先也），侯芭端不负扬雄。"（《严白云诗集》，第93页）末句以侯芭自指。侯芭本有二义，今日看来，钱、严本可分任之，当日情形，势不能分，必起小争端。

（三）严诗二序

《严白云诗集》前有阎尔梅序，为《柳传》作者无缘寓目者，颇有涉及诸人之间关系之语，今录于下：

> 有明崇祯庚午，吾师姚文毅公主顺天乡试，予幸而获隽。是年，武伯之尊人子张亦举南闱，子张少受业于

文毅，故事，两京称同年，又同门也，订交长安，互相题拂，以为英流神士。已而子张成进士，予老计偕，踪迹遂阔。鼎革后，予患难濒死，遥闻子张亦同之，即知有令子武伯，未识面也。癸卯，避迹吴下，与子张相晤，握手慰劳，唏嘘太息，各已班白。而武伯亦年几四十矣，形体魁岸，须髯猬张，目光电烨。予爱其有河朔壮侠之气，及与谈诗文，恂恂闇闇，确有源委。赠予诗云："四海为家不裹粮，儿童也识报韩张。开编莫叹陈琳老，览景空思阮籍狂。旧事危曾当虎口，新踪愁为入羊肠。何时负笈亲函丈，历遍残山剩水傍。"予和之曰："钵乞晴天雨作粮，朱琴萧索不曾张。伯伦随地皆能醉，光禄诸儿若个狂。山水离奇穷鸟道，虀筯辛苦试鱼肠。游来万里怜孤影，此夜悲歌尔在傍。"予南游，相知投赠不下千篇，惟此篇能绘出心貌。盖文人则相如之击剑，猛士则荆卿之好书，殆兼有之，称其家儿者也。当是时，牧斋钱宗伯以老学宏才挟主文柄，于人少所许可，独酷爱武伯，如禅门之付衣拂然。予与牧翁言不契，临行遗书诮让之，牧翁滋愠，武伯曲为调剂。昔人所谓两姑之间难为妇者，予雅重之。

又三年，予往合肥，会龚司马尊人之葬，武伯亦至，相见甚欢，痛饮于司马斋者再四。时牧翁已殁，会丁家难，宠姬柳氏自缢。武伯不避嫌怨，所至讼言。一日，司马大会宾客，谈及其事，或为探巢人解纷者，武伯乘酒瞋目叱之，座中以为狂，独司马感泣称异，以为不负知己，有古人之风，郑重赠诗而别。

今年戊申来京师，复饮于司马斋，醉后立和予《观剧》八章，笔不停缀，风雅可诵。冠盖中争欲交欢武伯，重币延致，文章意气，称誉籍甚，先生俱以亲老为辞，予益重之。于其归，折柳御河，广为饯别，历叙交谊，词繁而不杀焉。庸正告天下之取武伯者，当于俗口谣诼牝牡骊黄之外，而武伯亦将自励其后也。白牟山人阎古古撰。

按：姚文毅公，即姚希孟。阎古古与武伯尊人同门又同年，以此识武伯。虬髯慷慨，能折阎氏，武伯之能自立可知。席间谈牧翁旧事，又及遵王。癸卯，为清康熙二年（1663）。"又三年"，为康熙五年（1666，丙午），牧斋卒已两年。时武伯四十一岁。谈及旧事，态度依然激烈，此刻武伯不谅遵王尚可理解。

尤可注意者，龚鼎孳大会宾客，座中有"为探巢人解纷者"，文献阙失，惜不知此人为谁，然可确定座中有袒遵王之人。武伯乘酒斥之，须发尽张，瞋目欲斗，不容辩是非，人自避之，座中以为狂，武伯诗中自称为"骂座人"。独龚鼎孳感泣称异，以为"不负知己"，并赠诗数章。阎古古描画武伯，栩栩如生，一则谓"似河朔壮侠"，一则谓"文人则相如之击剑，猛士则荆卿之好书"，可谓等其气类，相见忘年者。

再按：邓之诚《清诗纪事初编》卷一"阎尔梅"条谓："阎尔梅，字用卿，号白牟山人，又号古古，沛县人。崇祯三年庚午举人。为复社魁硕，有重名，埒于二张。甲乙之间，屡以奇计说史可法，不能用。乃散家财万金，结豪杰，往来山东河南。数有兵起，旋皆破灭，事连尔梅。顺治九年，官发兵系之至大明质证，移济南狱。再逾年，有左右之者，得回籍听勘。明年携子出亡，十余年间，遍游西北，会事解乃归。复为人所告，康熙四年，入京师，援恩诏诣诏狱自首。龚鼎孳时为刑部尚书，与有旧，为之疏通，竟得宽免。是狱言者不详，黄宗羲谓以诗祸亡命，尔梅亦有'贾祸诗文尽数删'之句，然被逮时，其弟尔羹父子同下江宁狱，经年始释。亡命之先，妻妾自杀，虑发冢，预平先墓，狱情严急，知与诗未尝无关，而不尽由于诗。"此所谓"鼎革后，予患难濒死"者。又谓："诗才若海，茫无涯涘，说者谓似太白，盖论其古体；若律绝，不薄七子，而格律谨严，声调沉雄，纯以史事隶之，与靡靡者异，当时无不重之。吕留良睥睨一世，闻人誉之半似阎古古而喜。"晚村固重其诗，更重其人。阎古古如此待武伯，所谓"此夜悲歌尔在傍"者，几于忘年知己，无疑又为武伯增重焉。武伯家世如此，威武如彼，足以震慑人而使不能辩也。

又按：《柳传》推测严熊至京之时间在康熙五年（1666）之后，阎尔梅此序可支持这一推测，并进一步具体到康熙七年（1668）。《柳传》云：

> 清史列传柒玖贰臣传乙龚鼎孳传略云："康熙元年谕部以侍郎补用，明年起都察院左都御史，三年迁刑部尚书，五年转兵部，八年转礼部。十二年八月以疾致仕，九月卒。"据上列之材料，可知严武伯至北京乃在康熙五年丙午后龚氏任职京师之际，而此时牧斋之从侄孙保曾再发起向孙爱索逋之事。

据阎古古序知，龚鼎孳、阎古古、严熊三人两次会面，一在康熙五年（丙午），事由为龚司马尊人之葬，地点在合肥。这一次武伯酒后骂坐，龚鼎孳赠诗而别。第二次在康熙七年（戊申），阎序谓"今年戊申来京师，（与武伯）复饮于司马斋，醉后立和予《观剧》八章，笔不停缀"。合肥之会甚欢洽，故又有京师"复饮于司马斋"之会。据此可将寅翁所推测"康熙五年之后"考定为康熙七年（1666）。

合肥之会龚鼎孳所赠诗，即《严武伯千里命驾，且为虞山先生义愤，有古人之风，于其归，占此送之》七绝五首，在《定山堂集》卷四十二，《柳传》已录，今不惮烦重录之，并加析语。

其一云：

清秋纨扇障西风，红豆新词映烛红。扣策羊昙何限泪，一时渾（史良昭先生疑此字为"挥"字误刻）洒月明中。

按：此首以"扣策羊昙"句为重点。羊昙感旧，哭悼谢安事，见《晋书》卷七十九谢安本传，略谓：羊昙为谢安所爱重，安薨后，辍乐弥年，行不由西州路，怕思旧也。尝醉后不觉至州门，左右曰此西州门，昙悲感不已，以马策扣扉，诵曹子建诗"生存华屋处，零落归山丘"，恸哭而归。此首写严熊感旧，不忘牧斋。

其二云：

死生胶漆义谁陈，挂剑风期白首新。却笑关弓巢鸟事，当时原有受恩人。

按："关弓"即"弯弓"，弯弓射巢鸟。此首讽钱曾。

其三云：

河东才调擅风流，赌茗掸花是唱酬。一着到头全不错，瓣香齐拜绛云楼。

按：此首咏河东君。所谓"一着到头全不错"，似今俗语"一条道儿走到黑"，赞柳氏有主心骨不动摇，又赞家难中决绝非常人。此组诗为严武伯而作，写到颇服柳氏，则武伯于柳夫人之态度可推而知。柳如是非婉娈小妇，于武伯慷慨较易接受。

其四云：

高平门第冠乌衣，珠玉争看彩笔飞。曾读隐侯雌霓赋，至今三叹赏音稀。

按：此首乃叙严家门第。文靖、文肃两相国，武伯屡屡言及，"高平门第冠乌衣"正此也。严家善于文艺，外家崇尚气节，武伯殆兼而有也。"隐侯"指沈约，作《郊居赋》，有'驾雌霓之连蜷，泛大江之悠永'句，出示王筠，筠读"雌霓"为"雌鸡"，约喜谓："霓字惟恐人读作平声。"许为赏音。指武伯诗赋能动江关，龚孝升于武伯亦生知己之感。

其五云：

> 君家严父似严光，一卧溪山岁月长。头白故交零落尽，几时重拜德公床。

按：子张与孝升为同年，入清后一隐一仕。"德公"即庞德公，隐者有德，比为德公，指严栻。此首与本文主旨较无关系，而于龚孝升心事较有关系。

龚氏诗题中谓"郑重赠诗而别"，其实未即作别，武伯"即席倚和奉酬"，当场即有和作。《严白云诗集》卷二有《丙午秋谒大司寇龚公于合肥里第，公赋诗五章辱赠，即席倚和奉酬》，亦五章，中多酬应之语，故不全录，录有关系者。

之二云：

> 颓鹤探巢事已陈，相逢和泪话犹新。平生知己公怜我，天下争嗤骂座人。（偶谈牧翁身后，有询及探巢人者，予厉色斥之。）

按：题目中"丙午"即康熙五年（1666），可与阎古古序下按语合观。武伯《负心杀命钱曾公案》中即主要针对钱曾，而未提及钱朝鼎。怪矣哉，朝鼎是主犯，钱曾从之耳。遵王受大恩而叛，固可恨；然不及朝鼎，专骂钱曾，亦可怪也。序与诗中更对准钱曾，不及朝鼎。

尤可注意者，此诗所写与阎古古序所记为一事，皆在合肥龚鼎孳座上，此处但谓"有询及探巢人者，予厉色斥之"，只是"询及",何必斥之?而阎序正所谓"或为探巢人解纷者",自以阎序得当日之实。此处用"徇"字方是写真,谓有人左袒遵王。武伯一字之换,轻描淡写,出人意料。

末谓"平生知己公怜我,天下争嗤骂座人",此处"公"指龚鼎孳,即阎古古序中所谓"独司马感泣称异"。下句"骂坐人"为武伯自指,"天下争嗤"当过度其言,然有人为遵王辩护则可确定;为武伯气势压倒,亦可想见。

之五云:

> 曲江名姓几灵光,冷淡交情味自长。若询吾亲今日况,一龛佛火一匡床。(公与大人同年登第。)

按:录此首,只为其小注也。知龚孝升与武伯尊人为崇祯七年(1634)甲戌科同年。

《严白云诗集》前尚有宋琬序,陈寅老已从宋氏《安雅堂集》中读之,然未考虑钱、严二人关系,今重录并申述之,其云:

> 虞山钱牧斋先生,以先朝耆宿操海内文章之柄者四十余年,所著《初学集》,海内争传诵之。暮年稍涉颓唐,又喜引用稗官释典诸书,于是后进之好事者,摘其纤疵微瑕相訾謷,以为口实。然而夏后之璜,不无径寸之考,固不害其为天球弘璧也。
>
> 岁辛丑,先生顾余于湖上,辟咡之遐,语及当代人物,先生曰:"吾虞有严生武伯者,纵横迭宕,其才未易

当也。"越乙巳，始与武伯定交于吴门，而先生之撤琴瑟已再闻矣。武伯身长八尺，眉宇轩轩，骤见之，或以为燕赵间侠客壮士也。酒酣已往，为言先生下世后，其族人某，先生平日遇之甚恩厚，一旦妄意室中之藏，纠合无赖少年，嚣于先生爱妾之室，所谓河东君者，诟詈万端，迫令自杀。武伯不胜其愤，鸣鼓草檄，以声厥罪。其人大惭，无所容。聆其言，坐客无不发上指者。呜呼！何其壮哉。居平郁郁不自得，则去而之京师，出居庸关，经弹琴峡，爰及上谷、云中，所至辄下马赋诗。大司马合肥龚公甚激赏之，而沛人阎古古者，方为龚公上客，且俨然武伯父执也。阎生老矣，而狂亦甚，往往骂其坐人不少忌，而独心善武伯，故其倡和之诗尤最多，予读之，颇以不得预于其间为恨。一日，饮酒漏三鼓，武伯出牧斋先生文一篇示余，相与辨论，往复不中意，武伯须髯尽张如猬毛，欲掷铁灯檠于地者再。厥明酒醒，相视而笑，曰"夜来真大醉也"。虽狂者之态固然乎，而其护师门如干城，不以死生易心，良足多也。昔者扬子云殁，世人未之奇也，独其门人侯芭以为《玄》过《周易》，芭之文采不少概见，卒赖此一言以传，况武伯之卓然名家者乎！其驰骋豪纵之气，飞扬蹈厉之才，览者当自得之，余椎不文，终未能绘其一二也。莱阳同学弟宋琬。

以《严白云诗集》卷首宋琬序与宋琬《安雅堂集》所收《严武伯诗序》对勘，发现异文，"先生曰：'吾虞有严生武伯者，纵横迭宕，其才未易当也。'越乙巳，始与武伯定交于吴门，而先生之撤琴瑟已再闰矣"几句，《安雅堂集》作："先生曰：'吾虞有严生武伯者，纵横跌宕，其才未易当也。'后与武伯定交吴门，先生已撤琴瑟再闰矣。"按：所涉几个年份，辛丑为顺治十八年（1661），乙巳为康熙四年（1665）。"乙巳订交"，而"先生之撤琴瑟已再闰"，出现矛盾。牧斋1664年5月卒，1665年如何称"撤琴瑟已再闰"？"先生之撤琴瑟已再闰"之义为牧翁已死五年矣，古人称五年两闰，故以"再闰"作"五年"之代称。若以"先生之撤琴瑟已再闰"计算，吴门订交在康熙八年己酉（1669），绝非"乙巳"。则《严白云诗集》中宋荔裳此序"乙巳"与"撤琴瑟已再闰"之中，必有一误。而《安雅堂集》无"乙巳"字样，仅言"再闰"，当已改正。故知"乙巳"误。

再按：宋序与阎序，写法颇似，两篇序文如此相似，为一大巧合。知牧斋卒后五年，武伯又谈往事，上次是在合肥，这次是在吴门，宋琬所记与阎古古所记相差无几，而听众反应略不同，"聆其言，坐客无不发上指者"，更无人再争。惟时间有差，此时《钱注杜诗》早已刊刻成功，遵王为牧斋诗作注亦已有年，武伯仍然不谅遵王，气仍未消，瞋目欲斗。序中且用扬雄侯芭典，谓武伯足以传玄，遵王乃"无所容"之人，则遵王注钱事业为其隐没。

又按：《钱注杜诗》刻成，季振宜为序即言："（遵王）一日指杜诗数帙，泣谓予曰：'此我牧翁笺注杜诗也，年四五十即随笔记录，极年八十书始成。……牧翁阅世者，于今三年，门生故旧，无有过而问其书者。"又云："牧翁著述，自少至老,连屋叠床,使非遵王笃信而死守之,其漫漶不可料理,纵免绛云楼之一炬,亦将在白鸡栖床之辰也。"此语初读以为泛泛,今日再看,则明明有所针对。遵王已借季氏之笔,于武伯有所反驳。武伯气势压人,故不直接辩,亦不道歉。家难之缘起始终不明,此案且缺少另一方之辩词,陷于明灭晦暗中。

三、钱曾与严熊

遵王与武伯为两位侯芭。《读书敏求记》子部"严君平道德指归论七卷至十三卷"条云:

> 牧翁从钱功甫得其乃翁叔宝抄本,自七卷讫十三卷,前有总序,后有"人之饥也"至"信言不美"四章……真秘书也。辛丑除夕,公于乱帙中检得,题其后而归之余。来札云:"此夕将此残书商榷,良可一胡卢。"嗟嗟!公之倾倒于苏至矣,惭予湮厄无闻,为里中儿所贱简,未能副公仲宣之托。抚今念昔,回首泫然。抱此残编,徒深侯芭之痛而已。

按:此条可注意者二,一为"公之倾倒于苏至矣","未能副公仲宣之托","抱此残编,徒深侯芭之痛"云云,谓遵王牧翁知己之感,并再次证实前文所论赠书与作注有关。牧翁以此方面托遵王,遵王在此方面报牧翁。二为"为里中儿所贱简","里中儿"三字排除了很多可能,如柳如是,如朱鹤龄;"抚今念昔,回首泫然",则为人所轻时间在牧斋身后。

遵王《判春集序》云：

> 忆髫年以诗文受知于牧翁，每览篇什，辄题词张之。尝采《破山寺》断句诗，录为《吾炙集》压卷。易箦前数日，手持《有学集》稿郑重嘱付。公为半千间出，倾倒于苏若此。惭予阘茸放废，湮陇无闻，甚至为里中儿所贱简。行将槁项息影，投老孤芦。固不敢自诡为东家丘也。后山一瓣香，负公实多，不成其乎为人矣！不成乎其为人，则亦不成乎其为诗。而复余情瞥起，未能舍然。辑缀钝句，联之为一集，庶几知我者等于月光之水观，勿窥窗而投诸瓦砾，是予之幸也夫。丁巳除夕，述古主人钱曾自题。

按：此序大概二义：一为里人所轻，二将不负牧斋。遵王于家难后，不辩解，不道歉，只求不负凤诺，于注钱事自赎，以不负牧斋。为里人所轻一项，与前引《敏求记》略同。其为人所轻之时间，亦在牧斋身后，丁巳为康熙十六年（1677），已是牧斋卒后十三年。

然牧斋生前，已起是非。遵王《今吾集》有《述怀诗四十韵呈东涧先生》，诗云：

> 感极翻垂涕，衔悲只自知。颛愚蒙品藻，侗直荷恩私。入室容窥秘，登楼与析疑。篇章烦往复，格律斗新奇。压卷标吾炙，开编戒汝欺。缥囊题古帙，绛雪和新词。书竟传王粲，人夸说项斯。有文先许读，无席不容

追。云上轩中酒，胎仙阁里诗。客来招共话，宾至唤相随。更喜经过数，偏怜光景移。晬盘春盘盘，夜宴漏迟迟。却月停歌扇，光风泛酒卮。红灯依笑语，清醽照须眉。鼓急花争放，弦幺柳暗垂。翻思宾作主，犹记祭为尸。酒罢扶床坐，诗成剪烛窥。墨庄香馣蒬，文海字淋漓。宇宙存洪笔，乾坤剩绛帷。扪心惊报答，没齿戴荣施。豚犬安名字，泉台勒铭碑。沉吟双泪涴，感激一身危。窃叹悬如磬，堪嗟钝若锤。百年宁肯负，千载更从谁？蜮影凭人射，蚕僵笑我痴。谤伤殊可畏，欲杀又何辞？俗子添蛇足，狂奴窃虎皮。石浮心独省，金铄志全亏。巧立词坛帜，难降辨围旗。拍肩悲謦相，借目笑痴儿。印首徒轩激，低眉嫉喔咿。逸言兴白璧，古道托朱丝。谣诼诚多矣，疏狂或有之。交游云汗漫，贫贱日支离。瑟缩中怀恶，懵腾壮志衰。舌存空啸傲，筋倦强扶持。霜戛窗楞夜，冰澜檐瓦时。岁寒松影直，月淡竹痕欹。卷籍能忘食，琴书可乐饥。平生仰止意，只是奉洪规。（《钱遵王诗集笺校》，第186页）

按：此诗作年，谢正光《钱遵王诗集笺校》有考。略述其意，《有学集》卷十三"东涧诗集下"有牧斋《和遵王述怀诗四十韵兼示夕公、敕先》诗，《有学集》系之于康熙二年（1663），由此可考定遵王《述怀》诗亦作于此年，即牧翁卒前一年（《钱遵王诗集笺校》，第187页）。全录此诗，是因为它勾勒了遵王与晚年牧斋相交往之梗概。此诗分前后两段，于"百年宁肯负，千载更从谁"后判。前半描写遵王自弱冠从牧斋学，诗酒唱合，夜宴追陪，这十几句写得光影流动，一段幸福的遗民生活。"豚犬安名字"谓牧斋替遵王子取名，《有学集》卷五十有《遵王四子字序》。"百年宁肯负，千载更从谁"，亦信誓旦旦。此诗题为《述怀》，重点在表明心迹，这光影流动只是衬托后面为人所谗之凄零，这光影流动又未尝不是后面为人所谗之原因。由"俗子添蛇足，狂奴窃虎皮"看，似指朱鹤龄。朱注杜，用牧斋而违牧斋，引起纷争。然朱鹤龄早已离开虞山，此次攻击并非来自朱。而从此诗语调来看，更不可能是柳如是。遵王《述怀》诗前面极写牧斋之垂青，后面紧接写为人所中伤，则"蔡邕赠书""侯芭传玄"，引起他人妒忌，于牧斋与遵王间，有间语。而中伤者定亦牧斋身边亲近之人，有其影响力，观遵王畏之、亟起而述怀即可知。诗中有"谤伤殊可畏，欲杀又何辞"之句，亦颇激烈。转眼遵王食言负恩，卷入家难事，为人所言中。遵王性格中有缺点，毋庸讳言。而遵王卷入，是否为人所激而致，其中细节，资料短缺，不能细考。

再按：遵王此诗，陆贻典亦有和，《觌庵诗钞》卷三有《遵王见示述德感怀呈牧斋先生之什，不胜斐然，用韵书情，奉呈牧翁，兼赠遵王》，其中有句云"物态多谗忌，余儿独懊伊"，句下有注："时有间遵王于先生者。"

数条材料并读，所谓"里中人"自然显露痕迹。

《严白云诗集》卷二《和归元恭养疾诗十二首有序》中第二首"呆"云：

> 形骸土木废聪明，兀兀憨憨过此生。被冻一蝇甘穴纸，省怨两鸟合停鸣。（指牧翁身后家难事。）休言荻麦

看难辨,只觉雷霆听不惊。自昔吴侬偏得巧,千金谁肯卖佳名。(石田先生有《卖痴呆》诗。)(《严白云诗集》卷二,第21页)

按:第二联言参与家难众人于武伯出面后悔过而停鸣。第三联为武伯傲语。第四联"吴侬得巧"似又指遵王善语言笑,得牧翁宠,而武伯自许一"呆"字。此处刻画遵王,可与上引《述怀》诗合观。

严熊《严白云诗集》卷八《次和友人岁暮杂怀二十首》有短序,序云:

壬子春,友人传示岁暮杂怀之作,余客岁曾赋八章,未罄所怀,因复次和如数。同床异梦,晓人自能辨之。亦以见虞山之诗,自牧公化后,支分派别,所谓善学柳下惠者不必皆坐怀也。(《严白云诗集》卷八,第67页)

按:"岁暮杂怀"原作者为谁,武伯隐晦不言。然"同床异梦",真奇语也。疑此与武伯"同床异梦"者为遵王。检遵王七集,果不其然,遵王《判春集》赫然有《辛亥岁暮杂诗二十首》,韵脚与严白云所和者如合符契。则"辛亥"为康熙十年(1671),"壬子"即康熙十一年(1672)。当是辛亥岁暮遵王有《岁暮杂怀》之作,严白云即和八章,所谓"客岁"也。来年春,复如数次和,写下"同床异梦"之语。

又按:武伯此短序,其内容有两点需注意。第一,武伯与遵王有所唱和,说明二人已重归于好。陈寅老从曹溶集中看出遵王最后与武伯和好，又不敢论定，谓"俟考"。寅翁《柳传》多推论，有中有不中，此处所推，精确无疑义。第二，二人虽和好，但芥蒂难销，皆在诗中有隐语。丁亥年武伯初看此组诗，未解其所指，有八首之和；来年再看，悟其义，如数次和，并有"同床异梦"之语。

遵王《辛亥岁暮杂诗二十首》到底写了什么，引起武伯反弹。遵王诗飘忽犹夷，晦涩难懂，若李义山诗，这二十首当中，初读皆不觉与武伯有关，再读便觉有异。其六云：

> 年光身计两相违，背索初逢事已非。野客定怜营马磨，山妻虚话卧牛衣。窗棂暗记蒲卢长，檐隙遥看凫乙飞。有口竟同河渚喑，旁人还道食言肥。

按：末联上句似言家难事不自辩解，下句谓不负牧翁，旁人视而不见反谗之。

其七云：

> 门巷萧疏岁旅催，帘前今雨植莓苔。然糠眼冷中宵火，拨芋心枯后夜灰。木榻梦和笫影瘦，蒲龛情逗鬓丝回。睡余骂鬼浑闲事，怕上人间避债台。

按，末二句不识究为何意，武伯读之或疑骂己。

二人和好，似出于众人拉和，毕竟同里，不必相恨一生。但这一消息，在遵王七集中杳无痕迹，若黄梨洲集中决无吕晚村。家难发生后，遵王不辩解，亦不道歉，于集中将涉及钱朝鼎及严武伯两方面者，皆删削一尽，后与武伯和好，有所唱和，然仍不欲其名入己集中，今从钱曾七集中，不能见此二人之名号。

武伯集中屡及遵王，但皆在卷八以后，即可推定二人重归于好约在辛亥（1671年），即牧斋卒后七年，武伯四十六岁，遵王四十三岁。

今将卷八以后及遵王者录在下面，以便参考。卷九有《次和钱遵王莪匪楼六首》，中有"回首绛云余烬处，半襟血泪与谁论"句（《严白云诗集》卷九，第80页）。卷十有《秋冬之交，穷愁亦甚，将卜居于村，适遵王以南村诗见示，依韵酬和十首》（《严白云诗集》卷十，第83页），皆酬应之辞，不录。同卷有《长至后二日，吴江徐松之同在兹、遵王、稼梅诸词人集绳武堂，分得红字篇中三押丽字，字义各别》（《严白云诗集》卷十，第84页），诗长不录。卷十三有《又次诸词人韵九首》（《严白云诗集》卷十三，第94页），第二首即次钱黍谷（朝鼎），第六首次钱湘灵（陆灿），第七首次遵王，第八首次僧鉴和尚，第九首次平厓和尚。卷十五有《病中杂诗有序》，第三首云："伏枕无聊赖，惟思好有朋。广时书莫达（时彦龙在广），燕邓唤难应（邓肯堂在燕）。豪饮失韦（象三）顾（樨侯），高吟阔戴（稼梅）凌（南楼）。何时能杖起，莪匪共钱登（遵王家有莪匪楼）。"（《严白云诗集》卷十五，第108页）卷十九有《漫兴二十六首次钱遵王韵》（《严白云诗集》卷十九，第125页）。卷二十三有《祝陈太丘七十》诗，句云："屈指同队者，晨星光黯然。尚余八九友，曾（先一）王（楚先、子立）马（丹卿）陈（在兹）钱（湘灵、遵王）。尽堪为老伴，水涯复山颠。"及遵王者不算少，然无推心置腹语，家难旧事亦不提及，此其一；遵王作注不负乃师事，亦不提及，此其二。故遵王集中删去武伯亦如旧。

严熊与钱氏家难另一主要人物钱朝鼎关系如何，此文亦当述及，不如此，依然是只见钱币之一面。

《严白云诗集》卷三有《月下钱中丞黍谷携尊丹井山房看梅花得化字》诗（《严白云诗集》卷三，第29页），此卷系于丁未，即康熙六年（1667），可知武伯与钱朝鼎之来往，最迟在牧斋下世三年后便恢复。集中酬唱频繁。卷四有《风满楼为钱黍谷赋》，云："依山嵁岩构危楼，榜得佳名称卧游。俯槛飘飖消毒暑，凭栏肃爽领新秋。东南霞起金乌射，西北云开玉兔流。何日披襟容我醉，江山千里望中收。"（《严白云诗集》卷四，第38页）卷十二有《晦日集黍谷丹井山房看梅分韵二首》（《严白云诗集》卷十二，第89页），酬应之辞，不录。卷十三有《雨中同天公访钱黍谷看写大幅蕙兰，即事成咏》（《严白云诗集》卷十三，第95页），诗长不录。卷十四《钱黍谷游黄山归次春间山馆留题原韵二首》（《严白云诗集》卷十四，第102页），第一首末有注云："黍谷家有女乐。"同卷有《雨中钱黍谷乔梓过赏早桂有作次韵》（《严白云诗集》卷十四，第103页），诗末有注云："前一日黍谷招饮。"钱朝鼎家有女乐，严熊曾向他借，卷十八有《走笔致钱黍谷索观女乐二首》云："一部清商响遏云，池台花竹自缤纷。功成异代同高尚，鄂国嫌他尚少文。""雀罗门巷省当年，管领东山只管弦。竟说先生能爱士，惟将蔬豆享彭宣。"（《严白云诗集》卷十八，第121页）家难事，武伯谅朝鼎而怨遵王，然柳夫人死，朝鼎实有首功，武伯忘之耶？

光绪《常昭合志稿》卷十六《寺观》，虞山"中峰寺"条云："康熙三年讷孙栻重建大殿，邑人钱朝鼎撰记。"复引朝鼎文。（光绪《常昭合志稿》卷十六《寺观》，台北成文出版社1974年复印本第四册，总第909页。此条承谢正光先生赐告，并致谢忱。）则似武伯与朝鼎原有关系即不坏，家难后亦很快恢复，未如与钱曾关系如此之僵。

四、结语

遵王曾祖岱及父嗣美皆与牧斋不甚相得，嗣美卒后遵王改弦更张从牧斋问学，这中间已有种因。自注杜始，往来函札，渐自相得，终以《初学集》相托付，又以绛云丛残作蔡邕之赠，此二事实为一事，前已详考之。遵王沾沾自喜，屡自比王粲，藏书问字，诗酒唱和，夜宴追陪，正所谓一段幸福的遗民生活。遵王近章句儒，又藏书家脾性，见之必得，入则不出。他人自以牧斋重遵王，其实牧斋各用所长而已。武伯四代均与牧斋交，其人又威武昂藏，如燕赵豪杰，本与遵王性格有别，必厌遵王之巧言善笑，故有《述怀》诗所言之事。侯芭之争自在牧翁生前即起。

及牧斋易箦前数日，又以《有学集》稿郑重托付遵王，牧斋曾降清，极怕后代描画，"发皇心曲"自为大事。牧斋晚年悔过自赎，参加抗清，当有其事，观归庄《祭钱牧斋先生文》谓牧斋"赍志以终"即可知。八十老翁赍志而没，是何言哉！故更须人"发皇心曲，代下注脚"。（归庄为牧斋弟子，然敢骂老师，读《归庄集》，历历在焉。牧斋穿大红，归谓之"服妖"；归主道学，于牧斋娶柳事，屡致不满。故玄躬"赉志以终"语，告世人牧斋曾抗清矣。）不料遵王不知为谁所诳，负恩讨债，逼死柳夫人，《述怀》诗言犹在耳，大负牧翁，自陷小人。武伯仗义执言，讨伐遵王。

严武伯一门忠烈，其人慷慨，话直说，气直出，不类小人，即阎古古亦让出一头地。钱氏家难中钱曾癫狂已甚，武伯挺身而出，不作乡愿，本无不妥，然捉住钱曾之过不放，于其悔过之行，视而不见，已失公允之心。于序跋，于方志，但言遵王负牧翁处，不言遵王不负牧翁处，则其心中有私，则无疑也。

家难事虽事实不明，然无非讨债，牧斋一方，未必占十分理，柳夫人死，则万万不料。由《严白云诗集》阎古古序即知，在合肥龚鼎孳座上即有人替遵王缓颊，武伯被酒骂座，须髯如猬，奋臂欲斗，压服之。可知家难事当时即有异言。故遵王事后不解释，不道歉，只求注钱，不负牧翁。所有公案皆私案，人与人之关系为第一关系，公案不过私案之集合与掩护罢了。武伯即把遵王此事做成公案，无法翻了。归庄、顾苓未参与家难事，非亲历者，皆与武伯要好，赖武伯传递消息，则消息可以形成垄断。此文又兼考武伯与云美之亲戚关系。此文若有一得，即为公案与私案之变奏提供一例，便已足矣。

钱曾之性格有阙，不言自明，然比较难得的是，他不改夙诺完成注钱，此亦其性格独有者，一般人便不干了，反正也落了坏名声。赖遵王诗集失而复得，重现天壤，我们才知道他不负牧翁。遵王武伯后和好，遵王一生注钱武伯怎会不知，而于旧序跋不增改一字，《常熟》《江南》两志不书遵王不负牧斋一语。

《柳传》早云："明清间之史料，是非恩怨难于判定。"虽言是非恩怨难于判定，然随着新材料之出现，亦可稍作探寻。《柳传》着眼于大，此文所涉则小，谨就钱曾与严熊旧事略做补苴，为天下爱读《柳传》者献。

寅老以分析入微名，每令读者叹为观止。今向寅老致敬，略效其法。不料入微为有限，附会之危险随之而来，乃知寅老之不易学，记此志感。乙未三月。

（原载于《中国文化》2016年春季号，总第43期）

关于现代学林

学林又见点将录

一

"点将录"这种形式最初是魏忠贤残害东林党的黑名单，后来被"诗坛点将"所独占，其中《光宣诗坛点将录》是代表作，作者汪辟疆在其后序中曾不无得意地说："有赣县王某者，在沪主南海家，任西席。谓余此书初刊于《甲寅》，因分期连载，沪上诸名流过南海，多预猜某为天罡，某为地煞，某当某头领，日走四马路书坊，询《甲寅》出版日期。比寄沪，争相购致，一时纸贵。及急为翻阅，中者半，不中者半，偶见其比拟确切处，辄推允洽。"可以见出这种用武人排队来评骘文人的体裁多么受欢迎。

"点将录"这种体裁好玩就好玩在"像"上。如果不像，就成了人物志，失了游戏的意味了。汪辟疆的《光宣诗坛点将录》非常简单，像与不像，却耐人琢磨。如金和配"花和尚鲁智深"，看不出相同点，赞语说"赤条条来去无牵挂，是真英雄，是大自在"，亦无帮助。细读之，在"粗率"二字，鲁智深人粗率，金和诗粗率。又如黄遵宪配"行者武松"，也是看不出任何相似处，赞语"杀人者，打虎武松也"，并无帮助。细读之，在"雄直"二字，武松人雄直，黄遵宪诗雄直。看似不像，但有像的地方，这就考人，但深思细读的乐趣也在这儿。

文辉先生的《现代学林点将录》，有的点得很好，那就是比较像，像的同时，还要注意这一个的学术地位和那一个的江湖地位也要相称，这就是两重难；但像上面更难。点得好的，像点钱锺书为"双枪将董平"，相对于"文化昆仑"的称号，地位似略低，但也名列"五虎将"，还过得去；而说他"新旧文学皆臻巅峰"，是双枪；又"以其学问、文采两手皆硬，故拟为双枪将"，就很像。钱先生一手捧人，一手骂人，也是双枪。

闻一多善治印，点为"玉臂匠金大坚"；刘师培三十六岁殒亡，点为"短命二郎阮小五"。潘光旦因相貌像铁拐李，又损一足，被徐志摩称为"潘仙"，故点为"神医安道全"，扣神字，且潘氏深研性心理学及遗传学，故较切。点陈寅恪为"入云龙公孙胜"，义宁陈先生《诗存》中用语颇能驱神赶鬼，故以驱邪道人拟之，较恰。

又如"地佐星小温侯吕方"与"地佑星赛仁贵郭胜"二人能征善战，汪辟疆《光宣诗坛点将录》（初本）曾点梁众异和黄秋岳，胡录点其人为季羡林和向达。吕方和郭胜是"孟不离焦、焦不离孟"，季羡林和向达学术领域都在敦煌西域之学，故较似。其中对季羡林的赞扬和批评都很中肯，不像时人随风扬土，推之者上天，贬之者入地，或昧于识见，或别有用心。

但也有不像的，以武松配杨树达，以鲁智深配萧公权，就真看不出相似之处。点郭绍虞为"没面目焦挺",则恕我眼拙,看不出相似之处。(冯永军《当代诗坛点将录》以"没面目"配郭沫若。)点余嘉锡为"天暗星青面兽杨志",不知何因。因为钱仲联活了96岁,就点作"天寿星李俊",不准。

二

这部《现代学林点将录》与其他的"点将录"相比,有自己的一个特点。这个特点作者其实也有提到,就是"故此录一方面继承舒位《乾嘉诗坛点将录》、汪辟疆《光宣诗坛点将录》、钱仲联《近百年诗坛点将录》的形式,另一方面又糅合了叶昌炽《藏书纪事诗》、刘成禺《洪宪纪事诗》的体裁,此录实为'点将录'与'纪事诗'的结合"。我曾经说过:"'诗坛点将录'和'藏书纪事诗'是两种最别致的体裁。"胡文辉一部书要把这两种最别致的体裁一体而兼,难度可知。

我的理解是这样的。虽然"藏书纪事诗"这种体裁落实到一个"诗"字上,其实诗并不重要,这种体裁最重要的是故事,它讲述的就是书的聚散离合的故事。我们知道善本往往流传有序,这样的书林掌故自然令人神往。我举个伦明《辛亥以来藏书纪事诗》的例子,"于省吾"条说:"海城于省吾,亦东省之书雄也。长沙叶氏书之归北平某书局也,君以捷足,尽得其佳本。往时喜收桐城派诸家文集,略备。囊从吴伊贤许,见其钱竹汀手写《南宋馆阁续录》,后有黄荛圃跋,亦以千金得之。迩来专治经学,旁及金石,援古籀甲骨鈇印泉布石刻诸文字以证《尚书》,题曰《尚书新证》,为说经家特辟蹊径。"短短几句，可概括出这么几点：一，叶德辉的书流入于省吾手；二，于氏藏书以桐城派文集略备为特点；三，重视稿抄本的收集；四，于氏善于以金石龟甲文字证经。最末一条即诗中所言"时俗疑书信金石，别搜龟甲证新经"，这正是当时的学术潮流。从地底下挖出来的我才相信，白白写在书上的，对不起，我不信。最大的代表是顾颉刚，当然也遭到反驳，章太炎就问他，"你有曾祖父吗？""老师，我怎么能没有曾祖父呢？""那你见过你的曾祖父吗？"顾颉刚无言。章太炎认为他们拾了西方考古派的唾余，西方国家历史相对短，没有很多记载，靠考古发现很重要；而我们有很完备的历史记载。但却走极端疑古的道路，章太炎就不以为然了。很显然"藏书纪事诗"这种体裁以人为主体，以书为线索，呈现出了当时历史背景下的某种学术流变。《藏书纪事诗》的作者又大多精于版本目录之学，目录学讲究的是"辨章学术，考镜源流"。目录学其实是一种学术史。叶昌炽《藏书纪事诗》因为讲的是从古到今的藏书家，所以这一点不很清楚；伦明《辛亥以来藏书纪事诗》就很清楚了，它很多地方都讲到辛亥以来这个时间段的学术流变。胡文辉这部书，更多地讲的是新中国六十年来知识分子的学术生涯，那么这特点就出来了，历次运动的故事及其影响讲得就特别多。其实在他前面那部《陈寅恪诗笺释》里面，我们就看到他对那个时代知识分子的传记、日记、回忆录引用得很多，资料占有量很大，为他现在写这部学术史性质的书准备了知识分子精神史方面的资源。所以罗韬说："这部《现代学林点将录》，与其说是一部人物志，不如说一半是现代学术的'梦华录'，一半是现代学人的'思痛录'。"说得很好。

胡文辉写这本《现代学林点将录》致力于作一部学术史；"我本杀猪屠狗辈"所质疑的也是这一点："你这样能写一部学术史吗？"但在我看来，这更像是一部知识分子精神史或心灵史的写作。不知文辉的领导兼好友罗韬先生是否会同意我的看法呢？

三

请不要将"学术史"三个字看得太神圣，我也可以写、你也可以写，只要我们看书和胡文辉一样多、一样细，知道那么多故事，又有很深的学术素养。所以我想北大找个教授，清华再找一个（别找历史系女主任），复旦、中山各找俩，捆在一起，未必就能写得比胡文辉好。当然我的话搁这儿，"杀猪的"可以驳。

但我还有很多坏话，胡先生不听也不行。他过于趋新，将章太炎点为"托塔天王晁盖"，似扬而实抑，"盖亦要将他摒于现代学林的正榜之外"。黄侃更因"守旧"，一言以削。严耕望好不容易将吕思勉列于"史学四家"之中，胡文辉将之抑为"拼命三郎石秀"，反以顾颉刚入五虎将。现代学术最主要的课题，就是如何应对新旧之间的这种变奏，在走向"现代"的同时，当不忘旧学；注重文字版本训诂，注重读古书的能力。胡录这样做，将为"一味寻找新材料而不读二十四史"的做法鼓掌。熊十力、马一浮等被摒于录外，亦值探讨。

最后鸡蛋里面挑骨头，总得挑点毛病。作者对人名字号似乎不太注意。以前《陈寅恪诗笺释》言哲维是黄濬号，即不确，其名和字来自《诗经》"濬哲维商"一句。这次翻开书第一位英雄是章太炎，说他"原名炳麟，字枚叔，号太炎"也有问题。他原名学乘字枚叔，慕枚乘；后改绛，再改炳麟、字太炎，慕顾亭林。两套字号莫混。你看，我就注意这小地方，我分明看见胡先生撇了撇嘴。

（原载于《时代周报》2010年9月22日）

关于冬妮娅

希望天黑之前到达我们要去的地方

一

十年前,一位老师受命为理工科的大学生编一本关于世界名著导读的教科书,他这一卷是关于外国文学的,却把我叫去要我写一篇。外国文学非我所长,而题目只剩下三个,一个是《卡拉马佐夫兄弟》,一个是《钢铁是怎样炼成的》,第三个我忘记了。其他两本我都没看过,只好选择了奥斯特洛夫斯基的那本名著。

但到了真正动笔,却怎么也写不成。脑海中飘过的都是刘小枫《记恋冬妮娅》一篇中的词句(我在1996年《读书》第4期读到这篇文章)。他那篇文章里描写出来的重庆冬天阴冷荒凉沉浸在冬雨里的天气也同样笼罩了我。那年西安的冬天也格外的冷,我的思绪被笼罩在这篇小说里出不来。

刘小枫写道:"'文化大革命'已进行到武斗阶段。'反派'占据了西区和南区,正向中区推进;'保派'占据了大部分中区,只余下我家附近一栋六层交电大楼由'反派'控制,'保派'已围攻了一个星期。南区的'反派'在长江南岸的沙滩上一字儿排开十几门高射机关炮,不分昼夜炮击中区。不能出街,在枪炮声中,除了目送带着细软、扶老携幼出逃的市民,我读完了《钢铁是怎样炼成的》。"《记恋冬妮娅》一文所记他读了三遍,这是第一遍。

第二遍是在"武斗过后","在军事管制下,中学生们继续进行对个体偶在的灵与肉的革命,到广阔天地大有作为。那时,我已经过了中学生的年龄,广阔天地令我神往。下乡插队的小火轮沿长江而下,驶向巴东。在船上,我没有观赏风景,只是又读了一遍《钢铁是怎样炼成的》。"

就是在知青点,这个"插"在布满稀疏落寞的灌木和夹杂着白色山石的丘陵上的地方,他们的团支书,一个十九岁的眼睛长得很好看的姑娘,死了。湿漉漉的尸体躺在谷场的木板上,"在猛然碎裂的心绪中,我重读《钢铁是怎样炼成的》。我开始感到:保尔有过的三个女朋友都不过是他献身(革命)的证明材料:证明忽视个人的正当,以及保尔在磨炼过程中的意志力"。

三遍读下来,"保尔的形象已经黯淡了,冬妮娅的形象却变得春雨般芬芳、细润,亮丽而又温柔地驻留心中"。

刘小枫用"文化大革命"的经历和对这场大事件的私人理解来读《钢铁是怎样炼成的》,他还持续不断地问一个问题:冬妮娅何以没有跟随保尔献身革命。"在那革命年代,并不是有许多姑娘能拒绝保尔式的爱情附加条件。冬妮娅凭什么个体气质抵御了以情爱为筹码的献身交易?"

他的回答竟然是这样的:冬妮娅是"从一大堆读过的小说中成长起来的",古典小说的世界为她提供了绚丽而又质朴的生活理想，她身上有一种由歌谣、祈祷、诗篇和小说营造的贵族气，她懂得属于自己的权利。

我的那一篇东西终于写不出，图书馆斑驳的墙上却印下我阴郁的思绪，冬妮娅身上缭绕着的蔚蓝色的蕴藉回忆，成为后来挥之不去的印记。

二

就在这年冬，一个黄昏之后，在旧书店里买到一册《诗化哲学》，距其初版已经十二年。这是1987年的重印本。此书初版于1986年10月，刘小枫生于1956年5月，即此书出版在他三十岁生日的四个月以后，印数7900册。四个月以后，即1987年2月第二次印刷，加印30000册，这在今天不可想象。这样的书如果放到现在，2000册起印就不错了。我的这册原先标价为2元，店主将其涂掉，用圆珠笔改为10元。

这书叫作《诗化哲学》，这里的"诗"很多情况下指的是"思"，刘小枫引海德格尔的话说："思就是诗，尽管并不就是诗歌意义上的一种诗。存在之思是诗的源初方式。正是在此思中，语言才第一次成为语言，亦即进入自己的本质。"（第235页）

那么让我们来看看书作者的"语言"，试图从中窥见其"思"："诗的世界是作为一个与现实的庸俗的世界的对立而提出来的。"（第29页）"表现出一种沉重的像背负着十字架的沉郁气质。"（第12页）"有限的、夜露消残一般的个体生命如何寻得自身的生存价值和意义。"（第11页）"除了怀着永恒的绝望外，人没有其他的办法。"（第 8 页）"尼采说：正是在我的生命遭受极大困苦的那些年，我放弃了悲观主义，自我拯救的本能不允许我有懦怯的软弱的哲学。"（第 124 页）"我们来看，里尔克为何感到孤独、忧郁？为什么他要说，谁在这样时代如果还没有房屋安身，就不必去建筑；谁在这样的时代感到孤独，就永远孤独，就醒着、读着、写着长信；或者，在林荫道上徘徊，体味当着落叶纷飞时灵魂不安的苦涩？他显然是在拒斥什么，以此来救护什么。"（第 186 页）"死的趋势还没有揭开帷幕，唯有大地上的歌声如风，在颂扬，在欢呼。"（第 185 页）"施勒格尔尤其喜欢这种超验诗的设想，在他看来，人类只有依靠诗人才作为完整的个性出现。"（第 33 页）"海德格尔认为，科学不能思，这不是它的缺陷，而是它的长处。科学不思才确保它能够以自己的研究方式进入其对象领域，在其中安居乐业。从科学到思，没有桥梁，只有跳跃。"（第 234 页）

可以看到，刘小枫这册书，力图给沉沦于科技文明造成的非人化境遇中的人们带来震颤。他讨论宗教上的罪感，富有对现实的惆怅并夹杂着遁世的态度，探讨德国浪漫主义里面隐含着的一种悲观主义的情绪和模糊不清的虚无主义。这本书放在现在，我是不会去买它了。这是一本写于 20 世纪 80 年代中晚期的抒发 90 年代人的情感的一本书，我不知道这书对当时的人们会产生什么影响。现在看来早过时了。这也许就是它的主人十数年间都不同意重印的原因。

回到当初的问题，刘小枫何以将冬妮娅"春雨般的芬芳"气质归结到她"从一大堆古典小说中成长起来"的呢？

他在这部书中引用狄尔泰的话说："每一种抒情诗、叙事诗或戏剧诗都把一种特殊的体验突进到对其意义的反思的高度。"作者说:"所谓审美现象,实际上就是生活在世界中的人自己绘出的一个意义世界,一个与现实给定的世界截然不同的世界。只有居住在、生活在这个富有意义的审美世界中,人才不至于被愚蠢、疯狂、荒诞置于死地。"(第142页)

我们看到,古今中外的一批作者用语言塑造出了一个世界,这也许是一个幻象世界,但这个幻象世界却为生活在现实世界中的人们提供了现实的思考、清醒的见解和诗的祝福,使得现实世界虽沉重却充盈而完满。"因此,人必须生活在一种审美的外观之中,使我们不致因恐怖而麻木不仁。"(第134页)即使如此,我们分明可以感受到这些书写者书写的时候正是感到了自己和同类的不幸。

这本书不是印刷厂里机械的复制品,而是在真理中歌唱的另一种呼吸。拖着批判知识分子的背影,布满了大事件来临之前的时代的愁绪。

读了这些书,年轻人才把"追问与思"几个字写在自己的人生路碑上,可是用富足的阅读可以拯救生存的困顿吗?

三

荆州三位大学生长江中救人而亡,打捞者牵尸要钱,人站在船头,尸体泡在水中,一条绳子牵着。十年砍柴发表文章《有多少年轻的善良和淳朴能守护到老》,文章说:"这些未走上社会的年轻学子,其赤诚善良尤其凸显出悲剧意义。我甚至在想,那三位死去的大学生倘若活过来,涉世很深后,他们还有没有奋不顾身去救人的勇气和无私？"年轻人的淳朴、善良之心要如何才能守护到老呢？从阅读角度来说，布尔乔亚式阅读也许能将这份蔚蓝色的理想主义气质护持得相对持久。但"现实的残酷与不堪和一个人成长期所受主流教育的高尚、无私等理想主义的内容反差太大"，"那么多数孩子会在人生路上自动校正学习的内容，变得老于世故，《皇帝的新装》中那个说皇帝光屁股的孩子，迟早会和众人一起赞美皇帝身上的衣服真漂亮。这一过程中痛苦的只会是理想主义气质较浓的少数人"。这些痛苦的灵魂的挣扎越多越强烈，社会越有救。要搞清楚问题的实质，你只有把自己放在不慎落水的那几个儿童的父母位置上才行。

历代的小说和诗篇，自然是沃土，但对于我们这代人来说，还有鲁迅、陈寅恪、储安平、顾准、张中晓、李泽厚、刘小枫、王小波、林贤治这些作者，他们的书写，为我们提供了一种思考的训练和拯救灵魂的阅读。

但刘小枫从《诗化哲学》到《拯救与逍遥》再到《走向十字架上的真》，越走越远，乡路难归。一味走向了思想的探索，文章却愈发暗淡。到了1996年《沉重的肉身》出版，才再次回归。《沉重的肉身》的引子说："一九六七年春天，院子里只剩下我们一群十岁左右的小孩子，父母们和大孩子们都参加'文化大革命'去了。……乘大人们不在，院子里的小孩子分成两个阵营，用自制的木头大刀和长矛玩相互厮杀的游戏——从底楼一直杀到三楼，从三楼杀到底楼，免不了有喊叫、受伤、委屈、流血、哭号。我们每天晚上都玩这种游戏，敌对的两个阵营每天都在分化、重组，有人叛变、有人当奸细、有人当领导核心。一天——那个激情万端的春天的一天夜里,敌对阵营的头目和谈失败后,指挥自己的部队(一方番号是"井冈山兵团",另一方番号是"延安纵队")开始厮杀,院子里闹哄哄的。突然停电了,整个院子一下沉入黑洞洞的深渊……"场景又回到最初。我们发现他最动人的书写都是从这个场景出发的,也都要回归到这里来。这个场景幻化成的"童年经历"成为他们这一代人精神塑造的开端。

刘小枫的文风十分感伤,这种感伤与这种场景相互融合,令读者深切体验到时代的愁绪。越是感伤的题材越是写得好,有时满纸是下过雨之后的雨洼。令人四顾茫茫,悲从中来。王国维词"薄晚西风吹雨到,明朝又是伤流潦",将明日场景刻画成流潦遍地的人生。王氏有所谓三境界说,但不论是"独上高楼望尽天涯路",还是"为伊消得人憔悴",或是"蓦然回首那人却在灯火阑珊处",都像是在流潦遍地的人生场景上展开的片段式画面。刘小枫的文风,符合这种叔本华氏的悲剧美学,一如雨地里盛开的花朵。

四

大约就在李泽厚发牢骚的时候,他说"这是一个学问突显思想淡出的时代",我考取了古籍研究所,从此走向了目录、版本、校勘和辑佚,和刘小枫的书逐渐疏离。多年以后,华东师大出版社在征得刘氏同意以后旧椠重刊,虽改头换面,于我犹是故友重逢。

促使我提笔写下这段文字的是几年前听一节高一语文课,

男老师毕业不久，一脸稚气。是一堂作文课，讲授一段以后，老师鼓励大家写一些诗句，随意地，我甚至听到了"我爱你"之类的浓烈抒情，忽然听到这么一句："希望天黑之前到达我们要去的地方。"在寂静里，看到了花开。惊喜诗性在下一代人中并没有消泯。

怎样才能在天黑之前到达我们要去的地方？刘小枫引海德格尔的话说："世界不是立于我们面前让我们细细打量的对象，它从来就是诞生与死亡、祝福与亵渎的路径，使我们失魂落魄般地把持着存在。"这份年轻的善良与纯朴只有得到守护，才有可能在天黑之前到达我们要去的地方。

刘小枫的书写，容易让人联想起那十几年来知识分子的集体性的精神溃败。今观捞尸者，则这种溃败已无限延伸，淳朴的劳动人民，自何时起，不再淳朴。今之溃败，不让前人。人们在丧失信念之后，来日恐无多。

我曾坚信某种阅读将把年轻时的纯朴与善良守护到老，但在社会道德整体溃败的今天，我不知道这种阅读是在培养无谓的理想主义牺牲者，还是心如铁石的掘墓者。

我依然想起刘小枫在《记恋冬妮娅》的末尾写道："这勾起我那珍藏在茫茫心界对冬妮娅被毁灭的爱满含怜惜的一段经历，我仍然可以感到心在随着冬妮娅飘忽的蓝色水兵衫的飘带颤动。我不敢想到她，一想到她，心就隐隐作痛……"

（原载于《中国图书评论》2010年第2期）

蓼虫避葵堇（代后记）

这里面最早的一篇，是读鲁迅的《自题小像》，是我大三的时候写的。那时候流行各种新的学说，这一篇用的是解释学：鲁迅二十一岁在日本剪辫之后，拍了张照片送给许寿裳，题了这首《自题小像》；五十一岁的时候，抱着海婴又照了张照片，送给许寿裳，有意思的是题了同一首诗。我于是师心自用、发挥想象，认为三十年前重点在最后一句，即"我以我血荐轩辕"，三十年后重点在第一句，即"灵台无计逃神矢"。后面一种，即心在矢前，无计逃避，是某一段时间中知识分子共同之境况，又不仅是迅翁如此。

后来参加工作，又辞职考研。考取华东师范大学古籍研究所，三年当中，受古籍所各位老师影响很深，要脚踏实地，重视考据，避免想当然。毕业后入上海古籍出版社，埋首故纸，不知今夕何夕。

但正如自然界中，途中虽多出来一座座山，却不能改变那条河的走向。我最终关注的是知识分子的命运，他们的现实境况，以及他们的心灵世界。我介绍陈寅恪平生为他人写的十几篇序文（《陈寅恪为他人所作序》），留心顾颉刚在五十年代时的情况(《顾颉刚在五十年代》),关心牟润孙找工作(《牟润孙找工作》),起初觉得自己不过是在池边散步,偶然闻到一股荷花的香味,就努力把它记下来,藕香零拾罢了。但一位前辈看了说,哪里呀,你这是知识分子研究!我这才记起自己大三时写的那则札记。

我在入上海古籍出版社之前,曾到那里实习,记得是2007年春节过后。二月下旬到三月初吧,依然冷,穿大衣。分配到六楼最大一间办公室,跟李学颖老师。李老师声音很大,说"我今年七十八,1930年生,属马的"。下巴一抬,指背靠背的座位说,"老魏跟我一样大,但他没我身体好,他开过刀"。老魏指原社长魏同贤。在这里待了一个月,有限的交谈中,感觉他们二位以师爷辈自处,那当然,你想李学颖可算是赵昌平史良昭的老师。老二位从来没有问过我家庭情况,其实我也怕他们问,多少有点尴尬,会引出多余的话,因为我父亲刚好也是"今年七十八,属马的"。

后来我写《读杨绛》,发现杨绛在五十年代初"思想改造"前后有一件趣事,她南方水乡娇滴滴,又信鬼、又怕鬼,"思想改造"一来,一下由柔而刚,不信鬼、不怕鬼,女汉子、走夜路,晚年又恢复常态,信鬼而怕鬼。太好玩了!但一开始写这篇,不是着眼于杨绛先生,是想写我父亲。我父亲他们"1930,属马的",毕竟太嫩,拐不过弯来,脑子里没有足够的储备,对阴间鬼和人间鬼,都缺乏足够的历练和深刻的琢磨。我见过的这三位"同庚马",我父亲在兰州大学地理系以学生身份被打成右派,魏老师在上海少儿出版社以青年编辑身份被打成右派,只有李老师这位自称"大单位里的小干部"(似是在华东局管档案）谨言慎行，躲过一劫。

我妈是八十年代寄来平反证书才知道父亲的身份的，那个心情复杂啊！要不是那封信，我相信他一辈子都不会说。我于是在日后开始关注那些没有勇气或机会说出的话。《读杨绛》这篇还是止于杨先生的鬼故事，我父亲的故事我终于没有勇气、没有能力写出来。

在报纸上看到，复旦有一位老教授特看不起特殊年代的顾颉刚，嫌他太积极表现。这一点给了我很大的提示作用，后来看《顾颉刚日记》的时候比较留意。一留意，不对！不是顾颉刚积极，是他的太太张静秋推着他向前，开会、表态、学习，像一个火车头似的。顾稍一消极反抗，他太太大闹，声色俱厉，发动全家，甚至"批其颊"。我当然同情顾先生，讽刺他太太，但也旗帜鲜明地承认，是这位"尖锐而俗气"的"贤妻"救了他（《得偶如此，君便如何》）。

有一次我问安迪先生，这篇好还是写柴德赓那篇好？他说那篇好。这篇你只听了周公的话，你听到周婆的话了没有？我当然无从听周婆讲话。他又说，你文章最后分析张静秋，说越是没文化越是在历史事件的十字路口瞅得明白、豁得出去，可张也是大学生呀，那个时候女大学生可不多。

我依然偏爱这篇，虽然不得不承认他的眼光之辣。再想一想我父亲没有说出的话，我后来甚至变得有点畏首畏尾、不敢下判断了。

2014年的"十一"假期，我们一家三口去了绍兴，假期没结束，传来消息，李学颖先生去世了。有些人你没见过几面，可就是产生了影响，怎么说呢，这也是一种现象。那时候我实习跟着她，为期一个月。我不会用四角号码，她说我也不会，我是一次单位旅游的时候，我大徒弟曹光甫在路上教的。她一米五几的个子一下子就高大起来。

但我总觉得我后来写的那些文字，她不会认可，她虽然是小干部，毕竟是大机关的，她不会喜欢的。魏老师应该跟我比较有共同语言。毕竟他曾经颠沛，而李老师算安度一生，我总想，她会不会淡淡地说，写这些干吗！

魏老师曾在广州接受采访，谈陈寅恪，我的朋友张求会说"比那些教授们谈得都好"。我告诉魏老师，他说要写一篇文章再谈。胡文辉的书出来，他要我替他买一本，后来又替钱伯城买了一本，可见他们都在思考并关注这个话题，可惜后来都没有能形成文字。几年后偶然机会又读到魏老师那篇采访，颇能谈出陈先生所处之境况。

对境况的留心，是我写下这些文字的主要动力。古人有句诗，具体则忘记了，好像是说有一种植物很苦，叫蓼，很苦的环境竟然也生出一种虫，而这蓼虫苦惯了，不愿迁徙到好吃的植物中去。你也可以说它很有坚持力，也可以说它失去了辨别力。这些文字不过是某一只蓼虫的生存记录罢了。

近年来，我本人思想发生变化，最钦佩胡适先生，这里没有一篇专写他，不能不说是一个遗憾，这些文字得以发表，最感谢《上海书评》安迪、黄晓峰二先生，没有他们就没有这里大部分文字。本书的出版，感谢吕大年、高峰枫、高山杉、周运、肖海鸥各位老师，感谢余静双、宋希於二位认真的审读。

2021 年 6 月 25 日

图书在版编目（CIP）数据

藕香零拾 / 张旭东著. -- 上海：上海文艺出版社, 2023（2023.8重印）
（六合丛书）
ISBN 978-7-5321-8585-6
Ⅰ.①藕… Ⅱ.①张… Ⅲ.①随笔－作品集－中国－当代 Ⅳ.①I267.1
中国版本图书馆CIP数据核字(2023)第000762号

发 行 人：毕　胜
策 划 人：肖海鸥
责任编辑：余静双
特约编辑：宋希於
营销编辑：高远致
内文制作：常　亭

书　　　名：藕香零拾
作　　　者：张旭东
出　　　版：上海世纪出版集团　上海文艺出版社
地　　　址：上海市闵行区号景路159弄A座2楼　201101
发　　　行：上海文艺出版社发行中心
　　　　　　上海市闵行区号景路159弄A座2楼206室　201101　www.ewen.co
印　　　刷：苏州市越洋印刷有限公司
开　　　本：1240×890　1/32
印　　　张：10.75
插　　　页：2
字　　　数：237,000
印　　　次：2023年3月第1版　2023年8月第2次印刷
I S B N：978-7-5321-8585-6/I.6763
定　　　价：58.00元
告 读 者：如发现本书有质量问题请与印刷厂质量科联系　T:0512-68180628